Kay Kerr
No Teen Crush

Ein Hinweis zu Beginn

No Teen Crush ist ein fiktives Werk, doch es behandelt Themen,
die potenziell triggernd wirken können.
Eine Auflistung dieser Themen (Achtung, Spoiler!)
sowie mögliche Hilfestellen findet ihr hinten im Buch.

Euer Magellan Verlag

Kay Kerr

NO TEEN CRUSH

Aus dem australischen Englisch
von Katharina Herzberger

Für Aggie & Arth

Im nebligen Übergang zwischen Schlaf und Wachwerden greife ich nach meinem Handy. So starte ich meistens in den Morgen, noch ehe ich die Augen öffne. Dieser Griff geschieht so unbewusst wie das Atmen oder meine Nieser, die mich wie eine Zeichentrickmaus klingen lassen.

Der Gedanke an neue Benachrichtigungen macht mich unfassbar nervös, deshalb checke ich mein Handy tagsüber etwa alle zwanzig Minuten und auch nachts ein paarmal. Zumindest laut der Übersicht zu meiner Bildschirmzeit, die mich übrigens ebenfalls unfassbar nervös macht. Dieser unsichtbare Sog meines Handys ist noch stärker geworden, seitdem ich mich letzten Monat bei einigen Dating-Apps angemeldet habe. Oder eher, seitdem meine Schwester Harriet mir letzten Monat Profile bei einigen Dating-Apps angelegt hat. Nach drei Wochen auf diesen Apps habe ich schon mehr über die Regeln der Dating-Welt gelernt als in den achtzehn Jahren zuvor. Zum Beispiel sind Menschen viel interessierter daran, zwischen 21 Uhr und Mitternacht zu schreiben als am Morgen, was ziemlich enttäuschend ist, weil ich gerne früh ins Bett gehe und morgens am besten mit sozialen Interaktionen klarkomme.

Außerdem dachte ich früher, dass sich nur autistische Menschen wie ich auf feste Drehbücher verlassen, um schwierige erste Gespräche durchzustehen, aber das tun wohl alle. Sie mögen es zwar nicht so nennen, aber nachdem mich drei Typen innerhalb einer Woche mit demselben Satz angeschrieben haben, wurde mir ziemlich schnell klar, dass es genau dasselbe ist. »Du hast das schönste Lächeln, das ich hier je gesehen habe.« Als Anmache ist das schon in Ordnung. Für einen der drei Typen ist ein Date dabei rausgesprungen, also stehen die Chancen, dass der Spruch funktioniert, gar nicht so schlecht. Und es gibt noch mehr Regeln: wie lange man nach einem Match warten sollte, um der anderen Person zu schreiben (frühestens vierundzwanzig Stunden später, hat meine Feldforschung ergeben, damit bloß keiner verzweifelt rüberkommt, auch wenn der ganze Sinn der App nur darin besteht, miteinander zu matchen und zu schreiben), und die Sprachcodes in den Profilen. Harriet hat mir damit geholfen. Ich swipe jetzt direkt nach links, um alle auszusortieren, deren Profile folgende Beschreibungen beinhalten: »No Drama« (wahrscheinlich misogyn), jegliche Erwähnung des eigenen Gehalts (Vollidiot) oder zu spezifische Regeln, was den Typ Frau angeht, den er sucht (wahrscheinlich ein misogyner Vollidiot). Falls Menschen auf all ihren Profilbildern Alkohol trinken, ist das auch ein Nein von mir. Das ist eine *meiner* Präferenzen. Trinken kann zwar Teil ihres Lebens sein, aber wenn ihre gesamte Persönlichkeit daraus besteht, habe ich kein Interesse. Das soll nicht heißen, dass ich besser bin als die Menschen, die ich online kennenlerne. Es geht mir eher darum, dass mir nur eine bestimmte Menge sozialer Energie zur Verfügung steht und wir uns alle Zeit sparen, wenn zu Beginn wenigstens eine gewisse Kompatibilität besteht.

Wie gesagt, gibt es also Regeln beim Online-Dating und unglücklicherweise – für mich – befolgt MadDog03 sie an diesem wunderschönen Montagmorgen nicht. Wenn ich mich richtig an meine Swiping-Session gestern Abend erinnere, heißt er eigentlich Michael. Ich habe ihn zwar nach links geswiped (Erwähnung seines Gehalts), aber er hat über Nacht mein Instagram-Profil gefunden und jetzt wartet eine DM auf mich. Ich kann die ersten Worte lesen. »Hey, dachtest wohl, du kommst einfach so davon …«, beginnt die Nachricht. Ich versinke in meiner Bettdecke und balanciere das Handy mit meinem Daumen, der allmählich in dieser Haltung festwächst. Ich glaube, ich weiß, worauf er hinauswill. Wenn ich die ganze Nachricht antippe, sieht er, dass ich sie »Gelesen« habe, und ich riskiere eine unvorhersehbare Reaktion. Dass er die Regeln nicht respektiert, ist ein klarer Hinweis darauf, dass er auch mich nicht respektieren wird.

Tief einatmen. Ehrlich gesagt, ist das alles ganz schön viel auf einmal. Zur Abwechslung kann mein Handy sich ausnahmsweise auf dem Nachttischchen ausruhen.

Meine Gedanken blubbern und kreisen – hinter meinen Augen herrscht Chaos. Im März habe ich noch alle drei Teile von *To All the Boys I've Loved Before* zum trillionsten Mal angeschaut und von meinem eigenen Peter Kavinsky geträumt. Im April bin ich dann achtzehn geworden und ta-da, jetzt versuche ich völlig unbeabsichtigt, mit dem Ego einer Person zurechtzukommen, die ich nie getroffen habe, die mich aber zu einem Date schleppen will, an dem ich nicht interessiert bin. Oder die mir zumindest einen Vorwurf machen will, weil ich kein Interesse habe. Und ich muss mich für die Arbeit fertig machen. Aber erst mal brauche ich fünf Minuten, um an die Decke zu starren und mein Hirn alles verarbeiten zu lassen.

Dann setze ich die Füße auf den Boden, schüttle meine Handgelenke aus und stehe auf. Harriet hätte sicher irgendeine clevere Antwort, aber ich stelle mein Profil einfach auf Privat.

Am liebsten würde ich die Jalousien runterziehen und mich drinnen verstecken. Plötzlich bin ich mir meiner Online-Präsenz übermäßig bewusst. Sollte ich alles löschen? Aber im Internet verschwindet sowieso nie alles. Meinen Namen zu ändern wäre vielleicht übertrieben. Wenn sich die Leute nicht an die Regeln halten können, weiß ich nicht, ob ich in die Online-Dating-Welt passe. Meine Gedanken spulen vor zur möglichen Alternative: ich in meinen Achtzigern als exzentrische alte Jungfer mit zu vielen Katzen. Es ist ganz offensichtlich, dass sich ein Mann dieses Klischee ausgedacht hat, denn aus meiner Sicht klingt das eigentlich ziemlich schön.

Die Entscheidung zum Online-Dating war nicht durchdacht, genau genommen, war es nicht mal eine richtige Entscheidung. Harriet kam bei einer meiner RomCom-Binge-Sessions rein und hat beschlossen, dass es doch traurig sei, wie ich all diese Liebesgeschichten konsumiere, ohne sie selbst zu erleben, also hat sie mir die Profile angelegt, und jetzt stehe ich da. Einmal Kaffeetrinken, einmal Geghostet-werden und ein paar Nachrichten, die noch nirgendwo hingeführt haben, es aber potenziell könnten, wenn ich es schaffen würde, länger als bis 21 Uhr wach zu bleiben. Und jetzt das. Wie auch immer man das nennen mag.

Wie MadDog03 mein »Nein« ganz lässig ignoriert, beunruhigt mich, aber ich habe gerade keine Zeit, um darüber nachzudenken. Lieber konzentriere ich mich darauf, mein Bett zu machen. Die Decke falten, das Kopfkissen aufschütteln und alles unter viel zu vielen Dekokissen begraben. Schon komisch. Ich kann mich an kein einziges Passwort erinnern, aber ich werde mich immer Wort für Wort an den Artikel erinnern, in dem ich vor ein paar Jahren gelesen habe, dass es ein Zeichen für Wohlbefinden und Erfolg ist, morgens sein Bett zu machen. Also mache ich jeden Morgen mein Bett.

Ich denke, dass die Lektion hier ist, dass ich lieber bei meinen imaginären Beziehungen bleiben sollte. Wenigstens sind die Drehbücher besser geschrieben. Die Umstände und Beteiligten ändern sich, aber die Geschichten folgen immer demselben Muster, das ich mir schon seit meiner Kindheit zu Gemüte führe: Zwei Personen treffen sich, meist unter ungewöhnlichen Umständen, stellen sich kleineren Missverständnissen und Herausforderungen, ehe sie zusammenkommen und das auch bleiben. Allerdings fühlt sich mein Leben an wie eine endlose Kette aus Missverständnissen und Herausforderungen, die absolut nicht klein sind. Und jetzt erinnert mich MadDog03 daran, dass ich nicht zwangsläufig kontrollieren kann, wie diese ganze Dating-Sache abläuft.

Das einzig Positive, das ich daran sehen kann, ist vielleicht, dass Joseph diese Geschichte bei unserem Brainstorming später gefallen könnte. Es lohnt sich, an diesem Gedanken festzuhalten. Vielleicht will er sogar, dass ich darüber schreibe, einen persönlichen Artikel über die Gefahren des Online-Datings, als gäbe es nicht schon eine Milliarde davon. Und ich will der Typ Mensch sein, der das als unterhaltsame Anekdote sieht, über die man im Freundeskreis lachen kann. Überhaupt will ich wie eine Person wirken, die Freunde und Freundinnen hat, im Plural. Joseph weiß nicht, wer ich in der Highschool war. Meinen Lebenslauf hat er neben zwei anderen aus einem Stapel von Hunderten Bewerbungen für die Praktikumsstellen bei Bubble ausgesucht, das vermute ich zumindest, da es nur wenige solcher Stellen in Brisbane gibt. Die anderen beiden sind schon in ihrem fünften Semester und ich in meinem ersten. Das muss doch etwas heißen. Meine erste Woche war keine Vollkatastrophe, aber ich glaube, Joseph kennt meinen Namen noch nicht, also kann ich auch nicht behaupten, dass sie ein voller Erfolg war. Meine Aufgaben habe ich gut abgearbeitet, aber noch war ich nicht mutig genug, um meine eigenen Ideen zu pitchen. Joseph nennt mich »Liebes« wie eine Verkäuferin, die mir durch die Umkleide zuruft, ob ich eine andere Größe brauche. Ich habe noch drei Wochen, um das zu ändern.

»Kann ich dein Outfit heute aussuchen?«, fragt Harriet. Sie klopft nicht an oder respektiert meine Privatsphäre. Für ihre Vorstellung vom Schwesternsein braucht es keinerlei Input von mir, aber ich habe es mir mit dieser Unbequemlichkeit bequem eingerichtet. Manchmal tue ich so, als wäre es ein Spiel, bei dem sie die nervige Rolle übernimmt und ich die genervte. Das macht es einfacher.

»Ja bitte«, antworte ich. »Ich versuche heute, bei unserem Meeting eine Artikelidee zu pitchen. Ich will interessant, aber nicht komisch aussehen. Smart, aber nicht nerdig. Professionell, aber nicht langweilig. Wie ein mysteriöses, aber nahbares Wunderkind.«

Harriet nickt. Ich denke zu viel, sie redet zu viel. Keine von uns macht der anderen deswegen das Leben schwer. Es ist lustig, weil wir keine Freundinnen geworden wären, hätten wir uns in der Schule oder an der Uni getroffen. Zumindest sie hätte sich definitiv nicht mich als Freundin ausgesucht, aber trotzdem, oder vielleicht deshalb, verbringe ich meine Zeit am liebsten mit ihr. Egal, wie viel witziger, klüger, hübscher oder selbstbewusster Harriets Freundinnen sind, keine von ihnen wird jemals ihre Schwester sein. Und daran wird sich auch nichts ändern, egal, was ich tue.

»Jemand, den ich gestern nach links gewiped habe, hat mich auf Instagram gefunden«, sage ich und versuche, entspannt zu klingen. Ich fühle mich nicht entspannt.

»WAS?« Sie reißt die Augen auf. »Wer?«

»MadDog03. Ich glaube, er heißt Michael. Schon ein bisschen gruselig, oder?«

»Hundert Prozent gruselig. Zeig mir mal sein Profil.«

Während sie durch die kleinen Quadrate scrollt, spottet und stöhnt sie abwechselnd.

»Er postet so viele Fotos mit Fischen. Und Fitnessstudio-Selfies oben ohne.«

»Komischer Typ, oder?«

»Zoe, es ist absolut nicht in Ordnung, dass irgend so ein Typ dein

Insta-Konto raussucht, nachdem du klargemacht hast, dass du kein Interesse hast. Das ist so eine red flag!«

»Ich weiß. Ist schon okay, ich habe mein Profil jetzt auf Privat gestellt. Können wir jetzt mit dem Outfit weitermachen? Ich muss in zwanzig Minuten los.«

Harriet schnalzt mit der Zunge und verschwindet durch die Schiebetür zwischen unseren Zimmern. Als wir klein waren, haben wir es geliebt, die Tür offen zu lassen und zu reden, bis wir einschliefen. Dann wurde ich älter und hasste die Tür immer mehr. Denn ich konnte nie so ungestört und alleine sein, wie ich meistens wollte. Es ist schwer, eine extrovertierte Schwester zu haben, wenn man so introvertiert ist wie ich. Mein Bedürfnis nach Ruhe wird sie nie ganz nachvollziehen können. Seitdem ich mit der Schule fertig bin und angefangen habe zu studieren, mag ich die Tür allmählich wieder. Harriet arbeitet oft nachts, deshalb ist es besonders schön, wenn sie mal zu Hause ist und wir wieder bis zum Einschlafen reden können. Nach einem langen Tag mit jemandem durch die Tür zu reden, der so unkompliziert und angenehm und vertraut wie Harriet ist, fühlt sich an, wie die Füße von den Pedalen zu nehmen, während ich einen Hügel hinunterfahre, und den Wind in meinem Haar zu spüren.

Mit einem riesigen Kleiderstapel, der ihr Gesicht verdeckt, kämpft sie sich zurück durch die Tür. Die Klamotten sind wie ein regenbogenfarbener Turm, um den ich beim Einkaufen einen riesigen Bogen schlagen und stattdessen die schwarzen, weißen und grauen Sachen ansteuern würde. Aber ich versuche, die neue Zoe zum lebenden Inbegriff von »New year, new me« zu verwandeln, und dazu braucht es anscheinend laute Muster und grelle Farben.

Aus dem Nichts, oder dem Schrank vielleicht, erscheint Peaches und schlängelt sich zwischen Harriets Beinen hindurch, anstatt zwei Sekunden zu warten, bis sie weg ist, weil Peaches das natürlich so macht. Harriet springt zur Seite, um nicht auf sie zu treten. Peaches wirft ihr einen herablassenden Blick zu und springt auf meinen Schoß. Ihr Schnurren ist das beste weiße Rauschen. Mir zuliebe tolerieren sich Peaches und Harriet.

»Als Erstes muss ich dir sagen, dass du heute nicht deinen schwarzen Jumpsuit anziehen wirst, egal, wie viele meiner Outfits du schrecklich findest«, sagt Harriet und lässt den Stapel mit einer theatralischen Armbewegung auf mein Bett fallen. Meine Schwester hat ein Gespür für Drama.

»Den kann ich sowieso nicht tragen, ich hatte ihn letzte Woche schon zweimal an.«

»Na super, perfekt. Zweimal in deiner ersten Woche ist … in Ordnung. Ist jetzt eben so. Ich glaube, heute solltest du mit etwas anfangen, das dir ins Auge springt. Nimm dir irgendwas, das du magst, und ich helfe dir dabei, das restliche Outfit zusammenzustellen.«

Schon seit ich in den Kindergarten gegangen bin, hat Harriet mir mit meinen Outfits geholfen, weil ich jeden Tag meinen Schlafanzug anziehen wollte, um in die fortschrittliche, unabhängige Schule zu gehen, für die uns Mum und Dad angemeldet hatten und in der es keine Uniformpflicht gab. Oh, was hätte ich alles für eine Schuluniform gegeben! Der Schlafanzug war in Ordnung, bis ich sieben oder acht war. Als die anderen Kinder anfingen, Kommentare abzulassen, hat Harriet übernommen. Seitdem hat sie den Hut auf und niemand hat je wieder über meine Klamotten gelacht. Zu Beginn des Praktikums habe ich sie Sachen aus ihrem eigenen Schrank wählen lassen anstatt nur aus meinem. Es war eine rein praktische Entscheidung, weil ich kaum passende Kleidung für ein Büro habe, aber ihr macht das viel zu viel Spaß.

Mir fällt eine Hose mit Blumenmuster ins Auge, sowohl wegen des Musters als auch, weil sie so weich aussieht. Und sich so anfühlt.

»Perfekt. Das Muster ist ziemlich auffällig, also lass uns ein schlichtes Top nehmen. Diese pinke Bluse wird dir super stehen, und du kannst die Schleife offen lassen, damit sie dich nicht stört.«

Harriet geht einen Schritt zurück und betrachtet ihre Outfitwahl auf dem Bett wie einen Monet, ganz offensichtlich ist sie zufrieden mit ihrer Arbeit. Den restlichen Inhalt ihres Schranks bringt sie zurück in ihr Zimmer und lässt mich in Ruhe duschen. Ich weiß genau, dass sie wiederkommen wird, um meine Frisur und mein Make-up abzunicken. Anderen mag das vielleicht übergriffig vorkommen und vielleicht ist es das auch. Aber es ist eine Sache weniger, die ich selbst entscheiden muss, und während ich versuche, mit diesem Praktikum und meinem ersten Jahr an der Uni fertigzuwerden, überlasse ich gerne jemand anderem das Steuer.

Mein Messy Bun und das natürliche Make-up sind anscheinend in Ordnung, die New-Balance-Sneaker wiederum nicht. Schuhe sind mein Erzfeind. Warum sind alle hübschen Schuhe so unbequem? Und warum führt der Anblick der bequemen dazu, dass Harriet so tut, als müsste sie sich in den Mülleimer neben meinem Schreibtisch übergeben?

»Zieh meine Brogues an. Ich verspreche, dass sie bequem sind. Das Leder ist total weich«, sagt sie.

Spoiler: Sie sind nicht bequem. Die Rückseiten graben sich in meine Fersen, als wäre ihre einzige Existenzberechtigung, so schnell wie möglich für Blasen zu sorgen. Heute muss eine doppelte Schicht Pflaster ran.

Meinen Smoothie habe ich schon gestern Abend gemixt, damit ich ihn auf dem Weg zum Bahnhof trinken kann. Ich schleiche auf Zehenspitzen durch die Küche, ehe ich mich erinnere, dass ich das gar nicht muss. Mum hat Frühschicht und Dad schläft wahrscheinlich noch. Mit seinen Medikamenten würde ihn nicht mal ein Erdbeben aufwecken. Harriet bietet an, mich auf ihrem Weg zur Arbeit mitzunehmen, aber ich mag den laubbedeckten Weg zum Bahnhof. Selbst in diesen mörderischen Brogues. Das ist meine redefreie Zeit und sie ist wertvoll. Heute Morgen genieße ich sie besonders, während ich vor mich hin schlendere und die Risse im Bürgersteig meide.

Ich brauche mehr Zeit allein als die meisten Menschen und suche sie mir bei jeder Gelegenheit. Umso ironischer ist es, dass gerade ich mich jetzt einsam fühle. Selbst das Wort ist lächerlich, also passt es ganz gut zu seiner Bedeutung. Ich schäme mich, dass ich es überhaupt denke, und würde eher auf ein Date mit MadDog03 gehen, als es laut auszusprechen.

Aber ich fühle mich nicht nur wegen dieser willkürlichen Darbietung ungewollter Aufmerksamkeit so. Meine Anxiety war am Ende der Highschool so schlimm wie noch nie, und dann bin ich im Laufe der Sommerferien zusammengebrochen, also ist die Einsamkeit vielleicht ein Symptom ausgebrannter Nebennieren oder Hirnchemie, die Zeit braucht, um wieder ins Gleichgewicht zu kommen. Ich fühle mich wie in einer Wolke all dieser Dinge und weiß nicht, wie ich wieder klarsehen kann. Für diese Gefühle gibt es keinen Grund. An der Uni gibt es kein Mobbing wie zu Schulzeiten – es interessiert einfach niemanden –, aber schon der Gedanke, jemand könnte entdecken, dass ich eine Person bin, die früher gemobbt wurde, lässt Angst und Schrecken in mir aufsteigen. Mein Hirn versucht, sich mit neuen Ideen rauszumogeln. *Dating! Ein radikaler neuer Haarschnitt! Ein cooler neuer Spruch!* Offensichtlich bringt es nichts, meine Gefühle wegdenken zu wollen. Das weiß ich, gebe aber trotzdem mein Bestes. Da gibt es also sehr viel zu bedenken, während ich am Bahnsteig ankomme und auf den Zug warte. Den guten Zug. Ja, der Bus wäre zwar näher, ist aber so unzuverlässig. Wenn es einen Unfall gibt, bin ich zu spät. Und es gibt mindestens einmal in der Woche einen Unfall. Außerdem sind

Busse so eng und die Fahrer:innen manchmal unhöflich. Züge sind das perfekte Transportmittel. Sie sind fast immer pünktlich, es gibt genug Platz zum Hinsetzen und Lesen und die Leute kommen mir selten zu nah. Und jetzt kommt mein Zug, um 7:51 Uhr, genau nach Plan.

Die Bahnfahrt dauert zwölf Minuten, dann noch vierzehn Minuten laufen, also bleibt mir genug Zeit, um meine Mails zu checken, einen neuen Blogpost von Autie Girl und ein halbes Kapitel meines Buchs zu lesen sowie ein Viertel eines Podcasts über Modegeschichte zu hören. Die Büroräume von Bubble sind mitten im Stadtzentrum, und von Josephs Büro aus sieht man den Fluss, aber der Rest von uns arbeitet in einer fensterlosen Großraumbürohölle. Mit meinen Noise-Cancelling-Kopfhörern, die in der Schule mindestens komische Blicke auf mich gezogen haben, passe ich hier perfekt zu allen Tech-Fans und Gamern im Team.

Ich komme um 8.20 Uhr an, vierzig Minuten zu früh, und bin trotzdem die letzte von uns drei Praktikant:innen. Dana und Arjun haben es sich schon an ihren Schreibtischen gemütlich gemacht. Laut einer unausgesprochenen Regel sollten wir früh da sein, um als besonders »engagiert« und »ehrgeizig« wahrgenommen zu werden, aber wie früh genau wir da sein sollen, habe ich noch nicht herausgefunden. An meinem ersten Tag kam ich vor 8 Uhr an, aber weil das Büro noch geschlossen war, habe ich mir einen Kaffee geholt. Als ich um 8:30 Uhr wieder ankam, waren alle schon da.

»Morgen, Liebes, wie war dein Wochenende?« Joseph erscheint und bleibt an meinem Schreibtisch stehen. Es ist beinahe lachhaft, wie genau sein Outfit meins spiegelt – ein Hemd mit Blumenmuster und hellpinke Chinos, aber seine Brogues sehen aus, als hätten sie zehnmal so viel gekostet wie die von Harriet.

»Es war toll. Ich habe dein Memo zum Thema Blumen und Pink gelesen.«

Als er versteht, was ich meine, lächelt er. Solche Witze scheinen im Büro immer gut anzukommen, insbesondere um die Lage zu entschärfen, wenn mehrere Personen ähnlich angezogen sind. Das habe ich letzte Woche mitbekommen, als Dane und Arjun beide hellblaue Hemden mit hellbraunen Chinos trugen. Ich wünschte, ich könnte einfach Chinos und eine Reihe Hemden in unterschiedlichen Farben tragen, aber als Frau im Büro ist das schwerer. »Untertreibung des Jahrtausends«, höre ich die Stimme meiner Mutter in meinem Kopf. Joseph lehnt sich an die Ecke meines Schreibtischs, als wäre er bereit zu quatschen.

»Ich hoffe, du pitchst heute Morgen ein paar Ideen. Ich bin wirklich gespannt auf deine Stimme.«

Ich habe schon mal etwas in einem Meeting gesagt, also weiß ich, dass er meine Stimme nicht wortwörtlich hören will. Er will »meine Stimme« hören im Sinne von: was ich in einem Beitrag für die Website zu sagen habe. Wenn ich besonders unsicher bin, fühle ich mich durch diese Betonung »meiner Stimme«, als hätte man mich nur aus Diversitätsgründen angestellt, aber rational weiß ich, dass ich diese Stelle durch mein Schreiben bekommen habe, weshalb er tatsächlich ein paar Pitches von mir hören sollte. Dane und Arjun sind so selbstbewusst, dass sie wahrscheinlich keine wertvollen Minuten ihres Tages damit vergeuden, sich zu überlegen, ob sie diese Stellen tatsächlich verdient haben, also muss ich meine Anxiety beiseiteschieben. Und zur Frage, über was ich schreiben soll, habe ich natürlich den Vorfall in der App im Kopf. Ich war mit den Gedanken woanders, und Joseph ist weg, bevor ich auch nur mit einem Nicken antworten kann. Ups.

Morgens kümmere ich mich um die Horoskope – ist das sexistisch? Vielleicht wenn man bedenkt, dass sich die Jungs abwechselnd um den Sport und das Wetter kümmern. Aber so oder so muss bis zum Pitch-Meeting um 9:30 Uhr klar sein, was in den Sternen steht. Maia, die mittlerweile fest angestellt ist, hat mir an meinem ersten Tag erzählt, dass sie sich die Horoskope als Praktikantin einfach ausgedacht hat. Das fühlt sich falsch an, selbst innerhalb eines ohnehin irreführenden Konzepts. Ich lese lieber die Tabellen und »echte« Horoskope online, um eine vage, aber hoffentlich tiefgründig klingende Mischung daraus zu erstellen. Und natürlich kriegen Widder das beste Horoskop, trotz all meiner Skepsis.

So kann man angenehm in den Tag starten, umgeben von Menschen, aber mit genug Arbeit, um mich auf etwas konzentrieren zu können und vor möglichem Small Talk zu retten. Das ist der schwierigste Teil in jedem Job, das war mir schon immer klar. Die Kennenlerntreffen in der Uni habe ich überlebt und war sehr erleichtert, dass die Angestellten bei Bubble sehr viel weniger an mir oder meinen Interessen interessiert sind. Es gibt etwa fünfzehn Festangestellte in der Redaktion und einige Freie, die in und aus dem Büro schweben, wenn sie einen Pitch für Joseph haben oder Taxigutscheine oder Hautpflegetester vom Tisch mit den Werbegeschenken mitnehmen wollen. Mein Schreibtisch ist ein abgegrenzter Bereich, auf dem normalerweise Druckerpapier gelagert wird, und mein Stuhl lässt sich nicht mehr verstellen. Zum Glück ist er genau auf der richtigen Höhe für mich stecken geblieben, auch wenn die Rückenlehne etwas weiter hinten sein könnte. Morgen wird kein guter Tag für Wassermänner.

»Kommt, meine Kinder. Es ist so weit.«

Joseph ruft uns zu den morgendlichen Meetings, als wäre er der Anführer einer Sekte und wir auf dem Weg zu unserem täglichen Opferritual. Laut Mum gehört es sich nicht, wenn ein Chef zu entspannt und vertraut mit seinen Angestellten umgeht, insbesondere mit Praktikant:innen, aber bei Joseph ist das anders. Seine Seltsamkeit finde ich irgendwie beruhigend, vielleicht weil es im Gegensatz dazu nicht auffällt, dass ich oft seltsame Dinge sage. Als er uns ruft, versammeln sich die Leute um ihn.

Der Konferenzsaal ist ein Überbleibsel des Finanzunternehmens, dem früher diese Büros gehörten. Alles ist hellgrau. Es gibt ein Whiteboard, das niemand nutzt, und eine auf halber Höhe hängen gebliebene Leinwand. Bestimmt gibt es bei Bubble genug Geld, um sie zu reparieren, aber stattdessen gibt man lieber Geld für ausgefallene Aktionen aus, wie die komplette Queen-Street-Mall zum Launch mit Seifenblasen zu füllen oder ein Schlauchbootrennen über den Brisbane River zu organisieren, als Bubble letztes Jahr irgendeinen Award für Online-Berichterstattung gewonnen hat. Und wahrscheinlich geben sie das Geld auch für die Lohntüten der Führungskräfte aus. Die Webseite selbst besteht zum Teil aus Nachrichten, zum Teil aus Popkultur und kriegt trotz der großen Bandbreite beides ziemlich gut hin.

»Die Besucherzahlen sind letzte Woche eher stagniert, also überspringen wir jetzt den Teil, wo ihr mir erzählt, was ihr alles Wildes am Wochenende getrieben habt, und legen direkt mit den Pitches los. Zoe, Liebes, ich finde, du solltest anfangen.«

Also weiß er meinen Namen doch. Was für eine unglückliche Art, das herauszufinden. Wie immer reagiere ich zuerst mit Erstarren, während mein rasendes Herz mich darauf hinwies, dass alle Augen auf mich gerichtet sind. Waren letzte Woche auch schon so viele Leute in diesem Meeting? Oder sind die extra dazugeholt worden, um sich anzuschauen, wie ich meine erste große Chance vermassle?

»Oh, ähm. Danke, Joseph. Also, ich habe nachgedacht …«

»Das ist ein guter Anfang.«

Das Lachen über seinen Witz soll die Anspannung lösen, fühlt sich aber erniedrigend an. Mein Gesicht wird wärmer und noch wärmer, wenn ich daran denke, wie warm es wird. Aber ich schaffe das.

»Ich habe mich vor Kurzem bei einigen Dating-Apps angemeldet, und bisher ist es eine ziemlich interessante Erfahrung gewesen«, sage ich.

Mehr Gelächter, aber dieses Mal lachen sie mit mir, nicht über mich.

»Das kann ich mir vorstellen«, entgegnet Joseph. »Wir haben allerdings schon einige Artikel über Dating-Apps. Kannst du uns noch etwas mehr erzählen?« Er versucht, mich anzuleiten, was ich zu schätzen weiß. Mein hämmerndes Herz bemüht sich, auf eine normalere Geschwindigkeit zurückzuschalten. Tief einatmen.

»Also, es ist so, dass ich noch nie ein Date hatte und noch nie jemand in mich verliebt war. Ich war nie der Teen Crush von irgendwem. So etwas ist mir in der Highschool einfach nicht passiert. Währenddessen haben meine Freunde und Freundinnen Liebesbriefe, romantische Gesten und Nächte im Autokino bekommen. Ich glaube, deshalb ertrinke ich etwas in den Apps, ohne diese anfängliche Beziehungserfahrung. Ich habe überhaupt gar keine Ahnung, was ich da tue. Meine Schulzeit war hart, und ich glaube, ich bin nicht die Einzige, die mit diesen Gefühlen ins Online-Dating startet. Ich will das alles zusammenbringen: Dating und Mobbing und die Schule hinter sich zu lassen.«

»In den Apps ertrinken. Das gefällt mir sehr gut. Und du würdest dich damit wohlfühlen, darüber zu schreiben?«

»Ich denke schon, ja.«

»Dann sprich mich nach dem Meeting an und wir können zusammen daran arbeiten. Die Story hat was.«

Das Meeting geht weiter, aber ich höre nichts mehr. Meine Idee war kein Schrott. Sie hat was. Das hier ist besser als die Stelle in den RomComs, wenn die beiden Verliebten endlich verstehen, welche Missverständnisse sie bisher voneinander getrennt haben. Ich habe das Gefühl, dass ich in dieser Sache tatsächlich gut sein könnte. Oder zumindest könnte ich es lernen.

Joseph winkt mich in sein Büro, als alle anderen zu ihren Arbeitsplätzen zurückkehren. Er zeigt auf den Stuhl vor seinem Schreibtisch, damit ich mich setze.

Ich setze mich.

»Ich hoffe, es war in Ordnung, dass ich dich so unter Druck gesetzt habe. Ich hatte einfach im Gefühl, dass du heute etwas für mich hast, und ich hatte recht.«

Er sonnt sich länger darin, als nötig wäre.

»Ich wünschte, ich hätte die Idee vor dem Pitch noch etwas weiter ausgearbeitet. Aber ich freue mich drauf loszuschreiben.«

»Bist du dir sicher, dass du dich mit so einem Artikel wohlfühlst?«

»Ja, ich glaube sogar, das würde mir guttun. In der Schule hatte ich etwas mit Mobbing zu kämpfen, und ich glaube, dass sich die Leserschaft damit identifizieren könnte.«

»Und jetzt geht es dir gut damit? *Schreib über eine Narbe, nicht über eine offene Wunde*, sagt man das nicht so?«

»Ja, ich freue mich drauf, den Artikel zu schreiben. Ich habe jede Menge zu sagen.«

»Na dann, perfekt. Meine Tür steht immer offen, falls du Hilfe brauchst.«

Eigentlich ist seine Tür immer geschlossen, aber diese Floskel scheinen Leute oft zu verwenden.

Ich weiß nicht einmal, wo mein Bedürfnis herkommt, darüber zu schreiben. Die Schule war die schlimmste Zeit meines Lebens und ich habe sie gerade erst hinter mir. Aber Joseph unterstützt mich. Ich frage mich, wie er als Teenager war. Jetzt ist er sehr selbstsicher. Kann er wirklich ganz verstehen, was es bedeutet, in der Schule gemobbt zu werden? Kann ich darüber schreiben, wie es mir damit ging? Ich weiß zumindest, dass Mobbing dich verändert. Es nagt an deinem Innersten, bis du dir nicht mehr ganz sicher bist, welche Teile von dir echt sind und welche du dir ausgedacht hast, um den Hänseleien zu entkommen – als ob das wirklich so funktionieren würde. Generell gilt, dass andere Leute das nicht verstehen. Weder Eltern noch Lehrkräfte noch Ärzte oder Ärztinnen noch Geschwister oder beste Freundinnen, die das Land verlassen, bevor man ihnen sagen kann, dass man sie hier braucht. Sie wollen nicht glauben, dass Autistisch-Sein Grund genug ist, um gemobbt zu werden. Lieber wollen sie glauben, dass man etwas »missverstanden« oder »in den falschen Hals bekommen« hat oder man es doch einfach ignorieren könnte, als würde es reichen zu wissen, dass die Mobbenden schreckliche Leute sind, um sich selbst nicht schrecklich zu fühlen.

Natürlich haben die Leute in meiner Schule nicht explizit gesagt, dass sie mich nicht mögen, weil ich autistisch bin. Das wäre viel zu offensichtlich gewesen. Stattdessen waren viele kleine Dinge an mir falsch, wie meine Stimme oder dass ich Sarkasmus nicht immer verstanden habe und keine lauten Geräusche mochte. Ich war falsch, weil ich *Die Sims* zu sehr mochte und mich nicht genug für die Serien interessierte, die anscheinend alle in meinem Umfeld liebten. Manchmal habe ich gar nicht gemerkt, dass sie sich über mich lustig machten, zum Beispiel wenn mir jemand eine Frage stellte, nur damit sie über meine Antwort lachen konnten. Ich habe nie irgendetwas Lustiges gesagt. Mittlerweile verstehe ich, dass meine Antworten immer auf Eigenschaften anspielten, die mit meinem Autismus zu tun hatten, aber das hätten die Leute in meiner Schule nie zugegeben oder auch nur reflektiert und verstanden. Ich war einfach falsch und so war es eben. Und dieses Jahr gebe ich mein Bestes, um nicht falsch zu sein. Diesen Artikel zu schreiben, fühlt sich an wie ein erster Schritt in die richtige Richtung.

Als ich an meinen Schreibtisch zurückkehre, wartet Dane auf mich. Ich versuche, Leute nicht nach dem ersten Eindruck zu beurteilen, weil ich selbst nie einen guten ersten Eindruck hinterlasse, aber bei Dane konnte ich nicht anders. Er ist ein perfektes Beispiel für einen Typen, der in der Innenstadt aufgewachsen ist und an einer Privatschule für Jungen war, nur manchmal zur Uni geht, wo er wegen seines Rugby-Stipendiums aufgenommen wurde, und der zum Achtzehnten einen BMW von seinem Dad bekommen hat. Er fühlt sich hier schon wohler, als ich es jemals tun werde. Dass ihm das überhaupt nicht bewusst ist, macht mich fertig. Dank all dieser Sicherheit und ohne jeglichen Grund für Sorgen muss er so viel mehr freie Zeit haben.

»Ich kann nicht fassen, dass wir uns noch nicht auf Tinder begegnet sind«, verkündet er und bewegt sich keinen Millimeter, als ich mich an ihm vorbei auf meinen Schreibtischstuhl quetsche.

»Wir wären kein Match«, antworte ich.

Sein Gesichtsausdruck verrät mir, dass er noch nie in Erwägung gezogen hat, er könne nicht genau das sein, was andere wollen.

Mit 15 habe ich die Liebe verpasst und jetzt ertrinke ich in den Apps

Auf der Suche nach ihrer ersten echten Lovestory kämpft sich Zoe Kelly durch die Regeln des Online-Datings

Während meine besten Freundinnen Rosen zum Valentinstag und Einladungen zum Abschlussball bekamen, habe ich Steine gesammelt. Das meine ich wörtlich: Ich arbeite schon seit sechzehn Jahren an meiner Steinsammlung und sie ist wirklich hammer. Falls »Hammersteinsammlung« für dich nicht »super dateable« schreit, hast du den richtigen Riecher. Ich hatte noch nie ein Date, ich war nie der Teen Crush von irgendjemandem und bis vor Kurzem hatte ich nicht einmal den kleinen Zeh in die Welt der Liebe gehalten. Wenn dein Coming of Age zufällig in die Zeit einer weltweiten Pandemie fällt, während der man ein Jahr lang keine anderen Leute anfassen darf, ist es doch sehr schwer, diese Angst abzulegen. Deshalb hat mich meine große Schwester (Hi, Harriet!) an meinem Achtzehnten bei einigen Dating-Apps angemeldet, und bisher war das eine abenteuerliche Reise in die Welt der Anthropologie, um es vorsichtig zu sagen.
Warum haben so viele Typen Bilder mit Fischen auf ihren Profilen? Warum tun die Leute so, als suchen sie nach

Liebe, wenn sie nur Sex wollen? Warum können wir uns erst nach 21 Uhr unterhalten?

Zuerst habe ich es geliebt, wie strukturiert die Profile sind. Alle Informationen lagen bereit, damit ich sie durchsuchen und herausfinden konnte, wessen Werte mit meinen übereinstimmen. Als Erstes habe ich mit einem Typen, nennen wir ihn Jacob, gechattet und ein bisschen über Arbeit und die Uni und unsere Haustiere gequatscht. Es war nett, ein bisschen langweilig, aber harmlos. Bis ich ihm meine Nippel beschreiben sollte. WTF, Jacob?!

Als Nächstes war ein selbstbewusster Typ dran, bleiben wir bei J und nennen ihn Jeff. Ungefähr zwei Minuten, nachdem ich ihn nach rechts geswiped hatte, schrieb er mich an. In der Zwischenzeit habe ich gelernt, dass zeitnahe Kommunikation ein No-Go ist. Er hatte jede Menge Familienfotos auf seinem Profil und sah wie ein ganz netter Mensch aus. ÄÄÄÄÄÄHM. FALSCH. Er könnte auch ein echter Psychopath gewesen sein. Er hat so viel toxischen Scheiß über seine Ex-Freundinnen auf mich projiziert, dass ich sie am liebsten kontaktiert hätte, um ihnen zu erzählen, wie er über sie redet. Das habe ich allerdings nicht gemacht, sondern ihm einfach nicht mehr geantwortet. Dann gingen die Beschimpfungen los. Anscheinend kann man als junge Frau nichts Bösartigeres tun, als nicht zu antworten. Er dachte, er hätte einen Anspruch auf meine Zeit. Also habe ich eine neue Strategie ausprobiert und ihm gesagt: »Ich will dich nicht daten, denn ich finde, du hast eine schlechte Haltung gegenüber Frauen, und ich hätte gerne, dass du mir nicht mehr schreibst.« Das hatte nicht den erhofften Effekt. Abschließend sage ich nur, dass Jeff immer noch im Keller seiner Eltern hockt und sich neue Beleidigungen für mich ausdenkt, die Bezeichnungen für weibliche Körperteile beinhalten.

Und gestern hatte ich eine neue Nachricht auf Instagram – von einem Typen, den ich nach links geswiped hatte. Er hatte entschieden, dass er ein Nein nicht akzeptieren kann. Eine Frau im Internet zu sein, ist komisch. Es ist ziemlich heftig. Nach diesen letzten Erfahrungen weiß ich nicht, ob ich genug Mut habe, diese Apps wieder zu öffnen. Aber ich will Liebe finden, wirklich. Ich liebe Liebe. Seitdem meine allerbeste Freundin Ariana in der dritten Klasse einen anonymen Liebesbrief bekommen hat, liebe ich diese ganze Geheimnistuerei, das Drama und die Romantik. Ariana hat mehr Liebeserklärungen bekommen als alle anderen, die ich kenne, und zwar nicht nur, weil sie wunderschön ist. Sondern weil sie nett ist. Sie ist klug und gutherzig und witzig. Wirklich süße, herzensgute Typen verlieben sich auf den ersten Blick in sie, und zwar richtig, nicht nur in eine Vorstellung von ihr. Es ist einfach, sie zu lieben.

Manchmal frage ich mich, ob ich nicht so einfach zu lieben bin. Ich habe definitiv mehr Ballast. Das autistische Mädchen in der Grundschule zu sein, die an regnerischen, stürmischen Tagen einen Meltdown hatte, weil sie trotzdem unbedingt rausgehen wollte, die bei Highschool-Ausflügen riesige pinke Kopfhörer trug und nie bei anderen übernachten durfte, na ja, das hat alles nicht dazu beigetragen, mich zur Heldin meiner eigenen Liebesgeschichte zu machen. Ich war seltsam oder zumindest hat es sich so angefühlt. Und das war in Ordnung, bis es plötzlich nicht mehr in Ordnung war.

Ariana lebt jetzt im Ausland (Hi, Ari!), und ich versuche, meine eigene Geschichte zu schreiben – mit mir als Protagonistin. Ich brauche zwar keine Beziehung, um glücklich zu sein, aber trotzdem hätte ich gerne jemanden. Ich hasse es, wenn Leute sagen »Du musst erst lernen, dich selbst zu lieben«. Als hätten wir keine Liebe verdient, falls wir gemobbt wurden oder Traumata oder Mental-Health-Probleme haben, durch die unser Selbstwertgefühl verringert wurde. Doch, das haben wir! Ich gebe mein Bestes, die Lektionen zu verlernen,

> die mir in der Schule von denen beigebracht wurden, die mich gemobbt haben. Und in der Zwischenzeit habe ich ein heißes Date mit einer emotional intelligenten Person verdient.

Der Artikel ging um Mitternacht online. Und jetzt explodieren die Benachrichtigungen auf meinem Handy. Ich klicke auf die Vorschau und überfliege den Artikel – das sieht gut aus. Joseph hat kaum etwas gekürzt. Als ich im Büro ankomme (8:11 Uhr als zweite Praktikantin, perfekt), gibt es schon mehr als hundert Kommentare auf der Webseite und noch mehr bei Social Media. Joseph begrüßt mich mit einem breiten Grinsen.

»Dein Beitrag kommt richtig gut an«, sagt er und klingt dabei, als wäre das der entscheidende Faktor und nicht die steigenden Besucherzahlen für Bubble.

»Danke, das ist toll. Dann lege ich am besten gleich mit dem nächsten Artikel los, oder?«

»Na das lobe ich mir. Ich habe bisher nur Positives gelesen, aber bereite dich gut vor, falls du die Kommentare lesen möchtest, okay? Es gibt immer eine Arschlochquote von zwanzig Prozent, egal, was man schreibt. Ignoriere sie, und lies lieber, was andere junge Frauen schreiben. Du bist gerade ihre Heldin.«

Ich hatte nicht vor, mit den Kommentaren in meinen Tag zu starten, aber jetzt kann ich nicht anders. Joseph hat recht, es gibt sehr viel tolles Feedback. Jede Menge junge Frauen teilen meinen Eindruck, dass die Apps schwierige Orte sind, um ohne Erfahrung nach Liebe zu suchen. Sogar einige autistische Frauen haben den Artikel kommentiert, was mehr als cool ist. Aber Joseph hat auch recht, was die Arschlöcher angeht. Angeblich bin ich »naiv« und eine »Mimose/Weichei« und »egozentrisch«. Das liegt wohl in der Natur persönlicher Essays. Warte mal, was ist das denn? »Autistische Schlampe«? Das ist ziemlich beleidigend und scheiße. Und jemand nennt mich sogar Sp– nein, ich werde das nicht wiederholen. Es wird wohl Zeit, das Fenster mit den Kommentaren zu schließen und mich an die Horoskope zu machen.

Ich möchte mit Ari sprechen, aber jetzt ist nicht die richtige Zeit dafür. Wahrscheinlich schläft sie gerade, selbst wenn sie so lange aufbleibt wie immer. Ich wünschte, ich könnte bei ihr zu Hause vorbeischauen, in ihrem Bett liegen und darauf warten, dass ihre Mum Marie uns zwei Tassen Kräutertee bringt.

Ich schreibe Joseph eine Mail, damit die Kommentare moderiert werden. Er würde keine diskriminierenden Inhalte zulassen, auch nicht, um »eine Diskussion auszulösen«, obwohl ich weiß, dass er die liebt.

Eigentlich dachte ich, das hätte mich nicht mitgenommen, aber meine Hände zittern über der Tastatur, und ich atme flach, also habe ich vielleicht doch den Hauch eines Schocks abbekommen, der mein Hirn noch nicht erreicht hat. Beinahe fühle ich mich wie beim Anblick der DM von MadDog03, mit der das alles angefangen hat. Ich fühle mich bloßgestellt. Zu verletzlich, ich würde am liebsten alle Social-Media-Apps löschen, mich in eine Hütte im Wald verziehen und nie wieder schreiben oder mit jemandem reden. Früher, wenn ich mich aufgeregt habe, vor allem am Anfang eines Meltdowns, habe ich immer »Schau mich nicht an« geschrien, weil ich nicht wollte, dass mich jemand in diesem Zustand sieht. Jetzt ist es genauso. Schau mich nicht an.

Zeit, eine alte Freundin zu besuchen: die Toilettenkabine. Die Toilettenkabine unterstützt mich schon seit der Grundschule, als ich »Dornröschen« genannt wurde, weil ich meinen Schlafanzug in der Schule getragen habe. Sie verurteilt mich nie, zwingt mich nie dazu, mich wieder »rauszutrauen«. Sie beschützt mich immer und gibt mir eine Minidosis Alleinsein, um mich dem zu stellen, was auf mich zukommt.

Heute scheine ich eine doppelte Dosis meiner Minidosis genommen zu haben, weil jemand an die Kabinentür klopft und fragt: »Zoe, alles gut bei dir?«

Es ist Maia. Wie peinlich. Sie ist eine leitende Nachrichtenredakteurin und kümmert sich normalerweise um Staats- und Bundespolitik und korrupte Mainstreammedien. Jetzt versucht sie, die Praktikantin zu sich zu locken, die wegen ein paar Kommentaren durchgedreht ist.

»Hey, alles in Ordnung, ich habe nur Krämpfe«, antworte ich.

»Oh, entschuldige die Störung. Ich dachte, dich hätten ein paar der Kommentare unter deinem Artikel getroffen. Ich habe sie mittlerweile gelöscht. Das ist so ein großartiger Beitrag geworden, Zoe, wirklich authentisch und verletzlich. Wenn du fertig bist, würde ich dir gerne etwas zeigen. Aber keine Eile.«

Ihre Schritte klick-klacken weg und die Toilettentür schwingt hinter ihr zu. Den ganzen Tag High Heels zu tragen, finde ich so beeindruckend. Wer das schafft, muss sein Leben echt im Griff haben. Ich wette, sie hat auch eine schöne Wohnung mit einer coolen WG. Ich wette, ihre Hobbys sind Töpfern und Shibori.

Wenn ich an mir herunterschaue und meinen schwarzen Jumpsuit und die New-Balance-Sneaker sehe, na ja, dann sehe ich ein Outfit, das wie eine blinkende Leuchtreklame schreit, dass hier jemand sein Leben nicht im Griff hat. Als ich heute Morgen losmusste, war Harriet auf der Arbeit. Ich versuche, nicht daran zu denken, was sie zu meinen Klamotten sagen würde.

Fünf tiefe Atemzüge, etwas kaltes Wasser ins Gesicht und ein neu gebundener Pferdeschwanz bringen mich zurück in meinen Körper. Alles ist in Ordnung. Ich bin klug. Ich bin freundlich. Ich kann schreiben. Menschen lesen meine Arbeiten. Ich habe dieses Praktikum bekommen trotz wahrscheinlich Hunderten Bewerbungen. Joseph ist mein Mentor. Meine Familie liebt mich. Ich habe Harriet. Ich habe meine beste Freundin Ariana, auch wenn sie gerade am anderen Ende der Welt lebt. Das Internet stürzt sich sehr schnell auf die nächste Sache. Bei Frauen, insbesondere autistischen Frauen, kommt an, was ich geschrieben habe. Das zählt.

Auf der anderen Seite des Büros wartet Joseph an meinem Schreibtisch. »Zoe, ich habe deinen nächsten Artikel parat.«

»Okay, super.«

»Ich denke, es gibt hier genug potenzielle Fortsetzungen, um eine ganze Serie daraus zu machen. Ich könnte ein Banner erstellen lassen, falls du Interesse daran hast.«

Maia stellt sich zu uns. »Ich würde dich sehr gerne dabei unterstützen, wenn du möchtest«, sagt sie, lächelt und drückt meinen Arm. Ihre Berührung fühlt sich wie eine kratzige Decke an, und ich möchte die Stelle reiben, an der sie mich angefasst hat. Aber Leute sehen nicht gerne, wie man ihre physische Nettigkeit abreibt, also widerstehe ich dem Drang.

»Das fände ich toll«, antworte ich.

»Ich kann Zoe bei den Fortsetzungen helfen, wenn du magst, Joseph. Bei mir ist es ruhig genug, solange das Parlament Sommerpause macht«, sagt Maia.

Sie winkt mich zu ihrem Schreibtisch. Es ist einer der exklusiven Eckplätze, und die Dekoration wirkt, als wäre sie sich ihrer sicheren Festanstellung bewusst. Viele Fotos und stapelweise schöne Schreibwaren. Bei ihrer erstaunlichen Fähigkeit, regelmäßig exklusive Nachrichten zu enthüllen, ist das kein Wunder. Bubble kann sich mit ihr glücklich schätzen.

»Du scheinst wohl eine kleine Herzensbrecherin zu sein, Zoe Kelly«, sagt sie und öffnet ein Dokument voller Webkommentare und Links.

»Was ist das?«, frage ich und deute darauf. Wenn ich eins bin, dann direkt.

»Bisher behaupten fünf Personen, dass sie dich kennen, und sie folgen dir entweder auf Social Media oder haben gemeinsame Kontakte, also scheint das zu stimmen. Sie sagen alle, dass du ihr Teen Crush warst.«

Sie spricht »Teen Crush« genauso gewichtig und ernst aus wie »kontroverser Staatsabgeordneter«. Aber viel wichtiger: »WAS?«

Sie zeigt auf den Bildschirm.

»Schau sie dir an. Vielleicht alte Schulfreunde oder Kommilitoninnen? Wenn du magst, kann ich dir die Liste schicken.«

Der erste Name auf der Liste fällt mir ins Auge und bringt mich zurück auf den Boden der Tatsachen. Gabriel Ricci. Jetzt ergibt das Sinn. Das ist ein Witz. Bei dem Rest wird es genauso sein. Er macht sich über mich lustig, in der Öffentlichkeit. Schon wieder. Was für ein Idiot.

»Meine Idee, ich hoffe, es macht dir nichts aus, dass ich Joseph schon davon erzählt habe, und er war total begeistert, aber nur, wenn du auch dabei bist …«

Jetzt spricht Maia schnell, schneller, als ich es jemals mitbekommen habe …

»Vielleicht magst du Kontakt zu diesen Personen aufnehmen und darüber schreiben, wie sich das anfühlt. Du musst sie nicht treffen oder so, aber mit einem Gespräch via Textnachricht oder E-Mail könnten wir verstehen, wie du die Hinweise auf ihr romantisches Interesse verpasst hast. Vielleicht haben die Leute heutzutage auch zu große Angst, zu offensichtlich zu sein, keine Ahnung. Ich glaube, das könnte ein guter Ansatz zum Thema modernes Dating sein. Was meinst du?«

»Die haben kein romantisches Interesse an mir.«

Ich fühle mich schlecht dabei, ihre Blase platzen zu lassen. Sie ist wirklich begeistert.

»Was?«

»Das ist der Zwillingsbruder meiner besten Freundin. Ich kenne ihn, seit wir acht sind. Wir sehen uns immer noch ständig. Er hat eine Freundin und hat definitiv noch nie etwas für mich empfunden. Er legt gerne andere Leute rein, aber damit ist er zu weit gegangen, selbst für seine Verhältnisse.«

Maias Augen hüpfen zwischen mir und ihrer professionell wirkenden Tabelle hin und her. Sie hat sogar unterschiedliche Farben benutzt und so. Sie muss enttäuscht sein. Es fühlt sich schlecht an, sie hängen zu lassen. Falls ich irgendwann einen richtigen Job hier kriege, könnte ich mir vorstellen, dass sie meine Mentorin oder sogar eine Freundin werden könnte. Es wäre schön, wenn sie eines davon wäre. Was für ein einsamer Gedanke. Das Wörtchen Einsamkeit schleicht sich in meine Gedanken, und ich vergrabe es unter der Scham, die Gabes Gespött bei mir auslöst.

»Hast du seinen Kommentar gelesen? Für mich klingt das ehrlich.«

Hatte ich noch nicht, also tue ich es.

> Z, machst du Witze??? Als wäre ich dir nicht jahrelang wie ein Welpe hinterhergelaufen. Sagen wir's mal so: Am Wochenende mit dir und Ari komische Puppen-Stop-Motion-Filme zu drehen, wäre ansonsten nicht meine erste Wahl gewesen. Wir müssen dir sofort ein Date besorgen, du Herzensbrecherin!

Mein Brustkorb zieht sich zusammen. Das ist ganz eindeutig einer seiner Witze, aber ein Teil wirkt trotzdem ehrlich. Hatte er wirklich keinen Spaß daran, Filme mit uns zu drehen? Diese Filme sind wirklich meine liebsten Kindheitserinnerungen, damals, als alles noch einfach war und Spaß gemacht hat, bevor die Schule alles ruiniert hat. Und ich tue ihm leid, was das Allerschlimmste ist. »Wir müssen dir sofort ein Date besorgen, du Herzensbrecherin!« Brrr. Jetzt werde ich vor lauter Mitleid zum Projekt für ihn. Dann ist ja alles wie früher.

»Kannst du mir die Liste bitte mailen? Ich habe noch ein paar Sachen abzuarbeiten«, sage ich.

»Ja, na klar. Alles gut?«

»Yep. Alles gut.«

Um mich dieser Liste zu stellen, scheint mir mein Schreibtisch der bessere Ort zu sein. In einer Spalte stehen fünf Namen und daneben fünf Kommentare. Ich starre sie nacheinander an und arbeite mich von Verwirrung über Schock und Neugier bis hin zur Wut. Das ist alles zu viel. Es fühlt sich an, als würden sie mich als Lügnerin bezeichnen, auf meiner Arbeit und direkt vor Joseph, der mich vielleicht eines Tages einstellen könnte. Nichts davon stimmt – aber was, wenn Joseph genervt ist? Wenn er denkt, dass ich eine Lügnerin bin? Ich hätte keinen so persönlichen Artikel schreiben sollen, ich werde ja noch nicht mal dafür bezahlt.

Entweder teile ich gar nichts oder absolut jeden peinlichen Augenblick meines Lebens in aller Ausführlichkeit, einen Mittelweg kann ich anscheinend nicht finden. Das war schon immer ein Problem. Ich lege die Liste in einem Ordner namens »Bloß nicht reinschauen« ab, weil ich keine dieser Personen jemals kontaktieren werde, nie im Leben. Abgesehen von Gabe, der heute Abend eine sehr strenge Nachricht von mir bekommen wird, ohne jegliche Ausrufezeichen oder Emojis. Das wird brutal. Den Rest will ich nicht verarbeiten, also tue ich es nicht.

Von der anderen Seite des Büros ruft Arjun »Kopf hoch!«, und ich drehe mich gerade noch rechtzeitig, um einen Wasserball mit Bubble-Logo auf mich zufliegen zu sehen. Er fliegt an mir vorbei und trifft meinen Bildschirm, der kurz ins Wanken gerät und dann sein Gleichgewicht wiederfindet.

»Sorry!«, sagt Arjun.

»Schon okay«, lüge ich.

Ich will mich wieder meiner Arbeit zuwenden, aber anscheinend ist Arjun noch nicht durch mit dieser Portion Chaos an meinem ohnehin wirren Tag.

»Dein Artikel geht richtig durch die Decke«, sagt er. Sein erwartungsvolles Gesicht zeigt mir, dass bei dieser Aussage eine Antwort nötig ist.

»Oh ja.«

»Willst du diese Woche mal Mittagessen gehen? Wir könnten ein paar Ideen fürs Pitching durchsprechen? Ich würde dich gerne ausfragen.«

Ich seufze. »Nur weil ich übers Dating schreibe, will ich nicht automatisch jeden Typen daten, den ich treffe«, antworte ich.

Arjuns Gesichtsausdruck erstarrt mit hochgezogenen Augenbrauen.

»Das habe ich nicht … Ich habe eine Freundin, ich dachte nur, wir könnten …«

»Oh mein Gott.« Ich halte mir die Hände vors Gesicht. Hitze steigt mir vom Bauch in die Wangen. »Entschuldige, dieser Morgen war anstrengend«, murmle ich. »Vergessen wir einfach, was ich gesagt habe. Passt dir Mittwoch?«

»Klingt gut.«

Er kehrt zu seinem Schreibtisch zurück und nimmt den Wasserball und seine wiederhergestellte Würde mit. Zumindest hat sie einer von uns.

> Ich habe deinen Kommentar unter meinem Artikel gesehen

> Ich hab deinen Artikel gesehen!! Wie wäre es mit Kaffee im Southside morgen früh? Wir haben uns ja anscheinend viel zu erzählen 😊😊😊

> Ja okay

Ich bin mir nicht sicher, ob Gabe bemerkt hat, wie ernst meine Emoji-losen Nachrichten waren, aber das wird er spätestens morgen früh. Am liebsten würde ich bis zum Abendessen im Bett liegen und an die Decke starren, aber Harriet ist bei dieser Sache typisch Harriet. Sie hört einfach nicht auf damit. Sie ist hervorragend im Multitasking und kann sich gleichzeitig für die Arbeit fertig machen und mir sagen, was ich tun soll.

»Du musst Kontakt mit ihnen aufnehmen, mit allen. Was ist, wenn jemand von ihnen total traumhaft ist und immer noch in dich verliebt?«

»Das sind sie nicht und sie werden es nicht sein. Gabe steht auf der

Liste! Der Rest wird diese ganze Angelegenheit so ernst nehmen wie er, das verspreche ich dir. Anscheinend ist es weiterhin ein schöner Zeitvertreib, mich öffentlich zu blamieren.«

»Vielleicht meint Gabe es ja ernst, vielleicht war er doch verknallt in dich.«

»Harriet.«

»Was?«

»Harriet.«

»WAS?«

»Zehnte Klasse. Die Powerpoint-Präsentation. Muss ich noch mehr sagen?«

»Nein, musst du nicht. Ich erinnere mich. Okay. Dann solltest du zumindest rausfinden, ob er dich jetzt wieder reinlegt. Hätte er nicht zumindest einen anderen Namen benutzt oder so was, wenn es ein Witz gewesen wäre? Was bringt ihm das?«

»Ich weiß nicht. Wir gehen morgen früh Kaffee trinken.«

»Klingt nach einem Date.«

»Jetzt geh endlich zur Arbeit.«

Wenn sie will, kann sie unerträglich sein. Mum und Dad tun so, als würde ich mich zu sehr auf bestimmte Dinge fixieren, aber Harriet ist wie unser alter Hund Toby, wenn er eine Socke zu fassen bekommen hat. Niemals loslassen, selbst wenn man dabei das Ding zerstört, das man unbedingt haben wollte. Armer Toby, er wusste es nicht besser. Harriet schon. Es wird schön, einen Abend Ruhe und Frieden zu haben, wenn sie Nachtschicht hat. Sie will nur das Beste für mich, allerdings in ihrer Version, und zieht dabei nicht in Betracht, wie meine eigene Version aussehen könnte.

Dem Geruch nach scheint Dad sein Lieblingsgericht zu kochen, was wohl auch schon sein Lieblingsgericht war, als er in den Neunzigern bei meinen Großeltern ausgezogen ist: Spaghetti Bolognese.

Normalerweise schmeckt es durchschnittlich bis gut, wenn er nicht zu sehr abhebt und alles Mögliche dazugibt, was er im Küchenschrank findet. Die Rosinen waren ein Tiefpunkt.

Peaches ist auch bereit für ihr Abendessen, subtil kennt sie nicht. Sie mag zwar nicht reden, aber sie kommuniziert unter allen, die ich kenne, am besten. Heute Abend quetscht sie sich ein paarmal sanft an mein Gesicht, schlägt mir leicht gegen die Fersen, gefolgt von einem hohen Miau und Kneten, das schnell zu Kratzen wird. Mein An-die-Decke-starren-Plan wird noch etwas warten müssen.

»Wie war dein Tag, Z? Hast du genug gegessen?«

Dads ganzes Leben dreht sich darum, uns zu ernähren, auch wenn ich das nie laut sagen würde. Aus Mums Sicht wäre mein Kommentar zu hart, aber es entspricht nur der Wahrheit. Es stört mich, dass man die Wahrheit immer in Watte packen muss, damit andere Leute sie ertragen können. Und dass ich nie zu direkt sein darf. Dad hatte vor ungefähr fünf Jahren einen Maschinenunfall auf der Arbeit und bekommt seitdem eine Berufsunfähigkeitsrente. Er konnte nicht mehr arbeiten, und ich glaube, dass ihm das wirklich zu schaffen gemacht hat. Seine Arbeit mochte er zwar nicht besonders, aber es hat ihm gefallen, für seine Familie zu sorgen. Das hat seine psychische Gesundheit belastet, erst die letzten Monate waren wieder heller. Es ist so schön zu sehen, dass er wieder Freude an Dingen hat, auch wenn ich dafür Spaghetti Bolognese mit Rosinen ertragen muss. Eine Weile hat er einen ziemlich krassen Depressionsbart getragen. Aber viel schlimmer war, dass er mehr oder weniger verschwunden ist.

»Ich habe eine Kleinigkeit gegessen, aber ich habe noch Hunger«, antworte ich.

»Sehr gut, ich habe für eine ganze Armee gekocht.«

Er kocht immer für eine ganze Armee. Unsere Tiefkühltruhe ist besser ausgestattet als jedes Supermarktregal.

»Wie hast du nochmal Mum kennengelernt?«, frage ich. Mum sollte jeden Augenblick nach Hause kommen.

Dad dreht sich um, Kochlöffel in der Hand und einen undurchschaubaren Ausdruck im Gesicht. »Wo kommt das denn plötzlich her?«

»Ich schreibe über moderne Liebe.«

»Für das Praktikum? Wie heißt das Ding nochmal, Bounce?«

»Bubble.«

Er ist erstarrt wie eine Statue eines mittelalten Mannes, der über seine Gefühle reden soll. Auch wenn es ihm nicht leichtfällt, kann er sich schlussendlich immer dazu durchringen.

»Es war eine mondbeschienene Septembernacht ...«

»Dad.«

»Ich beschreibe nur die Atmosphäre.«

»Ich meine es ernst.«

»Okay, na ja, sie ist mit so einem Typen ausgegangen, mit dem ich gearbeitet habe, Gerard. Der faule Sack hat ihr gesagt, sie soll einfach zu unserem Feierabendbier dazukommen. Ihm war es wichtiger, mit ihr gesehen zu werden, als Zeit mit ihr zu verbringen, also habe ich sie gefragt, ob sie stattdessen mit mir ausgehen möchte. Und natürlich konnte sie meinem Aussehen und Charme nicht widerstehen und seitdem sind wir ein Paar.«

»Und woher wusstest du, dass du mit ihr ausgehen wolltest?«

»Ach, das wusste ich einfach.«

»Das ist nicht hilfreich«, antworte ich.

»Das war ein Bauchgefühl, schwer zu beschreiben. Als wäre etwas genau an der richtigen Stelle eingerastet. Ich hätte sie schon nach einer Woche geheiratet, aber sie war lieber *vernünftig*.«

»Vernünftig ist gut.«

»Ja, wahrscheinlich ist es gut, wenn zumindest eine Person in der Beziehung vernünftig ist.«

Mit einem Quietschen öffnet sich die Haustür. Alles in diesem Haus quietscht. Ich bin mir sicher, dass sich das Fundament verschoben hat und keine Wand mehr gerade steht.

»Hey, Liebling, das Abendessen ist fast fertig«, ruft Dad Mum zu.

Er kippt die Pasta in einen Topf mit kochendem Wasser und nimmt wieder seine übliche Kochgeschwindigkeit auf. Mum erscheint in der Küchentür – sie trägt noch immer ihre dunkelblaue OP-Kleidung und sieht erschöpft aus.

»Hallo, meine Süße, es fühlt sich an, als hätte ich dich schon seit hundert Jahren nicht gesehen«, sagt sie und nimmt mich in den Arm. Ich versuche, nicht an die Krankenhausviren zu denken. Ich weiß, dass sie Desinfizierung ernst nimmt.

»Das waren doch nur zwei Tage, Mum.«

»Was soll ich sagen? Ich liebe dich einfach so sehr, mein Baby.«

»Ich decke dann mal den Tisch«, erwidere ich, winde mich aus ihrer Umarmung, lächle und lege los. Dad behauptet zwar, dass es nicht »besonders« sein muss, aber ich decke den Tisch gerne mit den Platzdeckchen aus Leinen und passenden Servietten. Es ergibt keinen Sinn, sie 364 Tage im Schrank aufzubewahren, nur um sie an Weihnachten herauszuholen. Also versuche ich, es so »besonders« wie möglich zu machen, vor allem seit Dads Bart und so. Abendessen ohne Harriet sind etwas ganz anderes als Abendessen mit Harriet. Sie sind mir nicht unbedingt lieber, aber ich mag die Mischung aus beidem. Harriet redet, als wäre es eine olympische Sportart, und ich lande immer auf dem letzten Platz. Wenn nur Mum, Dad und ich zusammen essen, laufen die Gespräche in einer anderen Geschwindigkeit. Wir können uns wirklich in ein Thema vertiefen, anstatt hin und her zu springen. Mum und Dad sind meine liebsten Menschen auf der ganzen Welt. Vielleicht ist es traurig, wenn die eigenen Eltern die besten Freund:innen sind, aber das ist mir egal.

Ich gehe seit fünf Jahren regelmäßig ins Southside Collective, deshalb macht es mich wütend, es mit Harriets Worten im Ohr zu betrachten: »Klingt nach einem Date.« Die Barista Ana weiß genau, was ich bestellen werde, und ist die richtige Mischung aus freundlich, aber nicht zu gesprächig. Das Café ist in Weiß und Holztönen dekoriert, stylish, ohne sich große Mühe zu geben. In vierzig Minuten geht mein Zug. Ich will es einfach hinter mich bringen. Gabe tut so, als wäre das alles kein großes Ding, als müsste er sich nicht ins Zeug legen und um Gnade winseln, um wiedergutzumachen, was er bei meiner ersten Chance auf einen Job, den ich vielleicht wirklich mögen könnte, angestellt hat. Seine Antwort war total normal, als wäre ihm gar nicht aufgefallen, dass ich keine Emojis benutzt habe. Für Gabe ist nichts ein besonders großes Ding – was das angeht, ist er wirklich Arianas Zwilling. Aber obwohl ich diese Eigenschaft an ihr mag, nervt sie mich bei ihm ohne Ende. Ich wünschte, er wäre nach London gezogen, nicht sie.

Er grölt mir schon vom Eingang entgegen und winkt mit seinem ganzen Körper wie ein menschlicher Labrador. »Morgen, Z!«

»Ich habe schon bestellt.«

»Alles klar, dann bestelle ich auch.«

Gabe stellt sich in die Warteschlange, schließt nicht zu der Person vor ihm auf und versperrt den Gang, durch den man nach hinten zu den Tischen kommt. Typisch. Sein Outfit ist genau an der Grenze zwischen Hipster und Chaot: ein ausgewaschenes Elton-John-T-Shirt, das er günstig im Secondhandladen oder für sechzig Dollar bei irgendeinem überteuerten Plattenladen gekauft haben könnte, ausgebeulte Shorts und Flip-Flops. Immer Flip-Flops. Sein Haar ist zerzaust und in eine Richtung gekämmt. Er sieht ein bisschen durcheinander aus, und ich habe das Gefühl, dass sein Äußeres gerade auch sein Inneres widerspiegelt. Alle wissen, wie schwer ich es finde, dass

Ari weg ist, aber nur mir scheint aufzufallen, dass es ihm genauso geht. Und zwei Schichten im Burgerladen pro Woche reichen nicht, um ihn davon abzulenken. Ana strahlt, als er bei ihr ankommt. Sie müssen sich von irgendwoher kennen. Mein Blick schweift zu den Tischen draußen und den Leuten, die dort sitzen. Für eine kurze Minute schalte ich ab.

»Also, wie läuft das Praktikum?« Gabe stellt unsere Kaffees auf den Tisch und einen Teller mit einem riesigen Schokokeks in die Mitte. Hier gibt es die besten glutenfreien Süßigkeiten. Das ist offensichtlich ein Friedensangebot.

»Es lief gut, bis du mich vor der Redaktion und dem ganzen Internet als Lügnerin hingestellt hast.«

Es schießt aus mir heraus, bevor ich mich daran erinnern kann, mit Small Talk anzufangen. Leute werden gerne behutsam an Themen herangeführt. Aber ich spreche so etwas lieber sofort und direkt an.

Gabes Gesichtsausdruck ist … bestürzt. Vielleicht peinlich berührt, weil ich so laut war. Vielleicht hat er Kopfschmerzen. Ich weiß nicht, ich war schon immer schlecht darin, Gesichtsausdrücke zu lesen. Auf jeden Fall sieht er nicht glücklich aus.

»Was? Ich habe dich doch nicht als Lügnerin bezeichnet. Ich habe gesagt, dass ich früher in dich verknallt war«, verteidigt er sich.

»Ja, toller Witz übrigens, richtig lustig.«

»Das war kein Witz.«

»Oh.«

Er teilt den Keks und nimmt das etwas kleinere Stück. Ich beobachte ihn, während er einen kleinen Bissen nach dem anderen nimmt, bis er alles aufgegessen hat. Er kaut mit geschlossenem Mund, wofür ich ihm schon immer dankbar war. Laut Google haben viele autistische Menschen Misophonie, aber seit ich denken kann, behandelt mich meine Familie, als würde ich total übertreiben. Meine Wut verpufft, auch wenn ich sie zum Bleiben zwingen will. Hatte er wirklich Gefühle für mich? Und falls ja, wann? Wie konnte ich das verpassen? Offensichtlich waren die Gefühle bis zur zehnten Klasse endgültig vorbei, also muss es sie gegeben haben, als wir etwa zwischen zwölf und vierzehn waren, wenn man in Betracht zieht, wann solche Sachen bei anderen Menschen in unserem Alter angefangen haben.

»Gabe, wenn das wieder einer deiner Tricks ist, dann musst du jetzt bitte damit aufhören, weil ich nach diesem Praktikum unbedingt dort angestellt werden möchte, und jetzt will der Redakteur, dass ich eine Fortsetzung über alle Leute schreibe, die kommentiert haben, dass sie …«

»*Alle* Leute? Wie viele gab es denn, Zoe, du alte Herzensbrecherin?«

»Fünf.«

»Wow.«

Er lehnt sich grinsend zurück und nimmt einen unerhört langsamen Schluck Kaffee. Meiner bleibt unangerührt. Das Schweigen ist unangenehm, das fällt sogar mir auf. Dieses Treffen ist das Gegenteil unserer Skype-Treffen mit Ariana, die einfach und angenehm und entspannt sind. Wahrscheinlich ist es meine Schuld, das ist es meistens. Mein Hirn rast, um irgendetwas zu finden, was ich sagen könnte. Gabe ist schneller.

»In der siebten Klasse hast du eine Präsentation über einheimische Bienen gehalten.«

»Was?«

»Da wusste ich, dass ich dich, du weißt schon … mag. Du warst so klug und begeistert von den Bienen. Das hat irgendetwas bei mir ausgelöst.«

»Ah, also nur ein kurzes Ding in der siebten Klasse. Das ist nichts. Und jetzt ist alles gut, richtig?«

»Ja, alles gut. Entschuldige, falls ich dir in die Arbeit reingepfuscht habe, daran habe ich nicht gedacht. Es hat sich eher angefühlt, als würde ich ein Foto auf Instagram kommentieren oder so, kein großes Ding, weißt du.«

»Ist in Ordnung. Ich meine, mach das nicht nochmal, aber die Redaktion findet die Idee einer Fortsetzung großartig, also ist diesmal etwas Gutes dabei herausgekommen. Ich schreibe aber auf jeden Fall über das hier.«

Ich zeige auf die Kaffees und den halb gegessenen Keks und das Café. Gabe lacht und nickt. Er weiß, dass er in dieser Angelegenheit nichts zu sagen hat. Jetzt sind wir quitt, alles ist gut.

»Wie geht's Brooke?«

»Gut, diese Woche ist sie für die Arbeit in Sydney.«

»Cool.«

Gabe datet ein Mädchen, das mit uns zur Schule gegangen ist, aber er erwähnt sie nie. Warum genau ist mir nicht klar. Wegen ihr muss man sich nicht schämen, in der Schule wurde sie weder gemobbt, noch war sie komisch oder krass oder so etwas. Soweit ich das beurteilen kann, ist sie eine durchschnittliche, ordentliche, freundliche, unauffällige, total normale Person. Also quasi mein Traum. Sie haben in der freien Woche nach den Prüfungen rumgemacht. Ariana war sich sicher, dass es dabei bleibt, aber seitdem sind sie irgendwie zusammen. Es ist »locker«, sagt er.

In der Schule war Brooke nicht fies zu mir, aber wir waren auch nicht befreundet, und mit Ariana war sie ganz definitiv nicht befreundet. Sie lebt auf Instagram, und ich erfahre durch ihre Posts mehr über ihre Beziehung mit Gabe als durch das, was er erzählt (oder nicht erzählt). Ari sagt, das sei alles fake, aber ich finde es irgendwie süß. Ich kann mir nicht vorstellen, dass jemand jemals über seine Beziehung mit mir posten wollen würde.

»Also, wer sind die anderen Leute auf der Liste?«, fragt Gabe.

»Nur irgendwelche Leute aus meinem Leben. Schule, Uni, Arbeit.«

»Ja, das erklärt alles. Überhaupt nicht vage oder so.«

»Okay, na ja, die nächste Person auf der Liste, nach dir, ist Aidan Miller.«

»*Was?*«

Aus irgendeinem Grund springt Gabe auf, als würde seine Kampf-oder-Flucht-Reaktion anspringen. Er starrt mich an und wartet auf eine Antwort. Als ich den Namen in Maias Tabelle gesehen habe, war meine Reaktion ähnlich. Allerdings habe ich keinen der Namen wirklich erwartet. Darum geht es ja gerade.

»Ich weiß, das ist komisch«, sage ich.

»Du kannst dich nicht mit ihm treffen. Das ist eine schreckliche Idee.«

»Oh, okay, Boss.«

»Zoe, ich meine es ernst.«

Gabe erzählt mir mittlerweile schon seit zehn Jahren, wie ich mich verhalten soll. Das ist so verdammt nervig. Er macht das auch bei Ariana – kein Wunder, dass sie ans andere Ende der Welt gezogen ist.

»Ich schreibe ihm eine Mail und schaue, was passiert. Mich interessiert, was er zu sagen hat. Für die Artikelreihe, die ich schreibe.«

Gabe starrt die übrig gebliebene Kekshälfte auf dem Teller an. Ich schiebe sie auf einmal in meinen Mund. So muss ich für eine ganze Weile nichts erwidern und das scheint mir eine gute Sache, unserem Gesprächsverlauf nach zu urteilen. Der Keks ist ziemlich lecker.

Er wischt sich mit einer Bewegung über das gesamte Gesicht und ordnet seinen Ausdruck neu, weniger ernst. »Falls du Hilfe willst oder einen Rat, was Chats oder Mails oder was auch immer angeht, gib mir Bescheid. Ich spreche fließend Bro und auch ein bisschen Arschloch. Habe ich beim Rugby gelernt.«

»Ach, und ich dachte, du hast denen was beigebracht?«
»Haha.«

Wir nicken einstimmig. Ja, ich brauche vielleicht etwas Hilfe bei den nächsten Artikeln. Ja, Aidan Miller ist wahrscheinlich immer noch ein Riesenarsch. Ich zeige auf meine Uhr, während mir ein paar Krümel aus dem Mund fallen. Zeit, das hier zu Ende zu bringen.

Gabe trägt unsere Tassen und Teller zur Spüle hinter der Theke und Ana winkt uns hinterher. Auf dem Weg zum Bahnhof gehen wir im Gleichschritt und sagen kein Wort. Obwohl zwischen uns alles in Ordnung ist, fühlt es sich an, als hätten wir uns gestritten, und in meinem Hirn wirbelt alles durcheinander. Genauso in meinem Bauch. Konfrontationen lassen meine Anxiety aufblühen wie Algen. Das Zuhause der Riccis ist einer der tröstlichsten Orte für mich und darauf will ich auf keinen Fall verzichten. Irgendetwas muss es doch geben, damit ich die natürliche Ordnung der Dinge wiederherstellen und diese unangenehme Stimmung vertreiben kann. Am Bahnhofseingang bleiben wir stehen. Gabe wird weiterlaufen, sein Haus ist direkt hinter dem Hügel und dann rechts am Ende einer Sackgasse. In unserer Freundschaft haben wir uns noch nie umarmt. Oder auch nur Tschüss gesagt.

»Ich kann nicht fassen, dass du so von mir besessen warst.«

Gabe hebt eine Augenbraue und ein Hauch eines Lächelns erscheint auf seinem Gesicht. »Besessen ist ein starkes Wort. Ich würde eher behaupten, dass ich milde verknallt war, wie bei einer Erkältung, die nach drei bis fünf Tagen weg ist, weißt du.«

»Stimmt, wegen dem Bienenfaktenfetisch. Das hätte ich bei dir nie vermutet.«

»Ich bereue jetzt schon, dass ich was gesagt habe.«

»Hmmm, also, das wirst du spätestens, wenn ich mit diesem Artikel fertig bin.«

»Toll, ich kann's kaum erwarten.«

»Ich habe schon einen Titel: ›Fünf Bienenfakten, bei denen er weiche Knie bekommt‹.«

»Perfekt.«

Wenn wir uns gegenseitig verarschen können, passt es zwischen uns. Ordnung wiederhergestellt. Er dreht sich um und winkt mir vom Hügel aus zu. Trotzdem ist es komisch, darüber nachzudenken, dass er mich auf diese Art gemocht hat, wenn auch nur für einen kurzen Augenblick. Aus seiner Sicht habe ich mich nie so gesehen. Ich weiß nicht mal, ob ich jemals aus meiner Sicht über uns beide nachgedacht habe. Aber es ist in Ordnung. Alles ist gut.

Seit dem Artikel sehen mich die Leute im Büro mit anderen Augen. Oder eher: Sie sehen mich überhaupt. Vorher war ich unsichtbar, aber jetzt habe ich mir das Recht verdient, als Person wahrgenommen zu werden. Was für eine Freude. Dane und Arjun planen mich mittlerweile bei ihren Mittagspausen ein, und einige Redaktionsmitglieder haben auf dem Weg zu oder von Josephs Büro bei mir haltgemacht, um über den Artikel zu sprechen. Hier und da ist er geteilt worden, und irgendjemand auf Social Media sagt, dass eine andere Website den Artikel kopiert, aber damit vor allem Werbung für eine neue Dating-App gemacht hat. Solche Sachen eben. Das alles lenkt mich ab, und auch wenn ich gerade gerne abgelenkt werden würde, muss ich das Pflaster einfach abreißen und Aidan schreiben. Sein Kommentar unter dem ersten Artikel ist ziemlich geraderaus:

> Zoe, wir sollten mal was trinken gehen. Meld dich bei mir!

Da kann man nichts falsch verstehen, richtig? Der Kommentar war auf Facebook, aber dort bin ich nicht mehr, seit die Boomer, Verschwörungstheorien und rechten Memes übernommen haben, also schreibe ich ihm auf Insta. Er folgt mir seit dem Abschluss, als hätte er sich vorher nicht mit mir sehen lassen dürfen. Ich bin ihm nie zurückgefolgt.

Wahrscheinlich ist es Zeit, mein Profil wieder auf Öffentlich zu stellen, falls durch diese Artikel ein größeres Publikum zustande kommt, also sortiere ich erst mal aus und stelle mir vor, ich würde meinen Feed zum ersten Mal sehen. Nachdem ich alle Essensfotos und all den frühen Kram mit viel zu starken Filtern lösche, bleiben genau hundert Fotos übrig. Das gefällt mir. Es gibt keine Selfies, nicht weil ich sie nicht mag, sondern weil ich sie einfach überhaupt nicht hinkriege. Aber es gibt jede Menge Fotos mit mir und Ariana und den anderen Freiwilligen beim Literaturfest dieses Jahr, die okay sind.

Jetzt ist es wohl Zeit, wieder Kontakt mit Aidan Miller aufzunehmen. Ich will es nur hinter mich bringen.

> Hey Aidan, danke für deinen FB-Kommentar. Haha. Ich schreibe eine Fortsetzung für Bubble, meinst du, wir könnten über deinen Kommentar quatschen? Kein Problem, falls nicht. Hoffe, dir geht's gut! Zoe ☺

Ich hoffe, dass ich den richtigen Ton getroffen habe: professionell und freundlich, ohne zu flirten oder ihm einen falschen Eindruck zu vermitteln. Das Allerletzte, was ich jemals tun würde, ist, Aidan Miller zu daten. Und bis zu dieser Woche bin ich davon ausgegangen, dass es ihm genauso geht. Ooh, er schreibt schon zurück. Großartig. Vielleicht kann ich diesen Artikel bis zum Ende der Woche fertig kriegen und zusammen mit dem Artikel über Gabe an Joseph schicken.

> Hey Zoe, lange nichts mehr von dir gehört! Konnte es gar nicht glauben, als ich deinen Artikel gesehen habe.
> Ich wusste schon immer, dass dich Großes erwartet. Lass uns diese Woche was trinken gehen. Ich habe am Donnerstag und Freitag Zeit, falls dir das passt

Wie ... normal. Überhaupt nicht, was ich erwartet habe. Vielleicht spielt er mir doch einen Streich und braucht mehr Zeit. Ich werde vorsichtig sein müssen. Ich lege mein Handy zur Seite. Ich kann eine kleine Pause brauchen, während ich das durchdenke.

Der Artikel über Aidan wird schwerer werden, als ich dachte. Und das liegt natürlich daran, dass Aidan schon immer rücksichtslos war. Wir hatten sechs Jahre lang die erste Stunde zusammen und vom ersten Tag an hat er sich auf meine Schwächen konzentriert. Nach meiner glücklichen kleinen Hippie-Grundschule war die Umstellung auf die Highschool schwer. In den ersten Jahren waren Aidans Hänseleien erbarmungslos und darauf war ich nicht vorbereitet. Zuerst habe ich die Reaktion der anderen imitiert und gelacht. Schließlich ist es immer besser, Witze zu verstehen. Außerdem war es nicht wie die ganze Sache mit den fiesen Mädchen, die zur selben Zeit losging. Er hat viele Leute gehänselt, also fühlte ich mich nicht allein. Und als er mich in der zehnten Klasse fragte, ob ich nach der Schule mit ihm lernen und Hausaufgaben erledigen will, habe ich Nein gesagt, ohne zu zögern. Sechs Stunden mit ihm in der Schule waren mehr als genug. Es war wie bei Jekyll und Hyde: Unter vier Augen war er nett zu mir, aber völlig unerträglich, wenn andere Leute dabei waren.

Und dann gab es den Gruppenchat. Ariana hat versucht, mich vor dem Großteil davon zu bewahren, aber in der Elften ist ihr eines Tages rausgerutscht, dass er in dieser Gruppe, in der ein Großteil unseres Jahrgangs war, geschrieben hatte, was für ein »Lahmarsch« ich sei. Aus offensichtlichen Gründen war ich nicht in der Gruppe. Ariana wollte die Schulleitung über den Vorfall informieren, aber ich wollte ihn einfach nur tief vergraben und so tun, als würde mir das nichts ausmachen. Meh, mein Magen dreht sich um. Manchmal ertappe ich mich auch noch Monate später dabei, diese Momente ganz bewusst zu umkreisen, als würde ich es verdienen, sie noch einmal mit voller Wucht zu spüren. Es braucht Stunden und so viel Arbeit, um mich davon zu lösen, aber nur Sekunden, um wieder bei ihnen zu landen. Ich will diese Gefühle in der Highschool lassen, wo sie hingehören. Diese Person bin ich nicht mehr. Jetzt bin ich eine Person, mit der Aidan Miller auf ein Date gehen will?! Was habe ich bitte verpasst?

Der Snackautomat im Büro wird wissen, was zu tun ist. Heute sagt er mir: Smith's Chips, Salt-and-Vinegar-Geschmack. Alles klar. Der Pausenraum ist leer, weil es erst 9:30 Uhr ist, und die Tüte hält keine zwei Minuten. Bei meiner Stress-Essgewohnheit wirke ich am ehesten wie ein Pelikan: Einfach die Chips reinschaufeln und runter damit. Und gleichzeitig versuche ich, nicht an die Kalorien zu denken. Das ist eine alte Gewohnheit, zu der mein Hirn bei Stress zurückkehrt. Was ich jetzt brauche, ist eine gute alte Runde Quatschen mit Ariana. Leider ist es bei ihr fast Mitternacht. Sekunde, vielleicht ist sie noch wach. Ich weiß, dass es in ihrem Pub dienstags eine Happy Hour gibt, also kommt sie vielleicht gerade erst nach Hause. Es würde schon helfen, sie einfach nur über FaceTime zu sehen.

> **Hallo Babe, noch wach? Hoffentlich weck ich dich nicht auf, brauche nur einen Rat meiner allerbesten Freundin. Lieb dich vermiss dich wünschte ich wär bei dir x**

Beinahe im selben Moment liket sie meine Nachricht. Juchu, sie ist noch wach! Eine riesige Nahaufnahme von ihrem Gesicht beim Prom erscheint auf meinem Handy. Die hat sie als Kontaktfoto auf meinem Handy ausgewählt und lässt es mich nicht ändern. Während der Arbeitszeit zu facetimen, ist doch okay, oder? Irgendwie ist es ja auch für einen Artikel, also glaube ich, dass es in Ordnung ist. Meine Kopfhörer werden dafür sorgen, dass ich niemanden zu sehr nerve. Das Bild wird schärfer und ich sehe ihr schönes, zerzaustes, wunderbares Gesicht.

»Heyyyy. Du bist noch wach!«

»Ich sollte längst im Bett sein, aber ich musste dich anrufen. Ich *vermiiiiiiiss diiiiiiiich*!«

Ariana ist betrunken und im Schlafanzug, aber noch geschminkt und ihre Haare sind gestylt. Sie hält eine Tasse hoch, die vermutlich mit Tee gefüllt ist. Denke ich.

»Was hast du heute gemacht? Happy Hour im Pub?«

»Yep, Pints für ein Pfund sollten verboten werden. Ich werde so was von kotzen. Wo bist du? Auf einer öffentlichen Toilette?«

»Auf der Arbeit, bei Bubble.«

»Oh mein Gott. Kann ich das Büro sehen? Dein Job klingt so cool! Ich will Maia sehen. Sag ihr, dass sie die Finger von meiner besten Freundin lassen soll. Ha! Nein, erzähl mir alles. Dein Artikel war sooooo gut, Z! Ich habe ihn heute Abend allen im Pub gezeigt. Ich bin *sooooooooo* stolz auf dich.«

»Ha danke. Mir haben fünf Leute geschrieben, die mich früher angeblich mochten, also versuche ich, ein paar Fortsetzungen zu schreiben.«

»Oh mein Gott – wer denn? Ich meine, also natürlich, du bist wunderschön und so klug und überhaupt die allerliebste, aber *weeeeer*, sag schon!«

»Na ja, Aidan Miller.«

»WAS?«

Sie reagiert genau wie Gabe. Irgendetwas hält mich davon ab, ihr von seinem Kommentar zu erzählen. Vielleicht weil sie betrunken ist. Ich will sie jetzt gerade nicht mit so etwas überfahren. Darüber können wir ein andermal reden.

»Ja, ich habe ihm geschrieben, und jetzt will er mit mir was trinken gehen. Was soll ich machen?«

»Plan ein aufwendiges Date und geh nicht hin. Lass ihn auflaufen, das wäre witzig. Sag ihm, er soll einen Anzug tragen und solche Sachen.«

»Ari!«

»Ist nur ein Vorschlag. Aber wenn das nicht dein Ding ist, habe ich noch ein paar andere Ideen.«

»Zum Beispiel?«

»Was sagt dein Bauchgefühl? Willst du ihn wiedersehen?«

Mein Bauchgefühl sagt, dass es die Tüte Chips nicht so toll findet, die ich gerade inhaliert habe.

»Ich glaube schon«, antworte ich. »Ich würde ihm gerne sagen, wie sehr er mich verletzt hat, weißt du? Ihm zumindest einmal die Stirn bieten. Aber ein anderer Teil von mir hat das Gefühl, dass das alles nur ein großer Scherz ist und ich es bereuen werde, ihn überhaupt zu treffen. Es ist so schwer, die Situation einzuschätzen, weil er sich immer ganz unterschiedlich verhalten hat.«

»Ja, das verstehe ich. Also, falls du dich so fühlst, könnte es vielleicht genau das Richtige sein, ihn nochmal zu treffen. Ich glaube nicht, dass es ein Streich ist. Für so was sind wir mittlerweile zu alt, oder? Wahrscheinlich mag er dich wirklich. Vielleicht bereut er es, früher so ein Arsch gewesen zu sein. Er schuldet dir zumindest eine Entschuldigung. Aber nimm doch Harriet mit oder so, ich traue ihm nicht.«

Arianas Ausdruck ist todernst und ich vermisse sie so unendlich. Wenn sie sich in irgendeinen englischen Typen verliebt und beschließt, in London zu bleiben, weiß ich nicht, was ich tun soll. Sie hatte schon immer vor, ein Auslandsjahr zu machen, aber ich war trotzdem überrascht, als sie ihr Ticket für die erste Januarwoche gebucht hat. Als könnte sie es kaum erwarten, endlich von hier wegzukommen, und es fällt mir schwer, nicht mit dieser einen furchtbaren Ecke meines Hirns zu denken, dass *hier* auch mich einschließt. Es ist total unlogisch, weil Ariana wollte, dass ich mitkomme, und ich mich selbst dagegen entschieden habe. Aber wenn es darum geht, wie ich mich selbst am besten niedermachen kann, gibt es keine logischen Regeln mehr.

»Ich sollte wieder arbeiten. Lieb dich, Ari, lass uns bald wieder reden.«

»Okay, Babe. Skypen wir am Sonntag mit Gabe? Seine Nachrichten sind komisch. Mein Zwillingsbauchgefühl sagt mir, dass bei dem alten Kartoffelkopf irgendwas los ist.«

Sie macht eine Geste, als wäre ihr Kopf eine riesige Kartoffel.

»Yep, so wie immer.«

»LIEB DICH, VERMISS DICH, WÜNSCHTE ICH WÄR BEI DIR!«, rufen wir gleichzeitig, werfen uns Kusshände zu und legen auf.

Das hat gleichermaßen geholfen und wehgetan. Ohne sie wird das ein langes Jahr.

Okay, also das Wichtigste zuerst: Ich antworte auf Aidans Nachricht.

> **Was trinken gehen am Freitag klingt super. Wie wär's mit dem Wharf? FYI, ich werde darüber schreiben**

Das Wharf ist eine Hipsterbar, zehn Minuten von zu Hause entfernt. Meine Eltern hatten mit ihrem holzverkleideten Häuschen in der Morningside Glück, weil der Immobilienmarkt so am Boden war, dass niemand anderes zur Auktion kam, und die Nähe zur Schickimicki-Oxford-Street ist einer der Gründe, warum wir uns diese Gegend heute nicht mehr leisten könnten. Wenn etwas schiefgeht, weiß ich also wenigstens, dass ich einfach und sicher nach Hause komme.

Harriet wird mich zweifellos zur Bar und wieder nach Hause eskortieren, falls sie nicht arbeitet. Ihre Ausbildung zur Krankenpflegerin in Vollzeit an der Uni und ihre Teilzeitarbeit als Pflegekraft für Menschen mit Behinderung abends und am Wochenende zehren sehr an ihr. Als würde sie versuchen, in einem Moment alles für Mum zu sein und im nächsten alles für Dad. Natürlich würde sie das nicht so sehen: Mum ist wirklich ihr Vorbild, und Dads Verletzung hat sie motiviert, sich stärker für Menschen mit Behinderung einzusetzen. Wir sind einfach zwei Kinder, die absolut von ihren Eltern besessen sind, schätze ich.

Wenn Aidan das Wharf also auch passt, wird das Treffen am Freitagabend wirklich stattfinden. Und selbst wenn er mich sitzen lässt, habe ich immer noch Stoff zum Schreiben. Eigentlich wäre mir das sogar lieber.

Etwas tut sich auf meinem Handybildschirm.

> **It's a date, freu mich schon** 😊

Ich verstehe schon, dass man das so sagt, aber das ist definitiv kein Date. Er verwirrt mich so. Für mich gibt es nichts Unverständlicheres, als jemanden gemein zu behandeln, den man mag. Das Enemies to Lovers Trope in Liebesromanen mochte ich noch nie, nicht wenn der Enemies-Teil wirklich schmerzhafte Erfahrungen beinhaltet. Und das hier ist eine Person, die mir mein Leben aktiv erschwert hat. »Was sich liebt, das neckt sich«, haben die Jungs in der Schule früher behauptet. Es ist nur schwer vorstellbar, wie das jemals den gewünschten Effekt erzielen soll. Vielleicht ist das eine Einbahnstraße, vielleicht mögen diese Jungs den Adrenalinkick, wenn sie einem Mädchen hinterherjagen, das nicht auf sie steht. Ich weiß es nicht, aber auf jeden Fall wird dabei viel zum Thema Einvernehmlichkeit übersehen und ignoriert, und das fühlt sich ekelhaft an. Ein Teil meines Hirns möchte mich überzeugen, dass es eine schlechte Idee ist, auf ein *Date* mit Aidan Miller zu gehen, aber der lautere Teil beharrt darauf, dass daraus ein großartiger Artikel erstehen wird, und außerdem würde ich damit gerne abschließen, indem ich ihm sage, dass er mich mal kann.

Und jetzt habe ich noch etwas anderes zu schreiben.

Mit 15 dachte ich, ich sei niemandes Teen Crush, aber anscheinend habe ich nur die Anzeichen übersehen

Zoe Kelly wagt den Sprung in die Welt der Liebe und kontaktiert »All the Babes Who Loved Her Before«

Date Nr. 1: Der Bruder der besten Freundin

Na ja, es war ein Date, wenn man einen Kaffee vor der Arbeit so nennen kann, zu dem wir uns nur getroffen haben, damit ich ihn anschnauzen konnte, weil er mich online als Lügnerin bezeichnet hat. Aber lasst mich kurz ausholen. Ich bin eine autistische Autorin aus Brisbane. Ich studiere Journalismus im ersten Semester und habe keinerlei Vorgeschichte in Sachen Liebe. Diese Woche habe ich einen Artikel für Bubble geschrieben, in dem es darum ging, wie ich das ändern möchte und dabei ohne jegliche Dating-Erfahrung in den Apps ertrinke. Alle, die mich kennen, werden nicht davon überrascht sein, dass ich ein paar Kommunikationszeichen verpasst haben könnte. So sind wir hier gelandet.

Meine beste Freundin Ariana (die ich schon in meinem ersten Artikel erwähnt habe, hi, Ari!) hat einen Zwillingsbruder namens Gabe, mit dem ich ebenfalls seit etwa zehn Jahren befreundet bin. In der Zwischenzeit hat sich herausgestellt, dass er einen kleinen Teil dieser zehn Jahre damit verbracht hat, für mich zu schwärmen. Natürlich hatte ich davon keine Ahnung. Ariana und ich haben es geliebt, Stop-Motion-Filme mit unseren kleinen Blythe-Dolls zu drehen. Unsere Arbeiten waren bahnbrechend und unglaublich, sowohl was die Filmwissenschaft als auch das Storytelling angeht. Einige unserer besten Werke sind noch auf Youtube, ihr könnt sie euch hier anschauen. Anscheinend hätten Gabes Versuche als Kameramann Anzeichen genug sein sollen, um zu bemerken, dass er mich mochte. Kein Wunder, dass ich das nicht mitbekommen habe.

Aber es ist wirklich schwer zu entscheiden, was ich von Gabes nonchalantem Geständnis halten soll. Ihm scheint es nichts auszumachen, während ich vielleicht eine neue Identität annehmen und ins Ausland ziehen müsste, wenn ich meine einstige Liebe für einen guten Freund oder eine gute Freundin gestanden hätte. Er ist ganz entspannt – ein Zustand, um den ich ihn beneide. Aber so ist es eben. Meinem zwölfjährigen Ich hätte der Gedanke an besagte Schwärmerei vielleicht gefallen, aber sie hätte die Aussicht gehasst, irgendetwas davon praktisch umzusetzen. Bienen waren damals mein Ding. Anscheinend war mein Wissen über Bienen einer der Anziehungsfaktoren. Vielleicht sagt diese zusammenhanglose Information mehr über Gabe aus als über mich.

Wir haben all das bei einem Kaffee in unserem Stammcafé besprochen. Und auch wenn daraus nicht die Meet-cute-RomCom wurde, die ich mir vielleicht gewünscht hätte, war dieses erste Treffen ein guter Weg, um mich weiteren, hoffentlich augenöffnenden Gesprächen anzunähern – um mit alten Freunden, Freundinnen und Bekannten über Liebe zu sprechen, über Timing und was es bedeutet, jemandes Objekt der Begierde zu sein. Zoe x

Ich bin mir noch nicht sicher, ob der Untertitel so passt, aber mir gefällt »Babes« als genderneutraler Sammelbegriff, und außerdem kann ich so auf meine Lieblingsbücher verweisen. »Love« ist natürlich eine Übertreibung, aber es ist schließlich das Internet. Da lieben die Leute Übertreibungen. Joseph kann den Untertitel ändern, wenn er ihm nicht gefällt. So oder so wird der Artikel erst am Montag veröffentlicht, da laut Joseph ein Artikel pro Woche genug ist, um das Interesse der Leserschaft aufrechtzuerhalten. Das gibt mir etwas Raum zum Atmen.

Aidans Nachrichten machen mich überempfindlich. Meine Bluse kratzt an neuen Stellen und selbst die Atemgeräusche der anderen stören mich. Aidan hat als erste Person dafür gesorgt, dass ich mich alleingelassen und bloßgestellt gefühlt habe, als wäre ich durch meine Behinderung komisch und bereit für Hänseleien. Vorher wäre mir gar nicht eingefallen, mich so zu fühlen. Und mir fällt erst jetzt auf, dass ich mich nicht mehr so fühle, seitdem ich nicht mehr regelmäßig von ihm und den anderen an der Schule umgeben bin.

Die Weihnachtsferien waren eine riesengroße Abschlussparty für den Großteil meines Jahrgangs, aber für mich waren es drei Monate, in denen ich mein Selbstwertgefühl wieder von Grund auf neu aufbauen musste. Wenn ich versuche, mich an diese Zeit zu erinnern, könnte ich auch einen Film über das Leben einer anderen Person anschauen. Die Szenen, an die ich mich gerne erinnern würde, verdunkeln sich an den Schlüsselmomenten, und es gibt viel zu viele Szenen, in denen ich wie eine Leiche im Bett liege, während die Musik im Hintergrund – irgendetwas Dramatisches mit einer Klaviermelodie – zeigt, was zu dieser Zeit alles in meinem Kopf vorging. Ich bin mir nicht sicher, ob viele Leute diesen Film sehen wollen würden. Aber es gab auch ein bisschen Action – ich habe einmal pro Woche eine Psychologin getroffen, Sport gemacht und mich gut ernährt, anständig geschlafen, jede gute Serie gebinged, die jemals gedreht wurde, meine Lieblingsblogs gelesen, ein ganzes Leben mit den *Sims* und Zeit mit meiner und Arianas Familie verbracht.

Die restlichen Riccis müssen gewusst haben, dass irgendetwas bei mir los war, weil ich kaum einen Satz zusammengebracht habe und Ari ihnen sicher erzählt hatte, wie ausgebrannt ich war. Aber sie haben mich wie immer behandelt, mit lächelnden Gesichtern und leckeren Mahlzeiten, die immer bereitstanden, wenn ich da war. Ihnen schien es nichts auszumachen, dass ich oft nichts gesagt habe. Nichts sagen konnte. Gabe hat regelmäßig Witze gerissen, um mich zum Lächeln zu bringen, und meist musste ich trotz allem grinsen, weil es so lächerlich war. Vielleicht hat er die Witze aus Mitleid gemacht. Der Gedanke verdirbt mir die Erinnerungen. Vielleicht stimmt es gar nicht, aber ich lasse das Gefühl trotzdem zu.

Diesen Sommer war ich nicht ich selbst. Allerdings bin ich mir gar nicht sicher, was »ich selbst« bedeutet. Definitiv nicht die Person, die ich in der Schule war, und in der Uni bin ich mir auch nicht viel näher. Wer auch immer ich bin, ändert nichts daran, dass mein Akku nach der zwölften Klasse komplett leer war und ich ihn eine ganze Weile wieder aufladen musste. Es ist so schön, mich nicht mehr so zu fühlen.

Auf einmal sorgt ein Polizeivorfall im Valley dafür, dass sich das Nachrichtenteam in Lichtgeschwindigkeit bewegt. Meine Konzentration auf meine eigentlichen Aufgaben verschwimmt und verschiebt sich zum Nachrichtenteam wie eine Verengung der Pupillen, aber für alle Sinne. Es ist beeindruckend, zu sehen und zu hören, wie schnell sie am Telefon sind, um die brandheißen Neuigkeiten zu erfahren, und wie schnell Maia tippen kann, wenn es sein muss. Sie bereitet sich vor, um mit dem Kameramann namens David loszufahren. Ein Teil von mir will mitkommen, um sie im Einsatz zu sehen. Eigentlich will das sogar alles von mir. Das klingt nach der perfekten Erfahrung/ Ablenkung, die immer noch etwas mit Arbeit zu tun hat. Meine Konzentration ist sowieso schon dorthin gewandert, also könnte auch der Rest von mir sich beteiligen.

»Macht es dir etwas aus, wenn ich mitkomme?«, frage ich.

»Klär das mit Joseph«, antwortet Maia und spricht schnell. »Wenn er Ja sagt, sei in zwei Minuten draußen. Wir müssen los.«

Ihr Ton ist völlig anders, wenn sie in ihrem Element ist. Sie kommt direkt zum Punkt. Wenn doch nur alle immer so wären. Josephs Bürotür ist geschlossen, aber frei nach dem Motto »Meine Tür steht immer offen« klopfe ich vorsichtig an und öffne sie langsam. Er macht Kuh-Katze-Dehnübungen hinter seinem Schreibtisch.

»Wer ist da? Oh, Zoe, was gibt's?«

»Kann ich mit Maia und David fahren? Ich könnte dabei viel lernen und …«

»Ja passt. Allerdings ist das ein Polizeivorfall, also bleib im Auto oder weit hinter allen. Steh niemandem im Weg rum.«

»Super, danke.«

Außer meinem Rucksack brauche ich nichts, also schaffe ich es mit dreißig Sekunden Puffer aus dem Büro, um Maia zu treffen.

»Gut gemacht«, sagt sie mit einem Lächeln im Gesicht. David fährt im Firmen-Auto vor, einem neuen VW Beetle mit Bubble-Logo. Für Werbezwecke passt das, aber bei solchen Angelegenheiten sieht das Team ein kleines bisschen lächerlich aus. Maia umgeht das normalerweise, indem sie sich ein Uber nimmt.

»Wir müssen die Brunswick Street hoch, hinter das Einkaufszentrum, also stelle ich uns in eine Ladezone. Du bleibst im Auto, Praktikantin«, sagt David.

»Sie heißt Zoe«, sagt Maia.

David reagiert zwar nicht, aber ihre Korrektur fühlt sich gut an.

Dann passiert alles sehr schnell. David lenkt scharf ein, um uns einen Platz in der Ladezone vor einem Dönerladen zu sichern, und dann ist er schon ausgestiegen und macht Fotos, bevor ich überhaupt die Augen auf den Schauplatz gerichtet habe. Maia ist nicht weit hinter ihm. Sobald ich die Polizeikräfte sehe, kann ich nicht glauben, dass ich sie nicht vorher gesehen habe. Es sind so viele. Zwölf. Dort stehen zwölf Polizeikräfte und die meisten von ihnen sind bewaffnet. Ich wusste nicht, dass ein »Polizeivorfall« auch Waffen bedeutet. Irgendjemand ruft etwas. Ich höre »Umdrehen« und »Runter« und »Zurücktreten«, was eine verwirrende Kombination ist. Von hier kann man nur schwer erkennen, wen sie anschreien, aber mich würde jetzt nichts aus dem Auto kriegen.

Dann sehe ich ihn. Ein großer Typ, massiv, Weiß, in einem ausgebeulten grauen T-Shirt und Jogginghosen. Vielleicht ist er obdachlos. Auf jeden Fall ist er dreckig. Er hält sich die Hände auf die Ohren und hört nicht auf, sich zu bewegen. Seine Bewegungen lassen die Polizei nervös werden, das erkenne ich an ihrer Körpersprache. Sie wollen, dass er ruhig am Boden liegt. Aber sie schreien ihn weiter an, auch wenn ihn das offensichtlich unter Druck setzt. Ihre Reaktion ist total übertrieben. Wie er sich jammernd hin- und herwiegt, kommt mir bekannt vor, genauso wie sein verkrampftes Gesicht. Er kneift die Augen fest zu. Das ist ein Reizgewitter. Vielleicht liege ich falsch, aber mir scheint es, als würden wir alle einen gewaltigen Meltdown miterleben, während die Polizei alles tut, um es noch schlimmer zu machen. Endlich kniet er sich hin, zum Glück. Trotz seiner Größe kann er nicht viel älter sein als ich. Mein Magen ist fest verknotet.

Ich klebe am Fenster. Bitte lass es ihm gut gehen. Einer der Polizeikräfte, ein Typ mit Halbglatze und großer Sonnenbrille, tritt nach vorne und packt den jungen Mann am Arm. Dieser schlägt um sich und wedelt wild mit den Armen, damit ihn niemand anfasst. Diesen

Drang kenne ich nur zu gut, aber er sorgt hier nur dafür, dass die Polizei sich auf ihn stürzt. Der Typ mit der Sonnenbrille zieht etwas aus seinem Gürtel. Eine Pistole? Ein elektronisches Knacken ertönt, wie eine kaputte Steckdose, nur viel lauter. Ein Taser. Sie tasern ihn! Er krümmt sich auf dem Boden, und einige Polizeikräfte halten ihn fest, um ihm die Hände auf dem Rücken in Handschellen zu legen. Zwischen den Beinen der Polizeikräfte erkenne ich nur sein rundes, kindliches Gesicht, das fest gegen den Bürgersteig gedrückt wird. Seine Nase blutet. Jetzt bin ich es, die die Augen zukneifen muss.

Das hier ist wie ein Albtraum, die schlimmstmögliche Version eines Meltdowns, die sich direkt vor meinen Augen abspielt.

Bevor ich noch einen Blick wagen kann, sind Maia und David zurück im Auto, und wir fahren los. Als ich meine Augen langsam öffne, bemerke ich, dass Maia sich umgedreht hat und mich beobachtet.

»Alles gut bei dir?«

»Das war schrecklich.«

»Wahrscheinlich ein Methhead oder ein Verrückter aus der New-Farm-Klinik«, wirft David ein. So ein Arschloch.

Als wir wieder im Büro ankommen, sollte Maia so schnell wie möglich ihren Text abgeben, aber stattdessen folgt sie mir zu meinem Schreibtisch.

»Zoe, das war ganz schön krass. Geht's dir wirklich gut?«

»Es wirkte, als wäre er … autistisch. Das sah aus wie ein Meltdown und die Polizei hat alles nur noch schlimmer gemacht. So wie die gebrüllt und ihn angepackt haben, ist es kein Wunder, dass er sie wegstoßen wollte.«

»Daran hatte ich gar nicht gedacht. Der Taser war definitiv eine heftige Reaktion der Polizei. Ich werde gleich ihr Presseteam dazu befragen.«

»Frag nach, ob sie Fortbildungen zum Umgang mit Menschen mit

Behinderungen hatten und ob sie wissen, wie man eine autistische Person identifiziert und ihr hilft.«

Zu keinem anderen Zeitpunkt würde ich so bestimmt mit Maia umgehen, aber meine Hände zittern, und ich habe keine Energie mehr, um meine Worte abzuschwächen.

»Das mache ich. Danke, Zoe. Brauchst du irgendetwas? Soll ich Joseph sagen, dass es anstrengend für dich war?«

»Nein, alles gut. Das wird schon wieder«, antworte ich. Mir geht es offensichtlich nicht gut, aber weil ich meine Gefühle immer verspätet verarbeite, wird es noch eine Weile dauern, bis sich die Nachwirkungen voll entfalten.

Google führt mich zur »Strategie im Umgang mit Menschen mit Behinderung«, und ich lese die Abschnitte wieder und wieder, die davon handeln, wie Polizeikräften beigebracht wird, »Menschen mit Behinderungen zu identifizieren und eine Bandbreite an Kommunikationstechniken und Ablenkungstaktiken zu verwenden«. Das klingt gut, allerdings habe ich heute nichts davon gesehen. Dann google ich »autistische Person Polizeivorfall« und wünsche mir sofort, ich hätte es nicht getan. In den USA wurden autistische Menschen von der Polizei erschossen und ermordet. Noch schlimmer steht es für Menschen, die autistisch und Schwarz sind. Mein Herz schlägt bis zum Hals. Vielleicht hatte der Typ heute sogar Glück. Der Gedanke ist schrecklich. Er macht mich zugleich rasend wütend und ängstlich und diese beiden Gefühle schlagen abwechselnd über mir zusammen wie Wellen. Tagein, tagaus siegt Angst über Wut. Ich stelle mir vor, einen Meltdown in der Öffentlichkeit zu haben, und gehe das Szenario durch, bis ein Polizist auf mich zielt, allerdings nicht mit einem Taser, sondern einer Pistole. Dann beende ich dieses Szenario. Ich schiebe es so weit nach unten wie nur möglich, vorbei an meinem flauen Magen und den zittrigen Knien bis zum Gelenk in meinem rechten großen

Zeh. Ich bemerke, dass Maia immer noch redet. Und frage mich, ob Angst wohl echten Schaden an den Knochen ausrichten kann.

»Die Polizei hat uns wie immer erzählt, dass sie sich an das ›übliche Prozedere‹ halten, aber seine Familie hat auf Social Media gepostet, und ich hoffe, dass sie mit mir reden möchten. Du hattest recht, Zoe. Er ist autistisch. Er heißt Oscar.«

Ich erinnere mich daran zu atmen. Ich erinnere mich, einen Gesichtsausdruck aufzulegen, irgendeinen. Mein Ziel ist »besorgt, aber beherrscht«. Wer weiß, ob ich das hinbekomme. Maia wird dieser Geschichte gerecht werden und das lässt den Albtraum vielleicht drei Prozent erträglicher werden.

Er heißt Oscar.

Der restliche Tag fliegt vorbei und mein Autopilot lernt offensichtlich gerade erst zu fliegen. Ich stoße gegen Möbel und antworte Dane und Arjun in der Mittagspause zu spät. Sie lassen ihr Gespräch um mich herumlaufen und ich nicke alle paar Minuten unverbindlich. Ich will ins Bett.

Der Freitag hat sich angeschlichen, als wüsste er, dass es mir vor dem Treffen mit Aidan graut, und hätte sich deshalb erst recht beeilt. Ich muss es wohl einfach hinter mich bringen. Auch ohne den Polizeivorfall, der mich in den letzten beiden Tagen verfolgte wie meine ganz persönliche Gewitterwolke, gab es nie einen Teil in mir, der gerne auf ein Date mit Aidan Miller gegangen wäre.

An meinem Schreibtisch klicke ich mich durch seine Insta-Fotos, als würde ich einen Beitrag recherchieren. Was ich ja auch tue, wenn ich genau darüber nachdenke. Freitags läuft es im Bubble-Büro drunter und drüber. Es ist Casual Friday, wir machen schon um drei Uhr Schluss, und normalerweise verschwindet Joseph in eine lange Mittagspause, zumindest in den letzten beiden Wochen. Die Freitage hier mag ich am wenigsten.

Aidan sieht genau gleich aus, aber auch anders. Er ist ein bisschen dünner geworden und hat sich einen Bart wachsen lassen. Der Bart ist ungleichmäßig und am Kinn zu lang. Mir fällt auf, dass er auf jedem Foto genau gleich dasteht. Den Körper nach links gedreht, Kopf nach vorne, ein schwaches Lächeln und den Daumen hoch, auch wenn es nicht ehrlich gemeint scheint. Es wirkt, als wäre er nervös oder unsicher. Das ist mir neu.

Ariana schreibt mir alle zwanzig Minuten, um sicherzugehen, dass ich ihr auch jede allerkleinste Kleinigkeit über das Treffen heute Abend erzähle. Was ich anziehe, wer mit mir kommt, wo wir hingehen, was ich trinken werde, was ich sagen will. Dank ihren Nachrichten und meiner Insta-Recherche erledige ich nicht sonderlich viel Arbeit. Aber die Horoskope für Montag sind fertig, und das ist die einzige Sache, die ich heute wirklich erledigen muss.

Maia winkt mich zu sich. Seit dem Vorfall hat sie zwei Artikel veröffentlicht: einen über die Geschehnisse und einen zum Thema, ob die Polizeischulungen zum Umgang mit behinderten Menschen ausreichen. Sie hat mit vielen Fachleuten gesprochen und sehr überzeugend für mehr Fortbildungen argumentiert. Außerdem fragt sie mich ständig nach meiner Meinung, was nett ist, allerdings versuche ich eher, die ganze Sache zu vergessen. Sie will so viel über das Leben mit Autismus wissen, wie ich ihr erzählen möchte. Aber teilweise ist mir ihre Neugierde unangenehm. Für sie sind das nur Fragen. Für mich ist es, als würde jemand um eine Schulung dazu bitten, wie man mich und ähnliche Personen wie Menschen behandelt. Ich muss trotzdem zuhören, denn sie fragt:

»Macht es dir etwas aus, meinen nächsten Artikel zu lesen, bevor ich ihn online stelle? Natürlich nur, falls du Zeit hast.«

»Ja, kein Problem«, antworte ich. Durch die Machtdynamik bei einem Praktikum hat man nicht die Wahl, Anfragen abzulehnen, vor allem nicht, wenn sie von höhergestellten Redaktionsmitgliedern kommen.

Ich ändere ihr »Mann mit Autismus« zu »autistischer Mann«, weil die meisten autistischen Menschen diese Formulierung bevorzugen, und passe ihre Beschreibung seiner Handlungen an, um zu zeigen, dass es ein Meltdown und kein »Aggressionsanfall« war. Es enttäuscht mich tatsächlich etwas, dass sie das überhaupt schreibt.

»Vielen Dank, Zoe. Ich finde, jede Nachrichtenabteilung sollte jemanden haben, der, na ja, du weißt schon, Erfahrungen aus erster Hand hat.«

»Eine behinderte Redakteurin, meinst du?«, frage ich.

»Nennst du dich selbst so? Nicht jemand mit ›besonderen Bedürfnissen‹?« Sie flüstert das alles, als würde sie fluchen und vermeiden wollen, dass es jemand hört. Einerseits überrascht es mich, andererseits überhaupt nicht.

»Nein, es braucht keine Euphemismen. ›Behindert‹ ist kein schlimmes Wort«, antworte ich.

»Natürlich nicht«, sagt sie und wendet den Blick ab.

Ich versuche, mich nicht darüber aufzuregen, dass sie das Wort »behindert« nicht benutzen will.

Ich schaffe es nicht.

Um 15:01 Uhr hüpfe ich quasi aus dem Büro, weil ich mit dieser Woche so was von durch bin, aber das Schlimmste steht mir noch bevor. Der Zug um 15:20 Uhr ist voller Schulkinder und Jugendlicher, die mich nervös machen, auch wenn ich irgendwie ja selbst noch dazugehöre. Insbesondere Gruppen von Jungs in Uniform machen mich nervös. Meistens ist alles in Ordnung, nichts passiert, aber manchmal schießen sie sich auf jemanden ein, und das war schon öfter ich. Heute kann ich dem entkommen.

Auf meinem Weg nach Hause rascheln die Bäume und wehen im Wind, was ich noch mehr mag als meine Lieblingsserie. Warum sollte ich den Bus nehmen und das verpassen? Gerade ist die beste Zeit für die Zylinderputzer-Sträucher: Sie summen vor Bienen und explodieren in den schönsten Rot- und Pinktönen. Den Busch in unserem Vorgarten gibt es schon seit meiner frühesten Kindheit, und meistens sieht er zerzaust und grau aus, aber jetzt gerade ist er die allerschönste Pflanze hier.

Mum öffnet die Tür, bevor ich meinen Schlüssel rausholen kann. Sie hat Yogaklamotten an, heute ist ihr freier Tag.

»Hey, mein Schatz, happy Friday! Wie war dein Tag?«

Ihre Stimme ist besonders fröhlich, weshalb ich vermute – nein, weiß –, dass irgendetwas los sein muss. Wir müssen diesen kleinen Tanz hinter uns bringen, bevor sie mir sagt, was los ist.

»Schon okay, ein kurzer Tag, kann mich nicht beschweren. Und deiner?«

»Ach, du weißt schon, Einkaufen, Haushalt, Yoga. Ich habe mit deiner Tante Jane geplaudert, das war nett. Sie lässt dich ganz lieb grüßen.«

»Wie geht's ihrem Arm?«

»Wieder komplett verheilt, letzte Woche ist sie den Gips losgeworden. Das wird sie so schnell nicht nochmal machen.«

Tante Jane ist Mums jüngere Schwester und einfach die Beste. Mum und sie sind Schwestern, wie sie im Buche stehen: Mum ist die große, verantwortungsbewusste Schwester und Tante Jane die kleine, wilde. Jane ist zum Ende des Jahres nach Sunshine Coast gezogen, um ihren »Lebensstil zu ändern«, und hat sich vor ein paar Wochen den Arm beim Surf-Unterricht gebrochen. Als ob sie das aufhalten würde. Mum hat keine Ahnung.

»Und, hast du was Besonderes vor heute Abend?« Bei der Frage werden Mums Augen ganz groß.

Ich kann mir schon denken, dass ihr Harriet von dem Treffen erzählt hat. Was für eine Petze. Natürlich hätte ich Mum davon erzählt, aber ganz sicher erst danach. Sonst macht sie sich Sorgen. Sie denkt immer noch, dass ich fünf Jahre alt bin und mit niemandem außer meinen engsten Familienmitgliedern reden kann. Auch was die Arztbesuche angeht, sind wir noch nicht weit gekommen: Sie begleitet mich zu den Terminen und spricht für mich mit den Ärzten und Ärztinnen. Ich weiß nicht, wer von uns größere Probleme mit dieser Umstellung hat. Aber gerade jetzt ist es eindeutig sie.

»Ja, ich habe tatsächlich ein Date.«

Ich beobachte, wie sie so tut, als sei sie überrascht. Darin ist sie schrecklich. Ihre Augenbrauen springen so weit nach oben, dass sie beinahe unter ihrem Haaransatz verschwinden.

»Ach, wie schön.« Ihre Stimme ist eine Oktave zu hoch.

»Yep.«

»Wer ist denn der Glückliche? Oder die Glückliche? Die glückliche Person. Wer ist die glückliche Person?«

»Ein alter Schulfreund.«

Es ist schwer einzuschätzen, wie viel Harriet ihr erzählt hat. Mum kennt die Geschichte mit Aidan und würde sicher in absolute Panik verfallen, wenn sie wüsste, dass ich mich mit ihm treffe. Sicher hätte Harriet nicht so viel verraten, schließlich hat sie mich zu diesen Dates ermutigt.

»Kenne ich ihn?«

Mums Stimme läuft Gefahr, bald nur noch von Hunden gehört zu werden.

»Nein, Mum, und es ist auch keine große Sache. Nur was trinken und quatschen. Das war's.«

»Ich weiß, keine große Sache. Aber du bist eben mein Baby. Ich freue mich einfach nur für dich.«

Sie ist nicht einmal in der Nähe von Freude. Ihr sickert die Angst aus den Ohren wie Giftgas und mir wird übel.

»Okay, Mum, lieb dich. Ich geh jetzt und mache mich fertig.«

Ich lasse sie im Flur zurück.

Dann erwischt mich Dad auf dem Weg in mein Zimmer mit einem Überraschungsangriff in der Küche. »Du bist heute nicht zum Abendessen da, Schatz? Ich habe gehört, du hast ein heißes Date.«

»Dad.« Ich halte mir die Hände vors Gesicht und würde am liebsten im Erdboden versinken.

»Was denn? Lieber nicht ›heißes Date‹ sagen? Verstanden.«

»Ich komme nicht spät nach Hause. Bitte heb mir was zu essen auf, falls es Reste gibt.«

»Oh, die wird es geben, ich habe genug für eine ganze Armee gekocht.«

Ich will wirklich nur das Beste für ihn in seiner Schürze und Mum in ihrer pastellfarbenen Yogaleggings. Sie sind zwar ganz schön anstrengend, aber ich liebe sie.

Als ich endlich in meinem Zimmer ankomme, lasse ich mich aufs Bett fallen. Dann schaue ich mich um. In diesem Raum gibt es alles, was ich je brauchen werde. Ein gut sortiertes Bücherregal, breite Fenster mit Ausblick auf unseren kleinen Garten, aber auch Lichtschutzvorhänge zum Schlafen, vier verschiedene Beleuchtungsarten, den bequemsten smaragdgrünen Ohrensessel überhaupt – mein bester Secondhandfund bisher – und so viele weiche Decken und Kissen, wie man je brauchen könnte. Mein Bett ist wie eine Wolke. Mein Memoryfoam-Kissen ist wirklich eine Investition in die Zukunft. Abgesehen von Klopausen und meinem Nahrungsbedürfnis, könnte ich hier problemlos einen ganzen Monat überleben. Danach würde ich mich nach Gesellschaft sehnen. Vielleicht. Wenn ich an alles denke, was ich will, denke ich zuerst an diesen Raum. Das Problem ist nur dieses unpraktische Gefühl der Einsamkeit, das sich ganz ohne Einladung einschleicht. Könnte ich es mir aussuchen, würde ich es nicht fühlen. Dann wäre dieser Raum, mein Zufluchtsort, genug.

»Hey, Sis.«

Auch wenn ich nicht genug Zeit habe, um ihn zu genießen.

»Danke, dass du Mum und Dad von meinem Date erzählt hast.«

»Als ob Mum nicht ernsthaft einen Herzinfarkt kriegen würde, wenn sie erst danach davon erfährt. Ich habe dir einen Gefallen getan. Sie weiß nicht mehr als die Tatsache, dass es ein Date gibt. Ich habe nicht erwähnt, mit wem.«

Harriet lässt sich in meinen gemütlichen Sessel fallen und zieht die Knie unters Kinn. Ihre Augen strahlen mich an wie Flutlichter.

»Wie geht es dir damit?«, fragt sie.

»Ich habe noch nicht wirklich viel darüber nachgedacht.« Das stimmt nicht ganz, aber ich will gerade definitiv nicht darüber reden. Mein Hirn ist schon am Anschlag und ich muss immer noch rausgehen und Aidan überhaupt erst mal treffen.

»Zoe.«

»Was?«

»Du solltest wahrscheinlich mal darüber nachdenken. Der Typ war doch ziemlich fies zu dir, oder?«

»Ja.«

»Und du hast was genau vor? Eine flammende feministische Rede zu halten und ihm zu sagen, auf wie viele verschiedene Arten er dich mal kann?«

»So ziemlich.«

»Das ist krass. Das ist gruselig. Ich weiß nicht, ob ich das hinkriegen würde.«

»Na ja, ich schon.«

»Okay. Ich verstehe, du bist hart im Nehmen und du schaffst das.«

Harriet starrt aus dem Fenster. Sie will noch mehr sagen, hält sich aber zurück. Ich bin froh darüber, von meiner Familie habe ich genug gehört.

»Hilfst du mir mit meinem Outfit?«, frage ich, um das Gespräch auf ein einfacheres Thema zu lenken.

»Machst du Witze? Natürlich helfe ich dir!«, antwortet Harriet.

»Ich will wie eine Boss-Bitch aussehen. Oder einfach, na ja, wie ein Boss.«

»Ich kümmer mich drum«, sagt sie, springt auf und verschwindet hinter der Schiebetür.

Als hätte sie darauf gewartet, dass Harriet geht, schleicht Peaches unter meinem Bett hervor und hüpft auf meinen Schoß. Mein miesepetriger kleiner Engel.

»Hast du mich vermisst, Peachy? Ja? Das weiß ich doch genau. Ja, ich weiß doch. Ich hab dich auch vermisst.«

Sie drückt sich an mein Gesicht und rollt sich zu einem Ball. Auf meinem Handy ertönt eine neue Nachricht. Eine Sekunde lang rast mein Herz, aber dann erinnere ich mich, dass Aidan meine Nummer gar nicht hat. Ich nehme mein Handy in die Hand. Es ist Gabe.

> Ich hoffe, heute Abend läuft genau so, wie du es dir vorgestellt hast.
> Aber vergiss das Pfefferspray nicht!
> Bis zum nächsten Mal ☺

Eine Nachricht, auf die ich nicht antworten muss – die sind mir am liebsten. Er versucht nur, ein guter Freund zu sein, aber stapelt seine Sorgen auf die von Mum, Dad, Harriet und Ariana, und es wird mir alles etwas zu viel. Ich dachte, mein Liebesmangel wäre keine große Sache, bis ich gesehen habe, was für eine große Sache alle aus diesem Artikel und diesem einen Date machen. So fühle ich mich wie ein trauriger, kleiner Loser. Ich habe mich schon zu viele Jahre so gefühlt. Ich habe genug von dem Gefühl, das ich fühle, wenn andere Leute beschließen, mich voller Mitleid zu behandeln. Nichts davon kann ich selbst kontrollieren, und ich hasse es, wie Mitleid dafür sorgt, dass mir nur noch mehr Leute Ratschläge geben wollen.

»Bitte schön – dein Boss-Bitch-Outfit.«

Harriet ist wieder da und hält einen Kleiderbügel mit einem einfachen schwarzen Kleid hoch. Das hatte ich nicht erwartet. Bei genauerem Hinsehen ist es aber irgendwie perfekt. Es hat zwei Nähte auf der Vorderseite, weshalb es gut passen wird, es hat Ärmel und keinen zu tiefen Ausschnitt, es ist aus einer weichen Wollmischung und geht mir bis übers Knie, damit ich niemandem versehentlich meine Unterhose zeige. Es gibt nur noch ein Problem – Schuhe.

»Und dann noch die Schuhe. Ich finde, du solltest diese Mules tragen«, sagt Harriet. »Ja, sie haben zwar einen kleinen Absatz, aber mit Plateau, also solltest du sicher in ihnen laufen können, ohne zu stolpern.«

Das kann sie definitiv nicht garantieren. Ich kann barfuß auf einer flachen Wiese stolpern und beweise das regelmäßig. Trotzdem sehen die Schuhe bequem aus. Sie werden nicht bequem sein, aber ich bin sowieso nicht lange unterwegs.

»Danke, Hattie. Es ist perfekt«, sage ich.

Sie strahlt mich breit grinsend an. »Ich weiß.«

Wie immer rast die Zeit, und bevor ich mich versehe, bringt mich Harriet zum Wharf. Okay, vielleicht löst das doch ein paar Gefühle in mir aus. Ein Zittern. Nervosität. Ich bin ein kleines bisschen nervös. Oder besorgt, das ist auch ein gutes Wort. Kein Wunder, dass es mir Kopfzerbrechen bereitet, wenn ich mich gleich einem der Typen stellen werde, die mich in der Highschool gemobbt haben. Meine Beklommenheit lässt mich schneller laufen, obwohl ich meine Ankunft gerne so weit wie möglich herauszögern würde. Selbst die Schuhe hindern mich nicht daran. Zeit für meine Atemübungen. 4, 7, 8 – ein, halten, aus. Ist das Wharf umgezogen und jetzt viel näher? Ich hatte erwartet, länger zu laufen, aber hier ist es schon. Und Harriet drückt meine Hand. Ich bin bereit, mein Herz aus meinem Körper und auf den Bürgersteig vor mir zu kotzen, auch wenn ich weiß, dass das anatomisch unmöglich ist.

»Ich gehe meine Prüfungsnotizen durch und esse Eis, bis ich mich übergeben muss, nur so zwei Häuser in die Richtung. Auf dem Heimweg können wir dir eine Kugel Zitronensorbet holen«, sagt Harriet und lässt mich vor dem Eingang stehen.

Die Treppen hochzulaufen fühlt sich an, als würde ich mich auf einen Autounfall vorbereiten. Und als ich die Tür öffne, prasseln der Lärm, die Lichter und Gerüchte beinahe genauso heftig auf mich ein. Mir wird sofort klar, dass diese Location und diese Uhrzeit die falsche Wahl waren. Freitagabends gehen viele noch etwas trinken, und im Wharf heißt das, es gibt einen DJ und maximal viele Gäste. Meine Nervenenden fühlen sich an, als würden sie wie Grashalme durch meine Haut stechen. Wegrennen scheint mir die beste Option, doch dann winkt mich Aidan schon zu sich an einen kleinen Ecktisch mit zwei Hochstühlen. Er hat sich die Haare nach hinten gegelt und trägt ein kurzärmeliges Hemd mit Flamingos. Irgendetwas daran passt mir nicht. Die Flamingos sollten hier nicht mit reingezogen werden, die haben doch nichts falsch gemacht.

Ich winke, um zu vermeiden, dass er mich umarmt, aber zum Glück versucht er es gar nicht.

»Hey, Zoe, du siehst super aus. Wie läuft's bei dir?«

Als wäre das ein ganz normales Date. Als wären wir alte Freunde. Ich starre die Flamingos an, ohne dass mir ein einziger Satz einfällt. Dann kommt mir ein Gedanke.

»Wie wäre es, wenn ich uns was zu trinken hole?«

»Das kann ich auch übernehmen, was möchtest du?«, antwortet er sofort.

Ich wäge ab, ob ich lieber wartend am Tisch sitzen möchte, ohne zu wissen, was ich mit meinen Händen anstellen soll, oder mich auf die Suche nach Getränken begeben will. Ich wähle Letzteres.

»Nein, das passt schon, ich besorge uns welche«, sage ich.

»Okay, super. Ich hole dann die nächste Runde. Ein Corona

wäre toll, danke.« Er spricht sehr schnell, wie ich, wenn ich nervös bin. Mir fällt es schwer zu erkennen, ob er sich auch wirklich so fühlt. Dass Nervosität und Aidan zusammenpassen, hätte ich nie gedacht.

Die Schlange vor der Bar ist nicht wirklich eine Schlange, sondern mehr ein Pulk aus Leuten, die herumstehen und darauf warten, bedient zu werden. Der Barkeeper sucht sich willkürlich aus, wen er als Nächstes bedient. Durch diese Ineffizienz werden aus meinen Sorgen eine stille Wut. Was mache ich hier bloß? Aber anscheinend habe ich heute Abend ein gutes Timing, denn gerade, als ich mich entscheide, durch einen Seitenausgang zu gehen und Harriet beim Eisladen zu suchen, winkt mir der Barkeeper zu. Vor mir warten noch mindestens drei andere Personen, aber wenn er sie ignoriert, tue ich das auch.

»Was darf's sein?«

Oh, hallo, süßer irischer Akzent.

»Ein Corona und ein Mineralwasser mit Limette, bitte.«

»Kommt sofort.«

Ich schaue nach hinten, wo Aidan mit verschränkten Armen wartet – aber auf die entspannte, nicht die ungeduldige Art. Außerhalb der Schule ist er wie ausgewechselt. Sein Verhalten verwirrt mich sehr. Heute Abend ist ein Albtraum, den ich mir selbst eingebrockt habe. Angeblich bin ich doch schlau. Aber hierherzukommen, diesem Abend zuzustimmen, war keine schlaue Entscheidung. Irgendetwas ist zwischen Denken und Fühlen verloren gegangen, als hätte mein Hirn nicht genug Platz für mein Bauchgefühl gelassen. Der Barkeeper reicht mir die Getränke und mein Wechselgeld, dann wendet er sich der nächsten Person zu.

Aidan steht auf, um mir die Getränke abzunehmen und sie auf den Tisch zu stellen, während ich auf meinen Barhocker klettere.

»Vielen Dank. Ich sollte wohl mit einer Entschuldigung beginnen.«

Meine Brust zieht sich zusammen. Wir legen also direkt ohne Umschweife los.

»Okay.«

»Also, in der Schule war ich ein richtiger Arsch zu dir, oder?«

»Ja.«

Er lacht. Vielleicht war das eine rhetorische Frage.

»Ich war ziemlich überrascht, als du dich gemeldet hast«, fahre ich fort. Ich nehme einen großen Schluck meines Mineralwassers und weiche Aidans Blick aus.

»Ich glaube, ich mochte dich einfach und habe total verbockt, dir das zu zeigen.«

»Was?«

»Ja, und als du mir einen Korb gegeben hast, konnte ich damit nicht gut umgehen.«

»Als ich dir einen Korb gegeben habe?« Meine Stimme kann meine Überraschung nicht verbergen und mein Hirn nicht verarbeiten, wann ich ihm jemals einen Korb gegeben haben soll. Weil das nicht passiert ist.

»Die vielen Male, als ich dich zu mir eingeladen habe oder mit dir am Wochenende abhängen wollte. Du hättest deinen Ekel nicht viel offensichtlicher zeigen können. Was Sinn macht, weil ich mich immer wie ein Arsch verhalten habe.«

Was er als Nächstes sagt, ist schwer zu verstehen, weil die Leute am Nebentisch ein Gespräch über ihre Arbeit führen und sich eine andere Gruppe neben ihnen laut unterhält. In meinem Kopf verschwimmt all das zu einer großen Masse aus Lärm. Zu versuchen, etwas zu verstehen, ist, als würde ich ein verknotetes Wollknäuel entwirren wollen.

Ich nicke Aidan zu und hoffe, das reicht aus, um das Gespräch weiterlaufen zu lassen. Aber er starrt mich an.

»Was ist los?«, fragt er.

Sein Blick ist sanft, und er greift über den Tisch, um meinen Ellbogen zu berühren. Ich weiche zurück. Mein Herz rast, mein Magen durchdenkt alle Möglichkeiten, wie er seinen gesamten Inhalt loswerden könnte, und meine Hände zittern in meinem Schoß. Meine flammende feministische Rede wird sich nur in meinem Kopf abspielen. Die Realität läuft auf einem anderen Zeitstrang ab.

»Ich muss los«, sage ich.

»Was?«

Er ist verwirrt, und ich wüsste nicht, wie ich anfangen sollte, ihm zu erklären, warum ich so neben mir stehe. Es wird Tage dauern, bis ich es überhaupt selbst verstehe.

»Ich habe Migräne. Tut mir wirklich leid, aber ich muss los.«

Ohne ihn anzusehen und seine Reaktion abzuschätzen, springe ich vom Barhocker und hetze durch die Bar. Sobald ich draußen bin, laufe ich weiter, bis ich Aidans Umlaufbahn ganz sicher verlassen habe, dann sackt mein Körper auf einer Bank zu einem knochenlosen Häufchen zusammen. Der Eisladen ist so nahe, aber bis dahin schaffe ich es auf gar keinen Fall.

Aus irgendeiner tief entfernten Stelle bahnen sich Schluchzer ihren Weg durch meinen Körper. Sie haben mit heute Abend zu tun, aber zugleich auch nicht. Sie sind Fäden, die heute Abend in meinem Mund beginnen, sich an der Highschool vorbei durch meinen Hals spinnen und mit Steinen voller Kindheitsgefühle verknotet sind, an die ich mich kaum noch erinnern kann. Ich lege den Kopf zwischen meine Knie, weil ich weiß, dass man das bei einer Panikattacke machen soll. Ich fühle mich so falsch. Ich bin falsch. Ich werde immer falsch sein.

»Zoe?«

Harriet steht mit zwei Pappbechern Eis vor mir. Sie kneift ihr Gesicht zusammen, was auch immer das bedeuten mag. Dann reicht sie mir das Zitronensorbet.

»Lass uns nach Hause gehen«, sagt sie.

Normalerweise ist Sonntagmorgen meine liebste Zeit der Woche, aber der Gedanke an Freitagabend lässt immer noch Scham durch meinen Körper fluten. Die Beschämung fließt von meinem Kopf bis in die Zehen, hält inne, um die Schultern erzittern zu lassen und meinen Mageninhalt einmal richtig umzurühren. Harriet hat Mum und Dad gestern von mir ferngehalten, was nicht schwer war, weil Mum bis spätabends gearbeitet und Dad sowieso den halben Tag verschlafen hat. Ich habe sechs Stunden am Stück *Die Sims* gespielt und den restlichen Tag irgendwelchen Mist auf Netflix geschaut. Renovierungsshows, Designwettbewerbe, eine Hundeshow: alles Mögliche, damit ich mich nicht an Freitagabend erinnern muss. Aidan von Angesicht zu Angesicht gegenüberzustehen, war in echt so anders, als ich es mir vorgestellt hatte: Es war so viel schwerer. Beinahe hatte ich mich davon überzeugt, dass ich den ganzen Highschool-Kram verarbeitet habe, aber sein Gesicht zu sehen, hat alles wieder aufleben lassen. Müsste ich heute Nachmittag nicht mit Gabe und Ari skypen, würde ich die ganze In-meinem-Zimmer-bleiben-Routine wahrscheinlich wiederholen. Wenigstens hat Aidan nicht versucht, sich bei mir zu melden. Ich fühle mich, als hätte ich die Grippe. Mein Körper ist schwer und mein Kopf voller Smog.

Ich versuche schon seit fünfundvierzig Minuten, mich zum Duschen zu motivieren, aber bisher habe ich es nur geschafft, meine Unterwäsche aus der Kommode zu holen und mich wieder ins Bett zu legen. Eine Dusche bedeutet nicht nur duschen. Es bedeutet Klamotten raussuchen, ausziehen, die richtige Wassertemperatur einstellen, Haare trocknen, Körper abtrocknen, anziehen und sich fertig machen, um das Haus zu verlassen. Das sind zu viele Schritte. Am besten wäre es, wenn jemand zu mir käme, um mich ins Badezimmer zu tragen, mir ein Bad einzulassen, mich dann wieder rauszuholen, abzutrocknen, anzuziehen, meine Haare zu föhnen, mich zu schminken und mir zu sagen, was ich anziehen soll. Vielleicht muss ich gar nicht duschen. Doch, ich habe gestern nicht geduscht. Ich werde duschen. Bald. Nachdem ich Insta ein letztes Mal gecheckt habe. Ariana hat vor zwei Stunden ein neues Foto gepostet: eine weitere Partynacht in einem ziemlich schäbig wirkenden Club. Ich frage mich, ob sie rechtzeitig für unseren Call wach sein wird. Ich brauche unseren Call.

Natürlich facetimen und schreiben wir die ganze Zeit, aber unsere Skype-Sessions mit Gabe sind besonders – weil wir alle drei zusammen sind. Sie fühlen sich an wie ein Event. Sie sind unser Ding. Und wir machen das, seit Ari weg ist, also ist es mittlerweile fast schon Tradition.

Nachdem ich es endlich geschafft habe, meinen Körper in die Dusche zu manövrieren, ist es unwahrscheinlich, dass ich je wieder herauskomme. Im dampfenden, heißen Wasserstrahl zu sitzen, fühlt sich an, als würde die ganze Scham abgewaschen. Und das Falschsein. Meine Nervenenden werden wieder unter meine Haut geschoben, wo sie hingehören. Aidan hat nicht einmal etwas Schlimmes getan, sondern nur zugegeben, dass sein Mobbing eine toxische Bekundung unerwiderter Gefühle war. Oder doch, das ist sogar ziemlich schlimm, schätze ich. Ich bin so wütend wegen all der Stunden, in denen ich versucht habe, sein Verhalten zu entschlüsseln und herauszufinden, wie er in einem Augenblick so nett und im nächsten so grausam sein konnte. In meinem nächsten Artikel für Bubble kann ich doch nicht

»Mobbing« als Anzeichen dafür beschreiben, dass jemand auf dich steht. Mädchen und Frauen haben mehr verdient. *Ich* habe mehr verdient.

Wenn ich all diese Gefühle nach unten drücken kann, wo sie hingehören, könnte ich vielleicht gerade so das Haus verlassen.

»Komm schon, Zoe. Ich muss in zwanzig Minuten los und vorher noch unter die Dusche«, ruft Harriet von der anderen Seite der Badezimmertür.

Meine Familie versteht, warum ich lange Duschen brauche, also weiß ich, dass Harriet nur darauf besteht, wenn es sein muss. Nachdem ich das Wasser abgestellt habe, brauche ich trotzdem noch ein oder zwei Minuten, um aus der Dusche zu steigen, als wäre ich festgeklebt.

»Alles gut bei dir?«, fragt Harriet und sieht mich genau an, als wir uns an der Badezimmertür begegnen.

»Mir geht's gut, ich bin nur müde«, antworte ich.

»Willst du, dass ich dir was zum Anziehen rauslege?«

»Ja bitte. Ich muss nur zum Skype-Call mit Ariana.«

»Und Gabe.« Als sie seinen Namen sagt, zieht sie die Augenbrauen hoch.

Ich werfe ihr einen Blick zu und sie sieht nach unten. Heute ist nicht der richtige Tag für ihre Sticheleien über Gabe.

Harriet nimmt die schnellste Dusche der Welt und erscheint wenige Augenblicke später mit Klamotten für mich. Eine Culotte aus Baumwolle mit Stretchanteil und ein gestreiftes Oversized-T-Shirt. So nahe wie nur möglich an einem Schlafanzug, den ich auch draußen tragen kann. Ich würde am liebsten heulen. Sie versteht mich einfach.

»Danke. Das ist perfekt.«

»Ich weiß.«

»Ich werde meine New Balance tragen.«

»Ich weiß und sie werden super damit aussehen.«

Zum Haus der Riccis sind es etwa zwanzig Minuten zu Fuß. Ich freue mich über den kühlen Wind im Haar und den Sonnenschein im Gesicht. Die Riccis wohnen auf der anderen Seite der Gleise. Der Teil der Nachbarschaft ist nicht besser oder schlechter, sondern einfach auf der anderen Seite der Zugstrecke. Das Zuhause von Ari und Gabe ist groß und wunderschön und ein bisschen abgewohnt. Die Farbe blättert ab, und die Eingangspforte muss schon, seit ich denken kann, repariert werden. Um sie zu öffnen, hebe ich sie etwas an. Das Haus passt perfekt zu ihnen. Gabes und Aris Mums sind meine beiden liebsten Erwachsenen auf der ganzen Welt, abgesehen von meinen eigenen Eltern, natürlich. Marie ist ruhig, trägt eine Brille und liest die Zeitung von der ersten bis zur letzten Seite. Ich kenne niemanden sonst, der so einen scharfsinnigen Humor hat. Das haben Ari und Gabe von ihr. Sophie hat die gleichen wild gelockten braunen Haare wie Ariana, allerdings sind ihre nur schulterlang. Sie ist gesprächig und lieb und sitzt immer am Küchentisch, um an ihrem nächsten Projekt zu arbeiten. Heute sitzt sie an einem Mosaik für ihre Gartenmauer. Wenn sie sich konzentriert, kräuselt sie die Nase. Als ich hereinkomme, sieht sie auf.

»Hallo, Zoe, ich habe dich schon seit gefühlten Ewigkeiten nicht mehr gesehen. Wie geht's dir?«

»Mir geht's gut, danke. Ich habe nur viel zu tun mit der Uni und dem Praktikum, aber alles läuft gut.«

»Das überrascht mich nicht. Mit dir können sie sich glücklich schätzen, meine Liebe. Gabe ist in seinem Zimmer und fährt den Computer hoch. Geh ruhig zu ihm. Wenn ihr mit Ariana fertig seid, komme ich nach, um mit ihr zu reden. Gib Bescheid, falls ihr irgendetwas braucht.«

Gabes Zimmer liegt gegenüber von Arianas, und ich kann nicht anders, als zuerst einen Blick in ihr Zimmer zu werfen. Es sieht aus wie immer, perfekt wie auf Pinterest mit Lichterketten an ihrem Bett und darüber Polaroidfotos an der Wand. Ihr großer Spiegel lehnt wackelig an der Wand und das Foto von uns am Abschlussball steht immer noch ehrwürdig gerahmt neben ihrem Bett. Meine Einsamkeit ist zu Kalk erstarrt. Ich fühle mich, als würde ich um sie trauern oder zumindest um den Tod unserer Freundschaft im echten Leben. Ich freue mich so für sie, so sehr, weil sie ihr Ding durchzieht und ihren Weg geht. Ich wünschte nur, dass ich mich dadurch nicht zurückgelassen fühlen würde.

»Bist du das, Z?«

Gabe steckt seinen Kopf durch die Tür. Ich schaue ihn an. Seinen großen, albernen Kopf. Sein schiefes Grinsen und die zerzausten Haare. Warum kann er nicht etwas Zwillingsmagie walten lassen und für eine Weile mit Ari Plätze tauschen? Ich habe BFF-Krams, den ich mit ihr besprechen muss. Mir entkommt ein Seufzer, der lautlos hätte sein sollen.

»Alles okay?«, fragt er.

»Ja, ich vermiss sie heute nur, das ist alles.«

»Ich auch. Komm schon, rufen wir sie an.«

Gabes Zimmer ist so un-Pinterest-würdig wie nur möglich. Darin steht ein altes, hölzernes Bett mit einer karierten Bettdecke, die bestimmt Sophie ausgesucht hat, überall auf dem Boden sind Bücherstapel verteilt, und auf seinem Schreibtisch steht sein ganzer Stolz: der Computer. Er ist der einzige Mensch mit einem Desktopcomputer, den ich kenne – er benutzt ihn für Videospiele. Und damit meine ich volle Kanne sechs Stunden Online-Gaming-Sessions mit Kopfhörern. Fortnite, glaube ich, und andere Spiele, deren Namen ich schon wieder vergessen habe.

»Und … wie war dein Date mit dem Frauenheld Aidan Miller?«

Dabei verdeckt er seine Verachtung in gekünstelter guter Laune. Ich glaube, er ist immer noch sauer, weil ich mich überhaupt mit Aidan getroffen habe. Als hätte ich eine naive Entscheidung getroffen, als käme ich nicht mit meinem eigenen Leben zurecht. Was stimmen mag, aber trotzdem muss mir das niemand vor die Nase halten.

»Es war toll«, sage ich. »Wir haben uns verlobt und backpacken im Sommer durch Europa.«

Er nickt verhalten und springt nicht auf meinen Köder an. Vielleicht war meine Antwort zu gemein. Ich wollte sarkastisch und lustig sein. Ich versuche es nochmal.

»Es tut ihm leid, dass er so ein Arsch zu mir war, und ich bin gegangen, bevor er noch irgendetwas anderes sagen konnte.«

Gabes Blick findet meinen und auf seinem Gesicht erscheint ein Lächeln.

»Jaja. Das ist jetzt nicht der richtige Moment für Schadenfreude«, werfe ich ein, bevor er etwas sagen kann.

»War es wirklich so schlimm?«

»Nur ein bisschen. Ich habe mich ziemlich schnell vom Acker gemacht.«

»Gut«, sagt er sanft. Ich glaube, er könnte tatsächlich besorgt gewesen sein.

Wir setzen uns eng zusammen, damit wir beide ins Bild passen, und rufen Ari an. Bei unserem ersten Versuch geht sie nicht ran. Wir sehen uns an und müssen nichts sagen, um zu wissen, was wir beide denken. Hangover. Im letzten Schuljahr hat Ari nicht von ihren Schulbüchern aufgesehen. Sie war die Beste in unserem Jahrgang und nutzt ihr Auslandsjahr jetzt als zwölfmonatige Abschlussfahrt. Sie hat eine Auszeit verdient, aber wir *brauchen* sie.

Beim zweiten Versuch erscheinen erst ihre wilden Locken in einem losen Dutt, bevor wir ihr Gesicht sehen.

»Bin schon da, bin schon da. Lasst mich euch Nerds mal richtig anschauen.« Sie sieht mit zusammengekniffenen Augen in die Kamera und hält ihr Gesicht sehr nah an den Laptop.

»So schön wie immer, Zoe. Gabe, Alter, du musst dir echt mal die Haare kämmen.«

»Das sagt die Richtige«, lacht er.

Ari greift an den Dutt auf ihrem Kopf und lacht mit.

»Ach, ich habe so einen Kater«, sagt sie und macht ein übertrieben langes Gesicht.

»Zur Abwechslung«, zieht Gabe sie auf.

»Das sagt gerade du, Mr. Cocktails-unter-der-Brücke. Sah kuschlig aus bei dir und Brooke gestern Abend. Hat sie das auch umsonst über die Arbeit bekommen?«

Gabe rutscht in seinem Stuhl hin und her. »Na ja, wir sind nicht lang geblieben.«

»Ich brauche auch einen Job, bei dem man ohne Ende Cocktails an wunderschönen Orten trinken kann.«

»Bei so einem Job würdest du sterben«, antworte ich.

Das meine ich ernst. Ich glaube wirklich, dass sich Ari ihrer Gesundheit ernsthaft schaden würde, wenn sie unbegrenzt kostenlosen Alkohol kriegen könnte, aber Gabe und sie brechen trotzdem in Gelächter aus.

»Wie war dein Date, Zoe? Ich dachte, ich würde einen Livestream kriegen, aber ich hab nichts von dir gehört.«

Jetzt bin ich es, die in ihrem Stuhl hin und her rutscht. Die Stille zieht sich.

»Ungefähr so gut, wie ein Date mit Aidan Miller eben laufen kann«, sagt Gabe.

Aber es ist nicht fair, Ari außen vor zu lassen. Sie ist meine beste Freundin, egal, wo sie gerade lebt.

»Ich hatte mehr oder weniger eine Panikattacke und habe mich gedrückt. Ich bin gar nicht dazu gekommen, ihm auch nur ansatzweise meine Meinung zu sagen. Ich habe geheult und Eis gegessen. Ich bin also diese Art Mädchen statt einer knallharten Feministin.«

Aris Gesicht ist schmerzverzerrt. Sie hasst den Verlauf dieses Abends genauso wie Harriet. Nicht ansatzweise so sehr wie ich, aber ich bin mir nicht sicher, ob jemand außer mir so abgrundtiefe Scham und Enttäuschung empfinden kann.

»Oh, Babe, das tut mir so leid. Wenigstens weiß er, dass er sich schlecht verhalten hat. Das ist schon mal ein Anfang. Er hat nicht eine Sekunde deiner Lebenszeit verdient. Und er hat gesehen, wie gut es bei dir läuft und wie fabelhaft du aussiehst, also ist das immer noch ein Gewinn, schätze ich. Du bist ihm gar nichts schuldig.« Ari klatscht in die Hände, als wäre diese Angelegenheit damit beendet.

»Er hat sich dafür entschuldigt, wie er mich in der Schule behandelt hat, das ist schon mal etwas«, füge ich hinzu.

Ari nickt etwas zu enthusiastisch.

Gabe schaut Ari an und vermeidet es, mich anzusehen. Sein Körper ist so angespannt, dass er mich nicht mehr berührt. Wahrscheinlich hätten Ari und ich dieses Gespräch alleine führen sollen, aber ich kann ihr die Wahrheit nicht weiter vorenthalten.

»Langsam frage ich mich, ob diese Artikel überhaupt eine gute Idee sind«, sage ich.

»Oh, Babe, nein, deine Artikel sind großartig. Du kannst trotzdem einen über Aidan schreiben. Als abschreckendes Beispiel oder als eine Dekonstruktion toxischer Maskulinität. Du bist so eine gute Autorin, du findest schon eine Lösung.«

»Und was gibt es bei dir Neues?«, frage ich in einem verzweifelten Versuch, das Gespräch davon abzulenken, wie bedauernswert ich bin.

»Ich habe ein Rad gekauft, also bin ich damit jetzt so viel wie möglich in der Stadt unterwegs. Es ist so unglaublich schön. Und ich kriege mehr Stunden bei Schuh, was super ist, also spare ich jetzt auf ein paar Festivaltickets für den Sommer. Wireless wäre ein absoluter Traum, aber es ist so *bloody* teuer.«

»Bloody! Du klingst schon richtig englisch«, witzelt Gabe.

Ari sieht ihn höhnisch an, mir gegenüber verdreht sie die Augen. »Wie hältst du es nur mit ihm aus? Macht er dich nicht völlig wahnsinnig?«, fragt sie.

Gabe und ich werfen uns einen Blick zu. Einen verschwörerischen Blick. Unser Gespräch im Café oder den Artikel dazu erwähnen wir nicht, zumindest nicht heute.

»Um ehrlich zu sein, sehen wir uns gar nicht so oft«, antworte ich. »Ich habe mit der Uni und dem Praktikum genug zu tun.«

»Und ich habe mit den Burgern auch genug zu tun«, sagt Gabe.

»Was? Du hast immer noch keinen neuen Ausbildungsplatz? Das ist doch schon ewig her.«

»Jaja, ich arbeite dran«, antwortet er.

Anfang des Jahres hat Gabe eine Ausbildung auf dem Bau angefangen, aber sein Ausbilder ist pleitegegangen, und seitdem findet er keine neue Stelle. Seine Eltern reagieren sehr empfindlich darauf, das weiß ich.

»Und kommst du über Weihnachten nach Hause, Ari?«, frage ich und hoffe, das Gespräch in Gang zu halten.

»Weihnachten! Ich weiß ja noch nicht mal, was ich frühstücken soll«, lacht sie.

Weder Gabe noch ich geben uns Mühe, um das darauffolgende Schweigen zu beenden.

»Sorry, Zoe. Ich weiß, dass du die Frage ernst gemeint hast. Mich darfst du aber nicht zu ernst nehmen. Ich werde es versuchen, aber das hängt davon ab, wie viel ich sparen kann und wie teuer die Flüge sind. Februar ist viel günstiger.«

Februar ist außerdem zwei Monate weiter weg, aber das sage ich nicht. Von mir muss sie sich keine Schuldgefühle einreden lassen. Traurigkeit hat sich in mir abgelagert wie Sediment, direkt am Boden. Ich werde mir viel und gut zureden müssen, um morgen in die richtige Stimmung für die Arbeit zu kommen.

»Sophie und Marie wollen unbedingt mit dir reden, also lasse ich euch mal in Ruhe. Ich schreib dir nächste Woche, wenn ich mit dem Aidan-Artikel fertig bin und das nächste Date geplant habe«, sage ich.

»Oh mein Gott, ja. Wer steht als Nächstes auf der Liste?«

»Jake Jones.«

»Jake Jones? Oh, der war doch so still, oder? Komische Klamotten, irgendwie. War er nicht in der Elften so lange krankgeschrieben wegen irgendwas?«

»Ich glaube, das war wegen seiner Anxiety, aber ja, genau, das ist er. Wir hatten Englisch zusammen, aber wir haben nie wirklich miteinander gesprochen. Ich glaube, er ist nett.«

»Er ist ziemlich heiß, oder? Wie so ein düsterer, nachdenklicher Vampir?«

Gabe stöhnt.

Ari hält ihm ihre Hand vor. »Klappe, Gabe. Das geht dich nichts an.«

»Ich finde, er sieht ganz gut aus«, antworte ich.

»Yessss, das hast du so verdient! Halt mich auf dem Laufenden. Keine Arschlöcher mehr, sondern nur noch nette Typen, ja?« Ari zeigt auf mich.

»Yep, verstanden«, antworte ich.

»Bye, Schwesterherz«, sagt Gabe.

»Bye, Bruderherz. Bye, Zoe, LIEB DICH VERMISS DICH WÜNSCHTE DU WÄRST HIER.« Ari wirft mir Kusshändchen hinterher, bis ich das Zimmer verlassen habe. Gabe folgt mir.

»Du kannst weiter mit ihr und deinen Eltern reden, wenn du magst. Ich hol sie.«

»Nee, das passt schon. Das ist genug Ariana für heute«, antwortet er lächelnd.

»Sind wir jetzt dran?«, fragt Marie, die gerade aus ihrem Arbeitszimmer kommt. Ich nicke und sie läuft den Flur hinunter. Sophie erscheint aus der Küche und folgt ihr eilig.

»Unsere allerliebste Tochter«, höre ich sie rufen. Diese Familie weiß genau, wie man sich liebt. Deshalb fühle ich mich hier beinahe genauso wohl wie zu Hause.

»Ich bringe dich bis zum Bahnhof«, sagt Gabe und schlüpft in seine Flip-Flops.

Wir lassen uns Zeit und genießen die Stille. Es gibt nicht viele Leute, mit denen ich das tun kann.

»Also, bist du dir sicher, dass alles in Ordnung ist, nach Freitag und so?«, fragt Gabe und bricht das Schweigen mit einem Thema, das ich gerne weit hinter mir lassen würde.

»Ja, mir geht's gut. Du musst ihn nicht verprügeln oder … verschwinden lassen.«

»Nein, das meinte ich nicht –« Er sieht mein Lächeln und erwidert es.

Ein Witz. Alles ist in Ordnung, wenn wir Witze reißen können.

Ein Gedanke schießt mir durch den Kopf und dann direkt aus meinem Mund, bevor ich prüfen kann, ob diese Frage überhaupt gesellschaftlich akzeptabel ist.

»Wie haben sich deine Eltern kennengelernt?«

»Oh, ähmmm, sie haben sich online kennengelernt. Aber das war schon 2000, also in irgendeinem komischen Chatroom zu einer Serie, die sie beide mochten. Sie haben sich gemailt und waren eine Zeit lang nur befreundet.«

»Also haben sie es langsam angehen lassen.«

»So in etwa.«

An den Gleisen bleibt er stehen, und ich laufe weiter, während mein Hirn wieder und wieder, Schritt für Schritt abspult: »So in etwa, so in etwa, so in etwa.«

Als die Gleise beinahe außer Sichtweite sind, drehe ich mich um und sehe, dass Gabe immer noch an derselben Stelle steht. Er winkt. Ich winke zurück.

Der Montag kommt an wie Peaches, wenn irgendjemand eine Dose öffnet: zu schnell und die Enttäuschung ist vorprogrammiert. Aktuell bekommt Peaches nur Trockenfutter, weil sie, wie die Tierärztin sagt, »über dem Optimalgewicht« liegt. Es fühlt sich an, als hätten alle meine Verlängerungswünsche für den Sonntag nur dazu geführt, dass er noch kürzer wurde. Beinahe, als wäre das Wochenende nie passiert.

Aber Freitagabend ist definitiv passiert. Das kann mein weiterhin flauer Magen bestätigen. Harriet schnarcht auf ihrer Seite der Schiebetür, nachdem sie gegen 5 Uhr früh von ihrer Nachtschicht nach Hause gekommen ist. Also muss ich mich heute wohl selbst anziehen. Bei dem Gedanken fühle ich mich wie Lady Mary aus *Downton Abbey*: verzogen und daran gewöhnt, bedient zu werden.

Letzte Nacht wurde der Gabe-Artikel veröffentlicht. Als ich das überprüfe, sehe ich ihn auf dem Hauptbanner der Webseite, er ist also nicht zu übersehen. Sie haben ein lächerliches Stockfoto vom Rücken eines Manns oben ohne benutzt. Eines muskulösen Manns. Das wird Gabe so was von gefallen. Ich habe den Link bisher nicht an Ari geschickt, aber das hole ich nach. Irgendwann. Oder sie wird selbst darauf stoßen. Ich kann mir ihre Reaktion überhaupt nicht vorstellen, was bedeutet, dass ich nicht darüber nachdenken muss.

Es wird Zeit, mich diesem Tag zu stellen. Mein schwarzer Jumpsuit und die New-Balance-Sneaker rufen nach mir, aber wenn ich mein bequemstes Outfit schon am ersten Wochentag trage, kann ich auch gleich aufgeben. Also ist heute ein Tag für mein blaues Vintagekleid und Converse. Converse sehen sehr viel bequemer aus, als sie sind. Und das liegt nicht daran, dass ich sie eintragen muss, ich habe dieses Paar schon seit Jahren. Langsam frage ich mich, ob meine Füße die falsche Form haben.

Bevor ich gehen kann, braucht Peaches Aufmerksamkeit. Sie zu lieben, ist das Einfachste auf der Welt. Damit bis zum letztmöglichen Moment zu warten, ist nicht ideal, und ich muss wirklich los, aber die Katzenkuscheleinheiten sind es wert. Ich höre Mum in ihrem Zimmer, aber ich habe keine Zeit zum Reden.

Der Weg zum Bahnhof ist weniger eindrücklich als sonst. Ich könnte kaum sagen, an welchen Blumen oder Vögeln oder Hunden ich vorbeigelaufen bin. Und obwohl ich meine Kopfhörer aufhabe, sitze ich im Stillen im Zug. Schon so auszusehen, als höre ich Musik, schreckt die Leute davon ab, mir morgendlichen Small Talk aufzudrängen. Zumindest ist das der Hintergedanke. Außerdem mag ich den Druck auf meinen Ohren. Um 8:18 Uhr stehe ich vor dem Bubble-Aufzug. Es wäre gar nicht so schlimm, wenn der Aufzug stecken bleiben würde, denke ich, zumindest für eine Weile. Er bleibt nicht stecken.

Als sich die Türen öffnen, sehe ich nur uns Praktikant:innen im Büro, keinen der Festangestellten. In meiner letzten Woche werde ich hier einfach genau um 9 Uhr aufschlagen und diese unausgesprochene Regel zum Früh-aber-nicht-zu-früh-Kommen vergessen.

»Morgen, Zoe«, ruft Arjun von seinem heutigen Schreibtisch neben Josephs Bürotür. Er war als Erster da und hat den Preis für den besten Arbeitsplatz gewonnen. Wir waren oft genug zusammen mittagessen und haben genug Mails geschrieben, um selbstbewusst zu behaupten, dass wir jetzt befreundet sind, wahrscheinlich. Zumindest sind wir Instagram-Friends. Seine Freundin und er sind richtig süß zusammen. Ich winke ihm zu und lasse meine Tasche seufzend auf einen Schreibtisch fallen. Seit zwei Wochen bin ich hier und fühle mich so erschöpft. Die Horoskope für morgen werden ein bisschen düsterer als sonst. Würde ich Aidans Geburtsdatum kennen, wäre dieser Tag der schlimmste: voller Schmerz und Leid.

In meiner Tasche summt mein Handy.

> Hab deinen Artikel gesehen. Soll ich der heiße Typ sein? Ich mein, natürlich sehe ich oben ohne genau so aus, aber woher weißt du das?? Der Artikel ist richtig gut, Z, bin so stolz auf dich. Denk an mich, wenn du berühmt wirst! ☺

> Na ja, hab ein bisschen übertrieben, um mich gut darzustellen. Was soll ich sagen? Der ganze Ruhm steigt mir zu Kopf

> Ich lass meine Managerin bei deiner anrufen, ja? Vielleicht gibt es ja in deinem vollen Kalender noch etwas Zeit, um einen Kaffee trinken zu gehen?

> Für dich, mein muskulöser Freund? Natürlich immer

Gabe ist mit dem Artikel zufrieden, was gut ist. Ich bin mir nicht sicher, ob ich mit der zusätzlichen emotionalen Last klargekommen wäre, wenn er ihm nicht gefallen hätte – nicht heute. Aber irgendwie nervt es mich, wenn Leute sagen, sie seien »stolz auf mich«. Das wirkt, als würden sie eigentlich sagen: »Ich habe nicht viel von dir erwartet, also ist es eine große Überraschung und Erleichterung, dass du zumindest das absolute Minimum erreicht hast.« Das würde er nie so meinen, diese Gefühle könnte er nicht einmal nachvollziehen. Aber das war schon immer so: Ich fühle bestimmte Dinge zu bestimmten Sachen, die andere Leute nicht nachvollziehen können. Entweder stelle ich mich zu sehr an oder nicht genug oder mich nimmt etwas zu sehr mit oder zu wenig. All das macht mich so wütend, was das anstrengendste Gefühl von allen ist.

»Kommt schon, es ist so weit.« Joseph klatscht in die Hände, als er uns ruft. Er steht lässig in der Tür des Konferenzraums und sieht in seinen spitzen Stiefeln und schwarzen Jeans aus wie ein teurer Fotograf, der gleich das stylische Cover für irgendein Magazin shootet.

»Wir können wohl noch eine Runde über unsere Wochenenden plaudern, bevor wir loslegen«, sagt er. »Was haben wir denn alle Schönes gemacht?«

»Ich war am Hafen in Sydney, auf einer Jachtparty. Es war richtig nice«, antwortet Dane und sieht sich um, als könnte sein Wochenende auf keinen Fall übertroffen werden.

»Auf der Jacht von den Wilsons? Zur Verlobungsfeier ihres Sohnes?«, fragt Joseph.

»Nein, ein Kumpel von mir hat seinen Abschied gefeiert. Er zieht nach Kanada«, entgegnet Dane.

»Ah, das ist ja mittlerweile fast eine australische Tradition«, sagt Joseph.

»Ich war hier, um an meinem Artikel über den Umgang der Polizei mit Menschen mit Behinderung zu arbeiten«, wirft Maia ein.

Das ist definitiv keine Wochenendbeschäftigung, von der Joseph hören will, das weiß sogar ich.

»Jajaja. Du bist arbeitssüchtig, Maia. Du übertrumpfst uns alle«, antwortet er.

Einige Redaktionsmitglieder berichten von Rooftop-Bars und Pop-up-Restaurants und geheimen Konzerten, als würden sie die aufregendsten Leben führen. Für mich klingt nichts davon besonders spaßig, andererseits habe ich auch keine Anekdoten parat, die für mich nach einem guten Wochenende klingen.

»Warst du auf deinem zweiten Date, Zoe?«, fragt Maia und wirkt ehrlich interessiert und nicht, als würde sie mich blamieren wollen. Auch wenn sie genau das getan hat.

»Yep«, antworte ich.

Ich will mich verkriechen wie ein Schmetterling im Kokon. Ich weiß, dass Schmetterlinge eigentlich eine Chrysalis statt einem Kokon bilden, aber in diesem Fall kann ich einen ungenauen Vergleich akzeptieren. Die Überschneidung meines privaten mit meinem Arbeitsleben hat mich noch nie so bloßgestellt. Zorn auf Maia brennt mir im Hals, auch wenn ich weiß, dass ich nicht so empfinden sollte.

Joseph beäugt mich, als warte er auf mehr.

»Es war komisch. Ich habe mich mit jemandem getroffen, der mich in der Schule gemobbt hat. Ich hatte ganz große Pläne, ihm zu erklären, wie er mir das Leben schwer gemacht hat, aber dann habe ich gekniffen. Er hat sich für sein früheres Verhalten entschuldigt und dann bin ich mehr oder weniger weggerannt und habe auf dem Heimweg geheult und Eis gegessen.«

Wenn ich davon erzähle, klingt es lustig. Ein paar Leute schmunzeln. Auch wenn sie nicht gemein sein wollen, ist es schwer zu ertragen, wenn mein echtes Leben zum Witz wird.

»Willst du darüber schreiben oder dieses Date auslassen?«, fragt Joseph, und ich weiß, dass er mich nicht stressen würde, wenn ich mich für Letzteres entscheide.

»Ich werde darüber schreiben. Aber vielleicht muss ich das noch ausarbeiten. Hast du heute Zeit, Maia?«, frage ich.

»Yep, ich bin zwar gerade an einer Sache dran, aber morgens könnte ich mir ein halbes Stündchen nehmen«, antwortet sie.

»Es gibt keine Eile, wir werden den Artikel erst nächste Woche veröffentlichen«, sagt Joseph. »Hast du die Klickzahlen von deinem letzten Artikel gesehen? Er läuft richtig gut. Dem Publikum scheint die Ehrlichkeit und Repräsentation zu gefallen. So eine Stimme haben wir bisher noch nicht oft gehört, vor allem nicht in der Brisbaner Medienlandschaft.«

»Ich schaue nach dem Meeting rein«, antworte ich.

Joseph verteilt ein paar größere Projekte an die fest angestellten Redaktionsmitglieder, bevor wir uns auf unsere Schreibtische verteilen. Ich finde es komisch, dass einige doppelt so viel Arbeit annehmen wie andere. Leute wie Maia übernehmen alles von Bundes- und Landespolitik über internationale Nachrichten aus Agenturmeldungen bis hin zu Fashionshows in Paris und Mailand. Und dann gibt es Leute wie Dan, einer der ältesten Redakteure im Büro, glaube ich zumindest, der anscheinend nur ein bis zwei Artikel pro Woche abgibt.

Die Kommentare rufen nach mir und folgen etwa demselben Muster wie unter dem ersten Artikel. Die meisten unterstützen mich sehr. Über ein Dutzend Kommentare sind von autistischen Mädchen und Frauen, die ihre eigenen Geschichten teilen und sich gegenseitig bekräftigen. Das liebe ich. Es gibt jede Menge Kommentare, die Gabe und mich shippen, was merkwürdig ist, weil sie uns gar nicht kennen. Und dann gibt es noch ein paar fiese, gemeine Kommentare, aber nicht ansatzweise so viele Beschimpfungen wie unter dem ersten Artikel. Vielleicht bedeutet das nur, dass sie dieses Mal schneller moderiert wurden.

»Dann erzähl mir mal von diesem Date«, sagt Maia und rollt mit ihrem Schreibtischstuhl zu mir. Sie strahlt eine solche Wärme aus, dass es einfach ist, ihr für etwas zu vergeben, wegen dessen ich ihr sowieso nicht böse sein sollte.

»Ich wollte ihn unbedingt konfrontieren und ansprechen, wie er mich in der Schule behandelt hat«, antworte ich.

»Wäre das eine sichere Variante für dich gewesen?«

Ich halte inne, um darüber nachzudenken. »Ich denke schon. Er war wirklich nett, was mich noch mehr durcheinandergebracht hat.«

»Okay, gab es denn trotzdem eine genderabhängige Machtdynamik? Das würde Frauen ansprechen.«

»Ja vielleicht. Ich will es nur nicht so darstellen, als wäre Mobbing ein Anzeichen für romantisches Interesse, weißt du? Also sollte es im Artikel vielleicht darum gehen, wie toxisch unser Umgang in der Highschool war, wie falsch. Ich würde außerdem gerne über meine Anxiety schreiben, weil ich weiß, dass sie unter autistischen Menschen weitverbreitet ist und es ihnen helfen könnte, darüber zu lesen.«

Maia strahlt.

»Du hast ein Talent für gutes Storytelling, Zoe. Du wirst es noch weit bringen.«

»Selbst wenn mir irgendwann die persönlichen Traumata ausgehen, über die ich schreiben kann?«

Sie lacht nervös und scheint nicht sicher zu sein, ob das ein Witz ist. Ich bin mir selbst nicht sicher. Maia zeigt mir noch ein paar clevere Wege, wie ich die beiden ersten Artikel mit dem neuen verbinden und einen stärkeren Einstieg schreiben kann.

»Und wie läuft es mit deinem Polizeizeug?«, frage ich, als wir mit meiner Arbeit fertig sind.

»Das hat tatsächlich noch einen Zahn zugelegt. Ich werde mich wohl dafür einsetzen, dass Polizeikräfte mehr Fortbildungen im Umgang mit Menschen mit Behinderungen und psychischen Krankheiten erhalten. Auch viele Beratungsstellen unterstützen das. Jetzt geht es darum, ein Treffen mit dem Polizeipräsidenten auszumachen, anstatt mit irgendeiner anonymen Person aus der Presseabteilung zu sprechen.«

»Wow, klingt gut«, antworte ich. Sie hat schnell Fortschritte mit diesem ganzen Thema gemacht.

»Ich fände es super, wenn du über einige Artikel lesen könntest, falls du Zeit hast. Wir werden sie im Laufe der nächsten ein, zwei Wochen veröffentlichen.« Maias Augen leuchten, wenn sie über ihre Arbeit spricht.

»Klar, schick sie mir per Mail und ich schaue sie an. Wenn du möchtest, kann ich dir auch ein paar Links zu Profilen von Aktivist:innen im Bereich Inklusion schicken. Mein Wissen habe ich nur, weil ich von ihnen lerne«, sage ich.

»Oh okay, klar.«

Maias Stimme klingt verletzt, als hätte ich sie gerade beleidigt. Manchmal vergesse ich, dass Leute so sein können. Beinahe sofort nach unserem Gespräch landen ihre fertiggestellten Artikel in meiner Inbox. Ich überfliege den ersten und mir wird ganz schwer ums Herz. Schon wieder diese schrecklichen Beschreibungen: Jemand »leidet an Autismus«, Personen erreichen Dinge »trotz ihres Autismus«, die völlig unangemessenen Begriffe »hochfunktional« und »niedrigfunktional« werden benutzt, und es gibt Kommentare von der Leitung einer Hilfegruppe für Eltern autistischer Kinder, die beschreibt, dass sich die Autismusdiagnose ihres Kindes angefühlt habe, als sei »ein

Familienmitglied gestorben«. Begleitet wird das Ganze auch noch von einem wunderschönen Foto des Kindes, über das sie spricht: Es hat Pausbäckchen, zerzauste Haare und ist zu Hundert Prozent am Leben. Am liebsten würde ich den kompletten Artikel verbrennen. Aber das tue ich nicht. Stattdessen markiere ich alle Änderungen, die es braucht, damit der Artikel das rüberbringen kann, was Maia wohl möchte, aber ohne die beleidigenden, verletzenden Inhalte. So wird mein ohnehin leerer Energietank zwar noch leerer, aber ich denke an all die autistischen Menschen, die an dieser Beitragsreihe interessiert sein könnten, und tue es für sie.

Und als ich fertig bin, mache ich all das nochmal für den zweiten Artikel. Maia will mehr Weiterbildungen für Polizeikräfte im Umgang mit behinderten Menschen erreichen, aber ich würde gerne mehr davon für sie erreichen.

Mit 15 dachte ich, ich sei niemandes Teen Crush, aber anscheinend habe ich nur die Anzeichen übersehen

Zoe Kelly wagt den Sprung in die Welt der Liebe und kontaktiert »All the Babes Who Loved Her Before«

Date Nr. 2: Der Typ, der mich in der Highschool gemobbt hat

Wenn ich beim ersten Date den kleinen Zeh ins Wasser gehalten habe, hat man mich beim zweiten Date mit dem Kopf zuerst ins Wasser geschubst. Mit Schwung. Die ersten beiden Artikel dieser Reihe könnt ihr hier und hier nachlesen. Und jetzt lasst mich euch ein bisschen von Verehrer Nummer 2 erzählen. Nennen wir ihn Allan. Allan war einer der ersten Menschen, die ich am ersten Schultag der siebten Klasse getroffen habe. Meine Grundschule war ein winziger, unabhängiger, fortschrittlicher Hippiehimmel im Wald, also war der Start in die Highschool hart, um es vorsichtig zu sagen. Allan hatte einen Riecher für meine Angst wie ein Hai für Blut, und er verbrachte die nächsten sechs Jahre damit, mich endlos zu verwirren: Manchmal war er nett und wirkte ehrlich, dann mobbte er mich wieder und war gemein. Ich wusste nie, wo ich bei ihm stehe, aber es fühlte sich an, als würde er mich immer wegen irgendetwas auslachen. Warum also würde eine Person, die mich so behandelt hat, auf einmal eine Kehrtwende machen und beschließen, dass er mich daten will? Anscheinend, als hätte mein Großonkel Darryl den Plot meines Lebens geschrieben (voller veralteter und sexistischer Ratschläge, um die niemand gebeten hat), war der Junge die ganze Zeit gemein zu mir, weil ER MICH MOCHTE. Allan ging so weit, sich dafür zu entschuldigen, wie er mich in der Schule behandelt hat. Laut ihm war es eine Reaktion auf meine offensichtliche Abneigung ihm gegenüber, was unerwartet war – so unerwartet, dass ich aus der Bar floh, in der wir uns getroffen hatten. Normalerweise bin ich eher Typ »Vor Panik erstarren«, aber an diesem Abend hat sich meine Fluchtreaktion aktiviert, bevor man »Panikattacke« sagen konnte.

Auch wenn ich also das Fast-schon-Privileg hatte, Allan einen Drink auszugeben, kam ich nicht dazu, ihn wie erhofft schonungslos auszufragen. Ich kam nicht dazu herauszufinden, welche Anzeichen ich verpasst hatte, weil es nie emotional gesunde Anzeichen gab. Die ganze Sache, unsere Vergangenheit und sein Verhalten mir gegenüber, sind ein riesiges Knäuel toxischer Maskulinität, eingewickelt in Mobbing, mit einer hübschen kleinen Schleife obendrauf. Falls es nicht klar ist: Seine Entschuldigung ist die Schleife.

Ich habe überlegt, diesen Artikel nicht zu schreiben, weil es sich wie eine Enttäuschung anfühlt. Aber um ehrlich zu sein und auch aufzuzeigen, wie normal (und schlimm) Panikattacken sind, habe ich mich doch dazu entschieden. Ich hoffe, mein nächstes Date ist lieb zu mir. Zoe x

Der Artikel wird zwar erst nächste Woche veröffentlicht, aber ich musste ihn loswerden wie Gift im Körper und ihn endlich hinter mich bringen.

Maia wird es sich anschauen, dann Joseph. Ich versuche, nicht mehr daran zu denken und die restlichen Stunden im Büro zu überstehen. Die Psychologin, bei der ich in den Weihnachtsferien war, hat mir davon abgeraten, weiterhin meine Alles-von-mir-wegschieben-Methode anzuwenden, wie sie es genannt hat. Aber wenn ich jeden Tag, den ganzen Tag daran denken müsste, was ich alles vermasselt habe, könnte ich überhaupt nicht mehr funktionieren. Meine Scham fermentiert zu Wut und mit der kann ich nirgendwohin. Also könnte es eine gesunde Alternative sein, mich dem Ganzen durch Schreiben zu entledigen. Na ja, schauen wir mal. Bestätigt ist noch nichts.

Ari muss den Artikel über Gabe gelesen haben, denn mein Handy flippt aus.

> OMG

> GABE??!

> Was für ein Creep, das tut mir so, so leid!

> Natürlich mochte er dich, wie konnte ich das übersehen?

> Meine ganze Familie steht ganz offiziell auf dich

> Wie geht's dir, geht's dir gut? Warum hast du mir bei unserem Skype-Call nichts davon erzählt?
> Weißt du was, vergiss es. Du musst mir gar nichts erzählen. Mach einfach dein Ding, Babe

> Ich hab heute einen süßen Typen geküsst ☺

> Wann ist dein Date mit Jake, dem Vampir?

Ich melde mich bei ihr, wenn ich genug mentale Energie dafür habe. Sie wird sowieso bald schlafen und braucht ihre Ruhe sehr viel mehr als eine Antwort von mir.

Es gibt außerdem ein paar Benachrichtigungen über Matches auf den Dating-Apps, und plötzlich bin ich mir sicher, dass ich meine Konten für eine Weile deaktivieren muss. Zumindest bis dieses Dating-Experiment vorbei ist. Das erledige ich sofort, bevor ich noch mehr Benachrichtigungen bekomme.

Aris Nachricht erinnert mich an jemanden: Jake Jones. Wir sind auf Instagram befreundet. Ab und zu liken wir unsere Posts. Wenn ich ihn in eine Schublade stecken müsste, würde ich sagen, dass er sich für Kunst interessiert. Für Kunst und gesellschaftliche Probleme.

Ich checke Maias Tabelle. Wie Aidan hat er den ersten Artikel auf Facebook kommentiert.

> Ich war in der Achten in Zoe Kelly verknallt <3

Das sagt mir zwar nicht viel, aber mir wird davon ganz warm ums Herz, also lese ich den Kommentar noch ein paarmal. Irgendetwas an dem Gedanken, mit Jake zu reden oder ihn sogar wiederzusehen, fühlt sich anders an. Aber die achte Klasse ist schon lange her, und wer weiß, wie sein Liebesleben dieser Tage aussieht.

Ich halte die Luft an und klicke auf sein Instagram. Auf seinem Profilbild steht er vor einer Backsteinwand, trägt ein gestreiftes T-Shirt und sieht lächelnd zur Seite. Es ist ein schönes Foto. Sein Haar ist flauschig und gibt mir Timothée-Chalamet-Vibes. Und es gibt weit und breit keinen Fisch und kein Fitnessstudio.

Ich schaue noch einmal über mein Profil, als wäre ich eine andere Person, um sicherzugehen, dass es noch akzeptabel ist. Ich wirke okay. Vielleicht ein bisschen langweilig. Bin ich langweilig? Aber daran lässt sich jetzt nichts mehr ändern, also kann ich genauso gut den nächsten Schritt wagen.

> **Hey Jake! Ich arbeite aktuell an einigen Fortsetzungen für meinen Artikel über »modernes Dating« und eine Kollegin hat mir deinen FB-Kommentar geschickt. Wärst du bereit, darüber zu reden? Hoffe, dir geht es gut! Z**

Noch habe ich die Nachricht nicht verschickt. Jeder Satz muss mindestens zehnmal gelesen werden, jedes Ausrufezeichen genau unter die Lupe genommen werden. Wirkt das entspannt und lässig oder komisch und zu direkt? Maia sagt, die Nachricht ist gut. Harriet mischt sich ein und schreibt mir, ich solle sie »endlich *verschiiiiiiiicken*«. Ich vertraue ihrem Urteil und Maias. Harriet scheint schon immer besser zu wissen als ich, was ich brauche, und Maias Leben wirkt wie das Resultat einer Million guter Entscheidungen.

Ich verschicke sie. Sie ist verschickt. OMG, sie ist verschickt. Mein Körper schiebt sich selbst aus dem Schreibtischstuhl und ich renne ein paar Runden im Büro. Nur ein bisschen Nervosität, mehr nicht. Jetzt springe ich von einem Fuß auf den anderen, fast als würde ich mit einem unsichtbaren Seil springen.

Joseph beäugt mich mit einem amüsierten Grinsen, aber sagt nichts. Ich bin froh, dass Dane unterwegs zu irgendeiner Rugby-Pressekonferenz ist, weil er eine Riesensache daraus machen würde. Mein Körper muss sich oft auf diese Weise bewegen, auch ohne angsteinflößende Nachrichten an den wunderschönen Jake.

Und Jake ist wunderschön. Habe ich beschlossen.

Die Bewegung ist schon »ein Thema«, seit ich denken kann. Über die Jahre haben erst Mum und dann ich in der Ergotherapie Aktivitäten und Equipment erhalten, um damit umzugehen. Dank staatlicher Unterstützung besitze ich ein Außentrampolin, ein Minitrampolin, einen Schaukelstuhl, einen Gymnastikball, eine Schaukel und ein Scooterboard. Ich benutze die meisten von ihnen gerne, auch jetzt noch. Diese Sache mit der Bewegung kann ich nicht kontrollieren, es kann mit Freude oder Stress zu tun haben oder einfach mit Ich-muss-mich-jetzt-bewegen. Es ist schwer, den ganzen Tag im Büro von Bubble stillzusitzen, vielleicht zu schwer, um hier wirklich langfristig zu arbeiten. Aber Maia sagt weiterhin, dass es mehr Stimmen von behinderten Menschen in den Medien braucht, also würden sie vielleicht eine Ausnahme machen. Vielleicht könnte ich mein eigenes Büro haben mit einem Minitrampolin in der Ecke und einem Schild, auf dem steht, dass man bitte anklopfen soll. Der Gedanke reißt mich mit und mein Körper beruhigt sich wieder.

Ich schaue auf mein Handy und mir rutscht das Herz in die Hose, weil Jake noch nicht geantwortet hat. Es sind schon ganze … vier Minuten vergangen. Ganz offensichtlich hasst er mich.

Dating ist offiziell das Schwerste und Peinlichste, an dem sich menschliche Wesen jemals versucht haben. Ich konzentriere mich auf den lokalen Veranstaltungskalender, um dessen Aktualisierung Joseph mich gebeten hat, und der restliche Nachmittag schleicht sich davon. Vielen Dank, Zeit. Wenigstens einmal hast du mir einen Gefallen getan.

Das Haus riecht wie der reinste Knoblauchhimmel. Der Geruch umhüllt mich wie eine leckere Wolke, sobald ich die Haustür öffne.

»Hey, meine Kleine, hast du Hunger? Ich habe heute beim Abendessen etwas übertrieben«, ruft Dad aus der Küche.

»Genug für eine ganze Armee?«

Dad beäugt mich, um zu entscheiden, ob ich klugscheiße oder nur ein bisschen frech bin.

»Genug für eine ganze Armee«, stimmt er zu.

»Ja, ich bin am Verhungern. Hab den ganzen Tag nichts gegessen.«

Das stimmt, wenn man die paar Mandeln nicht zählt, die ich mir nachmittags reingewürgt habe. Und es lohnt sich fast nicht, sie mitzuzählen. In letzter Zeit war mein Appetit komisch. Es ist noch nicht so weit, dass ich Mum oder einem Arzt davon erzählen müsste, aber er verhält sich nicht normal. Es gibt mehr … Berge und Täler. Mittlerweile weiß ich, dass Stress und starke Gefühle dazu beitragen. Mein Körper kommuniziert seine Hungersignale nicht immer gut. Trotzdem muss ich besser darin werden, einem regelmäßigen Essensplan zu folgen. Dads Knoblauchdinner wird sicher dazu beitragen, meine heutige Kalorienzufuhr in die richtige Richtung zu bewegen.

»Zoe, komm mal her, wenn du eine Sekunde Zeit hast«, ruft Harriet aus ihrem Zimmer.

»Zauberwort?«

»Bitte!«

Wenn mir meine Familie Manieren einhämmert, als wären sie DAS WICHTIGSTE, WAS JE AUF DIESER WELT EXISTIERT HAT, dann hämmere ich genauso zurück.

Harriet liegt in ihrem Bett und den Kopf auf die Hand gestützt – als würde sie nur auf das nächste Nackenproblem warten.

»Hey, Schwesterherz, wie war dein Tag?«

»Gut, ja. Hab den Aidan-Artikel fertig geschrieben. Ich schick ihn dir.«

»Hast du dem Vampirjungen geschrieben?«

»Können wir ihn einfach Jake nennen?«

»Okay, sorry. Hast du Jake geschrieben?«

»Ja, habe ich.«

»Und?«

»Und er hat nicht zurückgeschrieben.«

»Oh.«

Sie bereut ihre Frage, das erkenne ich an ihrem Blick.

»Ich hab ihm aber auch erst vor drei Stunden oder so geschrieben«, sage ich.

»Voll, und er könnte beschäftigt sein. Arbeiten. Oder lernen«, sagt sie schnell, um das Schweigen zu beenden.

»Oder in der Uni sein.«

»Ja genau. Also mach dir gar keine Sorgen.«

»Ich mach mir keine Sorgen.«

Wie schweigen zusammen, wie wir nie zusammen schweigen – auf die unangenehme Art.

Ich ziehe mein Handy aus der Tasche, um Instagram zum millionsten Mal in den letzten drei Stunden zu checken. Eine Nachricht! Sie lautet:

> Hey Zoe, ich wäre beinahe gestorben, weil mir der Kommentar so peinlich war, aber deine Nachricht hat mich wieder zum Leben erweckt. Willst du dich treffen und abhängen oder das lieber über Mail oder Handy machen? Ganz deine Entscheidung. Herzlichen Glückwunsch zum Job bei Bubble, die wirken wie ein cooler Arbeitgeber

Mein Kopf wird ganz leicht, wie bei einem Zuckerrausch. Er will mich treffen, er will mit mir *abhängen*. Ein idiotisches Grinsen, für das es keinen Platz in meinem Gesicht gibt, bahnt sich trotzdem seinen Weg dorthin.

»Was ist? Hat er zurückgeschrieben?« Harriet setzt sich auf ihrem Bett auf wie ein Erdmännchen und versucht, über meinen Arm auf das Handy zu schielen.

Ich ziehe es weg. Sie kann warten. Und das sollte Jake auch, wahrscheinlich. Ich habe schon oft genug in Büchern und in Filmen mitbekommen, dass ich zu interessiert wirke, wenn ich sofort antworte. Ich werde ihm nach dem Abendessen schreiben.

Als hätte er meine Gedanken gehört, ruft Dad aus der Küche: »Mädels, das Essen ist fertig.«

Mum sitzt schon am Tisch und wartet darauf, dass ihr Essen vor sie gestellt wird. Sie sieht erschöpft aus, luftleer wie ein fünf Tage alter Ballon. In der Notaufnahme zu arbeiten, strapaziert sie wirklich sehr – sie sieht zu viel, kriegt zu viel mit.

»Hi, Mama«, sage ich leise. Laute Geräusche erschrecken sie nach einer Woche Nachtschicht. Das Gefühl kenne ich.

»Hi, Süße, wie war dein Tag?«

»Gut. Viel los. Soll ich dir einen Teller anrichten?«

Sie nickt und starrt auf die Platzdecken, die ich mitten auf dem Esstisch gestapelt habe. Ich lege eine vor sie, und sie hebt die Ellbogen, damit die Decke bis zum Tischrand gleiten kann. Es dauert zehn Sekunden, die restlichen Tischsets und Servietten zu verteilen. Heute Abend könnte »besonders« helfen.

»Okay, bedient euch, ich habe zwei Hähnchen gemacht, also müsst ihr euch nicht um die guten Teile streiten, und es gibt mehr Bratkartoffeln, als diese Familie in ihre Mägen stopfen könnte, selbst mit unserer außergewöhnlichen Kartoffel-Ess-Kompetenz«, informiert uns Dad und schwenkt seine Küchenzange, als würde er eine Vorlesung halten.

Er erklärt uns gerne unsere Mahlzeiten wie ein Kellner die Speisekarte. Die Küche ist sein Gebiet.

»Ich habe Brokkoli, Bohnen, Erbsen *und* Spargel gekocht, weil ich glaube, dass wir alle eine große Portion Gemüse vertragen könnten. Eure Mum hat mir mitgeteilt, dass eine eklige Grippe rumgeht, also nehmt euch doppelt so viel wie sonst.«

Wir tun, was er sagt, und ich gebe Mum etwa so viel wie mir. Sie sieht aus, als würde sie gleich weinen, als ich den Teller vor ihr abstelle und ihr Messer und Gabel reiche.

»Womit habe ich eine so wunderbare Familie wie euch verdient?«, fragt sie so emotional, wie sie manchmal wird, wenn die Arbeit besonders hart war. Sie muss letzte Nacht etwas Schreckliches mitbekommen haben, aber ich werde nicht nachhaken. Ihre Horrorgeschichten bleiben mir im Kopf und tauchen wie Flashbacks aus dem Nichts auf, wenn ich sie am wenigstens brauchen kann. Selbst inmitten des Kauens und Schmatzens und Schluckens bin ich glücklich.

Als die Teller und Schüsseln ab- und die Spülmaschine eingeräumt sind, kann ich mich endlich für den Augenblick verdrücken, an den ich während des gesamten Abendessens gedacht habe. Ich gehe in mein Zimmer und antworte auf Jakes Nachricht.

> Na dann können wir uns gerne treffen, wenn du Lust hast. Donnerstagabend? Oder vielleicht nächste Woche? Was auch immer dir passt, ich bin da ganz entspannt. Ich muss aber für die Arbeit darüber schreiben, nur FYI. Zoe

Erst als ich die Nachricht geschrieben habe, wird mir bewusst, wie cringe »ich bin da ganz entspannt« klingt. Und es ist eine absolute Lüge: Ich bin die unentspannteste Person, die er sich je vorstellen könnte. Aber ich weiß, dass Jake auch seine eigenen Sorgen hat, also treffen wir uns hoffentlich auf ähnlichem »Nicht-ganz-normal«-Gebiet. Die kleinen Punkte erscheinen, um anzuzeigen, dass er schreibt. Er scheint nicht bei der »Nicht-zu-interessiert-wirken«-Sache mitzuspielen.

> Donnerstag ist super! Ich kenne den perfekten Ort. Hättest du Lust auf Abendessen? Ich könnte dich an der Bulimba-CityCat-Station abholen, vielleicht um 18:30 Uhr?

Abendessen! Die CityCat! Der Fluss! Das klingt schon jetzt wie der großartigste, romantischste, unglaublichste Abend, den ich erträumen könnte. Nicht dass ich mir Hoffnungen mache. Nein, das würde ich nie tun. Ich atme tief durch und antworte.

> 18:30 Uhr an der CityCat klingt gut ☺

Und jetzt brauche ich Hilfe. »Harriet!«

Ich habe beschlossen, dass heute Abend mein erstes Date ist. Das Treffen letzten Freitag im Wharf war Arbeit. Das war gar nichts. Das war sogar noch weniger als gar nichts. Ich habe mich meinen Ängsten gestellt und verstanden, dass man nicht vor Scham und Peinlichkeit sterben kann. Das war ein positiver Schritt. Und während ich hier stehe, über den Fluss auf das Stadtviertel Teneriffe schaue und mir ein kühler Wind durchs Haar weht, fühle ich mich, als würde mein Leben gleich beginnen. Mein echtes Leben, nicht meine isolierte Kindheit oder das Auf und Ab meiner Highschool-Jahre.

Ich bin hier, um mein eines großes, hervorragendes Erwachsenenleben zu starten – als Zoe, die Frau, die ihr Leben vollkommen im Griff hat.

Jake ist nicht zu spät, ich bin zu früh. Fünfzehn Minuten zu früh. Und das ist in Ordnung, so habe ich Zeit, um mich an die Temperatur und das Licht und den Lärm zu gewöhnen.

Harriet hat wie immer ganze Arbeit geleistet und das perfekte Outfit ausgesucht. Meine Lieblingsjeans ist warm und bequem: eingetragen, gedehnt und an meinen Knöcheln hochgerollt, dazu ein T-Shirt meiner Lieblingsmarke aus der weichsten Biobaumwolle, genau richtig oversized, und ein flauschiger Cardigan, der sich wie eine Gewichtsdecke anfühlt, die ich außer Haus tragen kann. Sie hat die Augen verdreht, aber nichts gesagt, als ich meine New Balance angezogen habe. Aber ich bin mir nicht sicher, wie viel wir heute Abend laufen werden, und will nicht über Blasen nachdenken, wenn ich mit Jake Jones unterwegs bin.

»Zoe?«

Wegen der sanften Stimme hinter mir drehe ich mich so schnell um, dass ich beinahe das Gleichgewicht verliere. Hätte ich jetzt irgendwelche anderen Schuhe getragen, läge ich definitiv am Boden. Eine Sekunde treffen sich unsere Blicke – seine Augen sind dunkler, als ich sie in Erinnerung habe. Ich schaue auf sein Kinn und beruhige mich.

»Jake, hey!«

»Wartest du schon lange?«, fragt er. »Ich wollte ein bisschen früher dran sein, aber auf der Oxford Street war so viel los. Ich habe nicht an den ganzen Verkehr auf der Hawthorne Road gedacht.« Er hält sein Fahrrad am Lenker, von dem sein Helm baumelt, und sieht ein kleines bisschen rot aus.

»Schon in Ordnung«, antworte ich. »Ich bin immer zu allem zu früh, dann mache ich mir keinen Stress, dass ich zu spät kommen könnte.«

Sein Lächeln ist schief und seine Bewegungen holprig, als er ein paar Schritte geht, um sein Fahrrad an einem Ständer abzuschließen.

»Lass uns die nächste CityCat nehmen. Wir fahren rüber nach New Farm.« Er deutet auf die Schlange am Steg.

Wir warten schweigend, und ich merke, dass wir beide den Druck spüren, irgendetwas zu sagen.

»Und wie läuft's mit der Uni?«, frage ich.

»Und wie bist du bei Bubble gelandet?«, fragt er.

Wir sprechen die Fragen gleichzeitig aus und die Überschneidung ist unangenehm.

»Du zuerst«, sage ich, um uns wieder in die richtige Richtung zu lenken.

»Die Uni ist gut. Ich studiere Multimediadesign an der UQ.«

»Oh cool. Ich studiere Kommunikation an der QUT. Journalismus«, antworte ich.

Als ich es laut ausspreche, wird mir bewusst, wie komisch es ist, dass ich Kommunikation studiere. Ich studiere schon mein ganzes Leben lang Kommunikation. Der Gedanke bringt mich zum Lachen, und Jake hebt die Augenbrauen, wirkt aber nicht gemein.

Das Boot legt an, und als die vorherigen Passagiere ausgestiegen sind, steigen wir ein. Jake führt uns direkt ans vordere Deck. Es ist kühl, aber er scheint sich sehr sicher zu sein, also setzen wir uns hin.

»Und macht Multimediadesign so viel Spaß, wie man annehmen würde?«, frage ich, um unser Gespräch wieder in Schwung zu bringen.

»Es gibt zwar jede Menge Programmieren und Technikkrams zu tun, aber ja, es macht ziemlich Spaß. Mir gefällt der Teil mit dem Webdesign. Bisher zumindest.«

»Cool.«

Das Boot legt ab, und sofort ist klar, warum Jake wollte, dass wir hier oben sitzen. Der Blick auf die historischen Wollschuppen in Brisbane und die Häuser am Wasser in Hawthorne ist im Dunkeln wunderschön.

»Und wie läuft es bei Bubble?«, fragt er nochmal.

»Oh stimmt. Sorry. Ähm, sie stellen zweimal im Jahr drei Praktikant:innen für so ein Online-Medien-Einführungsding ein, also habe ich mich beworben. Aus irgendeinem Grund haben sie mich genommen, und jetzt arbeite ich umsonst und lerne, welche Artikel die Leute gerne anklicken.«

»Na ja, sie haben dich genommen, weil du klug bist. Und eine gute Autorin«, antwortet er und schaut zur Seite.

»Ach, ich weiß nicht. Ich habe in meiner Bewerbung geschrieben, dass ich autistisch bin, und manchmal frage ich mich, ob sie mich deshalb genommen haben, weil das Thema Diversität in den Nachrichtenredaktionen gerade so wichtig ist. Vielleicht habe ich da genau reingepasst. Aber wenn ich mir dann einen der anderen Praktikanten anschaue, so ein Kerl namens Dane, wird mir klar, dass ich es auf jeden Fall auch verdient habe, dort zu sein.«

Jake antwortet nicht. Vielleicht ist es ein No-Go, bei unserem ersten Gespräch von einem anderen Typen zu erzählen, ich bin mir nicht sicher. Das ergibt zwar nicht wirklich Sinn, weil ich ihn ja nur als Vergleich angeführt habe, aber trotzdem scheint sich die Stimmung etwas abzukühlen.

»Hast du immer noch Anxiety?«, frage ich.

Das war ein Gedanke in meinem Kopf, der mir aus Versehen direkt aus dem Mund geschossen ist. Ich will die Antwort wissen, weiß aber nicht, ob jetzt der richtige Zeitpunkt für eine Nachfrage ist.

»Ja«, antwortet er und schaut zu seinen Füßen.

Mehr Schweigen.

»Ich auch. Ich meine, ich habe sie vor allem in sozialen Situationen. Wahrscheinlich haben wir deshalb in der Schule nicht viel miteinander geredet. Zu viel Angst auf beiden Seiten, haha.«

»Wahrscheinlich ja. Und … ich meine, du warst ziemlich in Harry Wilson verliebt, oder?«

Mein Herz bleibt stehen und ich verschlucke mich an Luft. Darauf folgt ein Hustenanfall. Jake muss mir auf den Rücken klopfen. Wie um Himmels willen hat er erfahren, dass ich in Harry Wilson verknallt war? Ich war beinahe besessen von Harry Wilson, was qualvolle Schmerzen verursacht und mir beinahe die Seele zerfressen hat. Ich habe nur Harriet und Ariana davon erzählt und würde mein Leben darauf verwetten, dass sie es nie ausgeplaudert haben. Jetzt versuche ich, ganz entspannt zu wirken, was definitiv nicht meine Stärke ist.

»Oh, wer hat dir davon erzählt? Von wem hast du das gehört?«

»Von niemandem. Mir war das einfach klar. In Englisch hast du ihn immer angestarrt, über ihn geredet, in der Nähe von ihm und seinen Kumpeln abgehangen«, antwortet er.

Ich will sterben. Ich will mich über die Reling dieses Boots werfen, damit mich das widerliche braune Wasser des Brisbane River in mein Seemannsgrab trägt. In seiner Nähe abgehangen? Gestarrt? Ich bin der ERBÄRMLICHSTE Mensch aller Zeiten.

»Hier müssen wir übrigens raus«, sagt Jake und springt auf.

Ich brauche ein paar Sekunden, um mich neu auszurichten, und folge ihm. Wir sind im New Farm Park, der im Dunkeln ziemlich finster wirkt.

»Sorry, ich wollte dich nicht vor den Kopf stoßen oder so. Das ist schon in Ordnung. In der Highschool ist jeder verknallt. Ich mochte dich, du mochtest Harry – ein bisschen wie in einer traurigen kleinen RomCom, weißt du?«

Er versucht, es besser zu machen, aber es wird nur noch schlimmer. Mein Ausdruck ist zu einer möglicherweise dauerhaften Grimasse erstarrt. Ich folge ihm schweigend über eine Wiese.

»So, hier sind wir«, verkündet er.

Wir stehen vor einem Foodtruck. Der Truck heißt Papa Joe's und verkauft Holzofenpizza. Die Gerüche aus dem Van sind verführerisch lecker. Aber Pizza ist keine einfache Wahl für mich. Mittlerweile gibt es meistens eine glutenfreie Variante, aber auf den Schildern kann ich nichts erkennen.

»Ich muss nur checken, ob sie auch glutenfreie Pizzen haben«, sage ich.

Jake sieht mich mit weit aufgerissenen Augen an. »Bist du allergisch? Oder ist das, äh, eine freiwillige Entscheidung?«

»Ich bin allergisch. Sehr allergisch.«

»Scheiße. Okay, lass mich nachfragen.«

Er geht auf den Mann im Van zu und sie wechseln ein paar Worte. Es ist schwer abzuschätzen, wie das Gespräch läuft. Aber Jakes geknickter Blick, als er sich zu mir umdreht, sagt mir alles, was ich wissen muss.

»Es tut mir so leid, dass ich dich nicht vorher gefragt habe. Ich dachte mir, falls du Vegetarierin oder so bist, hast du immer noch genug zur Auswahl, aber an Gluten habe ich gar nicht gedacht.«

Er gerät in Panik und seine Panik überträgt sich auf mich. Mein allererstes Date ist völlig ruiniert, weil ich keinen Weizen essen kann. Am liebsten würde ich sagen, dass es nur ein Witz war, mir die Pizza runterwürgen und die Magenschmerzen ignorieren, bis ich zu Hause bin. Aber ich trage Jeans und müsste sie aufknöpfen, um Raum zu schaffen für den aufgeblähten Ich-bin-im-sechsten-Monat-schwanger-Bauch, den ich zwangsläufig kriegen werde. Ganz abgesehen von der Übelkeit. Das wird nicht funktionieren und Alternativen gibt es hier in der Nähe auch nicht. Meine Gedanken überschlagen sich und mein Herz rast. Ich muss weg. Ich muss jetzt weg.

Jake starrt mich an, was nicht hilfreich ist. Er hat die Hände über dem Kopf zusammengeschlagen, als wäre er inmitten einer Krise, ohne zu wissen, wie er damit umgehen soll. Ich drehe mich um und renne beinahe wieder zurück zum Fluss. Die Dunkelheit unter den Feigenbäumen, weit weg von den Straßenlaternen, tröstet mich etwas. Ich setze mich auf einen Baumstamm und mache meine Atemübung.

Jake joggt mir hinterher, den Hügel herab.

»Es tut mir so leid«, sagt er halb außer Atem. »Ich habe alles kaputt gemacht. Und jetzt wirst du den schlimmsten Artikel über mich schreiben. Bitte mach das nicht, auch wenn ich es verdient habe. Es tut mir wirklich so leid.«

Ich bin es gewohnt, dass ich als Einzige panisch werde, und bin nicht sicher, was ich von dieser Situation halten soll.

»Alles gut. Ich meine, du hättest vorher fragen sollen, ob ich irgendwelche Unverträglichkeiten oder Präferenzen habe, bevor du mich an einen Ort zum Essen bringst, wo es nur eine Sache gibt. Und ich hätte das erwähnen sollen, als du meintest, dass du dich um die Essensplanung kümmerst. Wir sind beide schuld«, sage ich.

»Es gibt auch Gelati. Ich könnte nochmal hingehen und uns Gelati holen«, antwortet er.

»Ja, das wäre was. Ich bin ziemlich hungrig, also vielleicht einen richtig großen Becher. Solange das Gelati glutenfrei ist.«

Er rennt zurück zum Foodtruck und ich starre auf das Wasser. Es glänzt im Mondlicht und sieht beinahe schön aus. Das ist ein Trick der Nacht, durch den das widerlich braune Wasser beinahe aussieht, als wolle man darin schwimmen. Ich versuche, mich nicht zu beurteilen. Dafür wird es später genug Zeit geben. Wenn ich jetzt zu viel darüber nachdenke, während das Date noch im Gange ist – sein Kommentar zu Harry Wilson, oje –, dann erhole ich mich vielleicht nicht genug, um es überhaupt durchzustehen. Und es läuft nicht nur schlecht.

Nein, ich habe gesagt, dass ich das Date nicht analysieren will. Es ist, wie es ist.

»DAS GELATI IST GLUTENFREI.«

Ich drehe mich und sehe, wie Jake so schnell wie möglich über den Rasen rennt, mit zwei überfüllten Eisbechern in den Händen. Er rennt etwas wackelig, was dadurch verstärkt wird, dass er seine Arme nicht richtig nutzen kann. Stattdessen sind sie überraschend gut darin, die Becher zu balancieren. Er sieht so fröhlich aus, als wäre dies der allerbeste Augenblick in seinem ganzen Leben. Er bleibt schlitternd stehen und wirbelt Rindenmulch in meine Richtung, aber ich tue so, als hätte ich das nicht bemerkt, und nehme ihm einen Becher ab.

»In diesem Becher ist eine Kugel Zitrone und eine Kugel Himbeere. In dem hier Schokolade und Vanille. Was ist dir lieber? Oder sollen wir teilen?«

»Ich behalte den hier. Zitrone ist meine Lieblingssorte. Ich bin nicht gut darin, Essen zu teilen«, antworte ich.

Jake setzt sich neben mich auf den Baumstamm und springt gleich wieder auf.

»Lass uns dort drüben zu der Bank gehen. Die ist viel gemütlicher«, sagt er.

Ich folge ihm zum Wasser. Die Bank ist zwar direkt unter einer Laterne, aber er hat recht: Das silberne Metall ist viel bequemer als die braune Baumrinde.

Wir essen schweigend. Nun ja, wir reden nicht. Jake schleckt sein Gelati und schmatzt, als würde er so was zum ersten Mal in seinem Leben essen. Ich versuche, mich auf das Rauschen des Windes zu konzentrieren. Das Eis ist wirklich gut.

»Das hast du gut gerettet mit dem Gelati. Ich dachte, mit uns wäre es gelaufen«, sage ich mit einem Lächeln, damit er weiß, dass ich einen Witz mache.

»Also habe ich unser Date gerettet? Oh mein Gott, ich dachte kurz, ich müsste dort drüben in den Fluss springen«, erwidert er mit einem Lachen. »Aber bin ich trotzdem das schlechteste Date deines Lebens?«

Meine Gedanken kehren zu Freitagabend zurück.

»Definitiv nicht«, antworte ich.

Damit scheint er zufrieden zu sein und widmet sich wieder seinem Nachtisch. Nachtisch zum Abendessen ist keine komplett verkehrte Idee, vor allem nicht bei einem Date. Es wäre allerdings besser gewesen, den Plan vorher zu wissen, also merke ich mir, nie wieder ein Date von der anderen Person organisieren zu lassen, ohne dass sie mir ihre Pläne mitteilt. Meine größte Angst ist es, unvorbereitet zu sein. Das sage ich, als würden zukünftig so viel mehr Dates auf mich warten. Ich weiß nicht, ob ich fürs Daten erschaffen bin. Aber irgendwie macht Jakes Missgeschick dieses hier etwas besser. Jetzt ist der Druck weg.

»Lieblingsfilm?«, frage ich.

Er denkt etwas nach. Das ist eine wichtige Frage.

»Der letzten Jahre? *Parasite*.«

»Ich meine aller Zeiten«, antworte ich.

»Okay. *Ponyo*.«

»Ah ja, das ist der mit dem Goldfisch, oder?«

»Genau, den hatte ich als Kind auf DVD und hab ihn mindestens einmal pro Woche geschaut – ich war total davon besessen. Jetzt bist du dran.«

Ich weiß die Antwort, aber ich muss erst abschätzen, ob er mich deswegen auslachen wird. Ich denke an seinen Blick, als er mit zwei Bechern Gelati über die Wiese gerannt ist.

»*To All the Boys I've Loved Before*«, antworte ich. Der Film ist zwar nicht künstlerisch anspruchsvoll oder cool, aber das ist die Wahrheit.

»Ah ja. Den habe ich direkt geschaut, als er auf Netflix rauskam. Der war richtig süß«, erwidert er. Nicht der geringste Hauch eines Urteils in seiner Stimme.

»Lieblingsessen?« Ich beschieße ihn mit Fragen, weil es nett ist, mit ihm zu reden.

»Croissants. Am liebsten mit Kaffee. Das ist unschlagbar. Oh, sorry, die kannst du wahrscheinlich nicht essen. Und deins?«

»Zitronengelati«, antworte ich lächelnd.

Jakes Schultern entspannen sich sichtlich. Mir wird klar, dass wir so die ganze Nacht verbringen könnten. Und ich hoffe, das tun wir.

»Also, der ganze Aufhänger dieser Artikel ist, dass ich die Anzeichen verpasst habe, weißt du? Meinst du, ich habe bei dir irgendwelche Anzeichen verpasst?« Ich richte meine Fragen auf das Thema meines Bubble-Artikels. Technisch gesehen, ist das zwar Arbeit, aber ich möchte unbedingt hören, dass er verknallt in mich war.

»Anzeichen dafür, dass ich dich mochte?«

»Ja.«

»Definitiv.«

Er lächelt in sich hinein und isst noch einen Löffel Eis.

»Zum Beispiel?«

»Ah stimmt. Okay also, Anzeichen, lass mich überlegen. Ich saß in Englisch hinter dir.«

»Die Plätze sind uns zugeteilt worden.«

»Ja, aber daran hat sich niemand gehalten.«

»Ich schon.«

»Ich weiß und ich auch.«

»Das ist kein Anzeichen.« Ich merke, wie genervt ich klinge, und schicke ein Lächeln hinterher. Leute mögen Lächeln.

»Okay, wie wäre es damit? Ich habe dir immer zum Geburtstag gratuliert und Happy Halloween gewünscht, weil ich wusste, dass es dein Lieblingsfeiertag ist.«

»Also hast du ein gutes Gedächtnis. Das ist doch kein Anzeichen.«

Jake schnaubt, aber durch sein Lächeln weiß ich, dass er mich nicht lächerlich findet. Normalerweise schnauben Leute, wenn sie mich lächerlich finden.

»Ich weiß auch nicht. Du hast mich nervös gemacht, und ich habe versucht, so viel Zeit wie möglich mit dir zu verbringen. Viel mehr konnte ich nicht tun. Was sind denn aus deiner Sicht Anzeichen?«

»Na ja, wenn man meinen letzten Erfahrungen im Online-Dating vertrauen kann, dann scheint ein üblicher Indikator zu sein, dass man zwischen 21 Uhr und Mitternacht schreibt«, antworte ich.

Jake lacht. »›Noch wach?‹-Nachrichten zählen nicht wirklich.«

»Ach ja, aber hinter jemandem sitzen, weil einem der Lehrer den Platz zugewiesen hat, schon?«

Jake lächelt und schaut zum Fluss. Als er sich umdreht, streift seine Hand meine.

»Oh, und das war auch ein Anzeichen, falls es dir nicht aufgefallen ist«, sagt er.

»Dass du meine Hand gestreift hast? Ich dachte, das war Zufall.«

»Nein, das war völlig absichtlich.«

»Wow. Ich muss noch so viel lernen.«

Ich bringe unsere Gelatibecher zum Mülleimer und dann gehen wir am Fluss spazieren. Wir finden eine zweite silberne Bank, auf die wir uns setzen und noch mehr Fragen stellen, als wären wir in einer Quizshow. Die Zeit verfliegt, und ich bemerke, wie sehr ich mir wünsche, sie würde langsamer vergehen. Ich glaube, das bedeutet, dieses Date ist ein Erfolg.

Die Rückfahrt mit der CityCat ist nicht ansatzweise so unangenehm wie die Fahrt zu Beginn des Abends. Ich glaube, das ist ein Fortschritt. Ich glaube, ich könnte das nochmal machen.

»Das Wichtigste zuerst: Habt ihr geknutscht?«, fragt Ari.

Sie ist zwar nicht betrunken, aber definitiv nicht ganz sie selbst. Ich hasse es, dass ich sie über den Bildschirm nicht so gut lesen kann wie im echten Leben und dass sie Witze macht, wenn ich Ernsthaftigkeit von ihr bräuchte. Nichts davon ist ihre Schuld, aber das hindert mich nicht daran, genervt zu sein. Ich will einfach nur ein anständiges Gespräch mit meiner besten Freundin führen.

»Oh ja. Wir haben uns zur Belustigung der Schickimickileute im Powerhouse im Rindenmulch vom New Farm Park gewälzt«, antworte ich. Wenn sie eine lächerliche Antwort haben will, kann sie die kriegen.

»Das könnte passiert sein«, beharrt sie.

»Nein, wir haben uns nicht geküsst, wir haben nicht mal Händchen gehalten«, sage ich.

»Okay, ihr geht es langsam an. Das respektiere ich.«

»Ja, es war unangenehm, aber auf eine gute Art. Glaube ich.«

»Und wie fühlst du dich?«

»Ich fühle mich gut. Und wie geht es dir, wie läuft es bei dir?«

»Ich bin müde, Zoe. Richtig müde.«

Das führt sie nicht weiter aus, und ich kenne sie gut genug, um nicht nachzuhaken. Ari erzählt mir immer genauso viel, wie ich ihrer Meinung nach wissen sollte, und falls ich sie anstupse, rollt sie sich zusammen wie ein Ameisenigel, Stacheln überall.

»Lass uns das nächste Mal morgens reden«, sage ich. Es klingt schroffer als geplant, und Aris Gesicht sieht aus, als würde sie es genauso aufnehmen.

»LIEB DICH VERMISS DICH WÜNSCHTE DU WÄRST HIER.« Unsere übliche Verabschiedung ist heute etwas lustlos.

Ich beende unseren Call mit einem Klick. Es sollte mich nicht stören, wenn wir an einem Freitagabend kein tiefgründiges Gespräch über unsere Hoffnungen und Träume führen, aber das tut es. Wenn mir die Verbindung zu Ari fehlt, fühle ich mich allein. Ich bin zwar kein Mensch, der eine ganze Freundesgruppe braucht, um mit sich selbst zufrieden zu sein, aber eine Freundin, die tatsächlich über mein Leben Bescheid weiß, wäre schön. Ich hätte nie gedacht, dass ich das sagen würde, aber langsam fühle ich mich enger mit Gabe als mit Ari verbunden. Aktuell verhalte ich mich genervter als sonst, das hat wahrscheinlich auch damit zu tun. Und ich hatte letzte Nacht einen Albtraum über Oscar, dessen Gesicht in den Bürgersteig gequetscht wurde, nur war der Taser kein Taser, sondern ein langer Strick aus Strom, mit dem die Polizei ihm den Rücken gepeitscht hat. Ich muss schon tagsüber immer wieder an ihn denken, kein Wunder also, dass er auch nachts in meinen Gedanken auftaucht.

Ich hätte sie nicht zu diesem Polizeivorfall begleiten sollen. Ich will Artikel über persönliche Erlebnisse und Popkultur schreiben. Die Nachrichten ziehen mich runter, als würde ich versuchen, mit Taschen voller Ziegelsteinen zu schwimmen, denn ich vergesse keine Meldung. Ich denke immer noch an die rothaarige Mutter, die am anderen Ende der Stadt von ihrem Mann ermordet wurde, als ich acht war. Ich denke immer noch an den Amoklauf in Sandy Hook, der im selben Jahr passiert ist. Ich denke immer noch an den betrunkenen Autofahrer, der vor einigen Jahren in Sydney vier Kinder einer Familie umgebracht hat, und an das vermisste Kleinkind aus New

South Wales, das nie gefunden wurde, auch nach all den Jahren. Ich denke immer noch daran. Ich *fühle* das alles immer noch. Und zwar trotz des Abstands, den mir ein Bildschirm ermöglicht. Bei Oscar habe ich in echt gesehen, was ihm passiert ist. Ich habe es gefühlt. Ich fühle immer noch alles.

»Zoe, kannst du mir ein Glas Wasser bringen? Ich vertrockne hier wie eine Dörrpflaume«, ruft Harriet durch die Tür.

Großartig, die beste Freundin ist nicht da und die Schwester verkatert. Perfekt.

»Zauberwort«, rufe ich zurück.

»Bitte!«

Das restliche Haus ist ruhig bis auf Dads Schnarchen, das durch die Wände hallt. Wir könnten von Aliens entführt werden und er würde einfach weiterschnarchen. Ich bin aber froh, dass er kein Kettensägenschnarchen hat wie unser alter Nachbar Dr. Mitchell. Mein Zimmer war nicht einmal in der Nähe seines Schlafzimmers, und trotzdem hat mich sein Schnarchen aufgeweckt, selbst mit Ohrstöpseln. Jetzt ist er tot. Die Familie, die sein Haus gekauft hat, schläft leise.

Ich kippe ein Glas Wasser runter, bevor ich noch eines für meine kränkelnde Schwester eingieße. Sie versteckt sich unter der Decke und steckt nur den Kopf raus, als ich das Glas neben ihr abstelle.

»Habe ich dir je gesagt, dass du meine Lieblingsschwester bist?«

»Ich bin deine *einzige* Schwester«, antworte ich.

»Trotzdem.«

Sie trinkt das Glas Wasser in einem Schluck aus und hält es mir hin, als würde ich ihr auch noch hinterherputzen. Ich starre das Glas an. Sie starrt mich an. Dann stellt sie das Glas auf ihr Nachttischchen.

»Wo warst du letzte Nacht?«, frage ich sie.

»Ich war mit den Mädels von der Uni unterwegs. Angehende

Krankenpfleger:innen sind komplett durchgedreht. Das war nicht meine Schuld: Die Tequilashots haben sich von selbst in meinen Hals gekippt.«

»Harriet, das ist übel.«

Sie lächelt.

»Ich hab zu viel getrunken. Ist schon in Ordnung. Nichts, was ein Tag mit Netflix und Uber Eats nicht retten könnte.«

»Dann lass ich dich mal in Ruhe.«

Ich stehe auf. Heute nerven mich alle.

»Warte, wie war dein Date gestern Abend?«, fragt sie. »Erzähl mir alles.«

»Ein andermal«, antworte ich und schiebe die Tür hinter mir zu.

Peaches wartet im Bett auf mich, und ich lege mich für eine Minute neben sie, aber ich habe das Bedürfnis, mich zu bewegen. Das Minitrampolin bringt heute nichts. Peaches wirft mir einen vorwurfsvollen Blick zu. Wahrscheinlich nerve ich sie genauso, wie mich heute alle Menschen nerven.

»Tut mir leid, Süße, ich muss eine Runde spazieren gehen. Wir schauen heute Abend einen Film zusammen, okay?«, sage ich.

Ich gebe ihr einen Kuss auf den Kopf, nehme meinen Rucksack und laufe los.

Auf halber Strecke merke ich, dass ich zum Café gehe. Das ergibt Sinn, es ist in der Nähe und vertraut. Außerdem könnte ich eine Portion Koffein vertragen. Samstagmorgens ist zwar am meisten los, aber normalerweise muss man nicht unerträglich lange auf einen Tisch warten.

Ana winkt mich rein und ich suche nach einem Platz. Es gibt keinen, es sei denn, ich will mir einen Tisch teilen. Ich will mir keinen Tisch teilen. Nur der Gedanke, jemanden zu fragen, ob ich hier sitzen darf, lässt mich zusammenschrecken.

»Zoe!«

Im kleinen Hinterhof steht Gabe und winkt mich zu sich. Wenn ich mir einen Tisch teilen muss, ist das die beste Variante. Gabe ist gesprächig und freundlich, und ihm macht es nichts aus, wenn ich kein Wort sage.

»Hey. Kann ich mich zu dir setzen?«, frage ich.

»Ja, na klar. Ich hol dir noch ein Sitzkissen für den Kasten.«

Er verschwindet im Café und kommt mit einem Kissen zurück. So ist es zumindest etwas bequemer, auf einem alten Getränkekasten zu sitzen.

»Danke dir«, sage ich und setze mich.

»Und, wie läuft es bei dir, Z? Wie war deine Woche bei Bubble?«

»Gut. Ihnen scheinen meine Arbeiten zu gefallen, was schön ist.«

»Das ist großartig!«

»Eine der Redakteurinnen fragt mich sogar die ganze Zeit um Hilfe. Sie schreibt eine Reihe darüber, dass die Polizei mehr Weiterbildungen braucht, um mit behinderten und psychisch kranken Menschen umzugehen.«

»Cool. Und gefällt dir das?«

»Ja, ich meine, manchmal ist ihre Wortwahl ziemlich schrecklich, zum Beispiel, wenn sie autistische Personen beschreibt. Aber es fühlt sich an, als würde ich ihr helfen, indem ich ihre Sprache anpasse. Also ist es schon okay.«

»Klingt, als bräuchte sie mehr Weiterbildungen.«

»Genau das dachte ich auch.«

Gabe lächelt und schaut in seinen halb ausgetrunkenen Cappuccino. Er hat ein nettes Lächeln. Als wäre es ihm egal, was die anderen Leute denken.

»Und wie läuft es bei dir mit der Arbeit?«, frage ich ihn.

»Du musst nicht nachfragen«, antwortet er.

»Nein, ich weiß schon, dass das so eine Standardfrage ist, aber wahrscheinlich meine ich eher: Wie geht es dir?«

»Ja gut. Okay. Ich bleibe zu lange wach, um Videospiele zu spielen, und schlafe nicht genug, du weißt schon. Meine Eltern sitzen mir wegen einem neuen Ausbildungsplatz wirklich im Nacken, aber ich schicke jeden Tag Bewerbungen raus. Es ist nicht mehr so wie damals, als sie ihren Abschluss gemacht haben. Du weißt ja, wie schwer es ist.«

»Es ist richtig schwer«, stimme ich ihm zu.

»Ja. Jetzt werde ich meine Gefühle wahrscheinlich erst mal mit Süßigkeiten ersticken. Willst du auch etwas?«, fragt er.

»Ja, aber das passt schon, ich kann selbst bestellen.«

»Bist du dir sicher? Ich hole mir sowieso was«, antwortet er.

»Okay, dann einen Latte Macchiato mit Mandelmilch, danke.«

Ich sehe mich im Außenbereich um und bin beeindruckt, wie bunt gemischt das Publikum ist. Hier sitzen nicht nur junge Hipster oder ältere Leute wie in einigen anderen Cafés in der Gegend. Die Preise sind günstig genug, das Essen gut genug und der Kaffee hervorragend genug, um alle Wünsche abzudecken. Ich frag mich, ob Ari schon ein Stammcafé in ihrem Londoner Viertel gefunden hat. Bestimmt.

»Hier, bitte schön.« Gabe ist zurück, mit zwei Kaffees und noch einem riesigen Schokokeks. Er ist einfach ein Gewohnheitstier.

»Danke dir. Ist der mit Mandelmilch?«

»Immer doch. Kann ich dir die Hälfte dieser Schokomonstrosität anbieten? Es ist einer der glutenfreien Schokokekse. So behalte ich mein Sixpack, das du in deinem letzten Artikel netterweise gezeigt hast.«

»Muss wirklich schwer sein, das aufrechtzuerhalten«, sage ich.

»Okay, dein Pech. Ich würde mein erstgeborenes Kind für diesen Keks hergeben«, erwidert er.

»Ich habe nicht Nein gesagt«, antworte ich.

Er teilt den Keks und reicht mir eine Hälfte wie einen Pokal. So ein Quatschkopf.

Während wir essen, herrscht wunderschöne Stille.

»Und, hattest du diese Woche noch ein heißes Date? Mit einem Vampir, wenn ich mich richtig an unser Gespräch mit Ariana erinnere?«

»Hatte ich. Aber er ist zum Glück ein Mensch.«

»Und?«

»Und es war nett. Ein bisschen unangenehm, und er hat mich zum Essen ausgeführt, aber ich konnte dort nichts essen. Es war trotzdem in Ordnung, was für mich schon ein Wunder ist. Ich will gar nicht davon schreiben, falls ich es damit kaputt mache.«

Gabe hält inne, als würde er meine nächsten Schritte abwägen.

»Ich könnte drüber lesen, wenn du magst. Um sicherzugehen, dass nichts in dem Artikel vorkommt, wodurch es zwischen euch komisch werden könnte.«

Ich versuche herauszufinden, ob er das ernst meint. Ich glaube schon.

»Das fände ich super, danke dir. Wenn ich dir den Artikel heute Abend schicke, könntest du mir deine Anmerkungen bis morgen schicken? Dann kann ich ihn am Montag einreichen. Aber nur, falls du Zeit hast.«

»Na ja, mein Kalender ist ziemlich voll, weil meine Karriere im Burger-Bau steil bergauf geht, aber für dich, Zoe Kelly, finde ich schon Zeit.«

Wir lächeln und nippen an unseren Getränken, als würden wir uns gegenseitig spiegeln.

»Hey, Schatz, tut mir leid, dass ich zu spät bin.«

Ich schaue auf und sehe Brooke. Zum ersten Mal seit dem Ende der Schulzeit. Am liebsten würde ich ihr sagen, dass ich nicht mehr dieselbe Person bin, aber das wäre wahrscheinlich komisch. Vielleicht bemerkt sie es von selbst. Auch sie wirkt anders. Ihre Wangenknochen strahlen unglaublich hell und ihre Wimpern sind überdimensional groß. Ich frage mich, was ich tun müsste, damit meine so aussehen. Wenn Leute vom Handybildschirm im echten Leben erscheinen, ist das immer anstrengend.

»Hey, Brooke«, begrüße ich sie.

»Hi, Zoe. Ich wusste gar nicht, dass du auch hier bist. Schön, dich zu sehen. Du siehst heute richtig süß aus.«

Ich schaue hinab auf meinen Overall und das Spice-Girls-Shirt, dann zu ihrem perfekten Crop-Top aus weißem Leinen und passenden Shorts. Es ist nett von ihr, das zu sagen. Vielleicht ist ihr tatsächlich ein Unterschied aufgefallen. Ich will ihr von Bubble und meinen Artikeln erzählen und davon, dass mich manche Leute jetzt scheinbar mögen, aber ich tue es nicht.

»Danke, ich wollte mir nur einen Kaffee holen, aber jetzt bin ich fertig und muss los. Muss noch etwas für die Arbeit erledigen. Hat mich gefreut, euch beide zu sehen.«

»Es war richtig schön, dich getroffen zu haben«, sagt Brooke, winkt und setzt sich auf meinen Platz, nachdem ich aufgestanden bin.

»Schick mir den Artikel jederzeit«, sagt Gabe.

Ich nicke und bahne mir meinen Weg aus dem Café hinaus auf die Straße. Eigentlich kann ich nirgendwohin außer nach Hause. Wenigstens muss ich noch meinen Jake-Artikel schreiben, auch wenn mir etwas schlecht wird, wenn ich mir vorstelle, ihn zu veröffentlichen. Ich laufe über die Hauptstraße zurück statt am Bahnhof vorbei und gehe in den Bioladen, den Secondhandladen und die Buchhandlung. Auf meinem Konto sind gerade ungefähr drei Dollar, aber Gucken kostet nichts. In der zehnten und elften Klasse hatte ich einen Nebenjob wie alle anderen, aber Mum und Dad haben darauf bestanden, dass ich mir mehr Ruhe zugestehe, um mit der Zwölften klarzukommen, und sie hatten recht. Ich habe diese Ruhe gebraucht. Trotzdem war es nett, mir Sachen kaufen zu können, ohne meine Eltern um Geld zu bitten. Selbst wenn das bedeutete, die Wochenenden hinter der Kasse einer Tankstelle zu verbringen. Nicht der glamouröseste Arbeitsplatz und von den Abgasen habe ich Kopfschmerzen bekommen.

Vielleicht könnte ich ein paar Artikel als Freelancerin pitchen, wenn ich bei Bubble fertig bin. Die Erfahrung und Referenzen wären bestimmt hilfreich, um Arbeit bei anderen Redaktionen zu kriegen. Und vielleicht könnte Joseph mich sogar für ein paar Artikel bezahlen. Das wäre großartig. Er stellt zwar niemanden vor dem Uniabschluss ein, aber vielleicht würde er mich trotzdem als Freie anstellen. Auf meinem gesamten Heimweg wälzt sich dieser Gedanke durch meinen Kopf.

Dad ist in der Küche und schlurft so hin und her, wie er es morgens tut, wenn er noch keinen Kaffee hatte und nicht richtig funktionieren kann.

»Morgen, Dad«, sage ich im Vorbeigehen.

»Mrgn«, brummt er.

Die Tür zwischen Harriets und meinem Zimmer ist immer noch geschlossen. Wahrscheinlich schläft sie ihren Tequila-Shot-Rausch aus. Dann kann ich mich jetzt genauso gut hinsetzen und dieses Ding endlich schreiben.

Mit 15 dachte ich, ich sei niemandes Teen Crush, aber anscheinend habe ich die Anzeichen übersehen

Zoe Kelly wagt den Sprung in die Welt der Liebe und kontaktiert »All the Babes Who Loved Her Before«

Date Nr. 3: Der Ruhige

Es ist schon komisch, dass man in der Schule jahrelang einer Person über den Weg laufen kann, ohne je etwas über sie zu wissen. So war es bei mir und diesem Typen, nennen wir ihn John. In all den Jahren, in denen wir uns über den Weg gelaufen sind, haben wir wahrscheinlich nicht mehr als ein Dutzend höflich-distanzierte Gespräche geführt. Wir waren nett zueinander und kannten uns, aber mehr nicht. Zumindest nicht, bis er sich nach meinem ersten Artikel gemeldet hat. John ist eher ruhig, was mir gut passt, weil ich auch eher ruhig bin. In der Schule litt er an Social Anxiety, was mir durchaus bekannt vorkommt, wie ihr wisst. Es wäre also nicht übertrieben, den Start unseres Dates als etwas peinlich zu bezeichnen.
Allerdings fangen die meisten Sachen bei mir etwas peinlich an. Erst wenn die Leute dabeibleiben und diesen peinlichen Start durchhalten, kommen die Dinge irgendwann in Schwung und fühlen sich allmählich so an, wie es sein soll. So baue ich Verbindungen zu anderen Menschen auf. John also versuchte, mich mit einem Abendessen zu überraschen. Leider war es ein Abendessen, das ich nicht essen konnte. Also flüchtete ich. Aber schlussendlich saßen wir unter dem Sternenhimmel am Fluss, im Mondschein, aßen unsere Lieblingssorten Gelati und redeten über unsere liebsten

> Filme, Bücher, Songs und Steine. Yep, ihr habt richtig gehört, er war nicht nur von meiner Steinsammlung beeindruckt, sondern hatte sogar noch Stein-Fakten für mich.
> Angeblich hatte ich während der Schulzeit die Anzeichen dafür verpasst, dass er mich mochte – er saß in Englisch hinter mir, redete mit mir und erinnerte sich an Dinge, was sich nicht nach besonders viel anhört, wenn ich es so runtertippe, aber es war zumindest etwas.
> Es wird sich noch zeigen, ob diese Verbindung anhalten soll, aber sie hat mir eine Hoffnung gegeben, die ich vorher nicht hatte. Falls wir es schaffen, uns durch die peinlichen Anfangsphasen zu kämpfen, gibt es vielleicht wirklich für alle jemanden. Zoe x

Es dauert nicht lange, bis Gabe zurückschreibt. Er hat immer noch seine E-Mail-Adresse aus der siebten Klasse: gottagetgabe@gmail.com.

✉ Das ist super! Denkst du, es macht ihm etwas aus, dass du seine Anxiety erwähnst? Vielleicht fragst du ihn lieber vorher. Richtig guter Artikel, Zoe!

Wahrscheinlich hat er recht. Ich antworte:

✉ Ich kläre das mit ihm, danke für den Tipp! Mein Artikel über Aidan wird am Montag veröffentlicht. Ich drehe etwas durch!

Dieses Mal antwortet er noch schneller:

✉ Blockiere ihn auf allen möglichen Plattformen. Und gib mir Bescheid, wenn er dich kontaktiert. Dann sag ich ihm, wohin er sich verpissen soll!

Ugh, schon wieder diese Beschützender-Bruder-Art. Nein danke!

✉ Danke, ich komme schon klar ☺ Und danke für deine Hilfe! Ich hoffe, du hattest einen guten Tag. Es war eine schöne Überraschung, dich heute Morgen zu sehen. Wir haben nicht mal unsere Managerinnen gebraucht, um den Termin zu koordinieren.

Er antwortet genauso schnell wie ich. Wahrscheinlich sollten wir auf Textnachrichten umsteigen, aber das tun wir nicht.

✉ Joah, heute war ein komischer Tag. Erzähle ich dir, wenn wir uns das nächste Mal sehen. Hoffentlich bald?

Mein Magen blubbert bei dem Gedanken. Zeit mit Gabe zu verbringen, wird gerade sehr schnell zu meiner neuen Lieblingsbeschäftigung, und ich frage mich, was Ari davon halten würde. Vielleicht tausche ich eine Zwillings-BFF gegen den anderen. Vielleicht erklärt das dieses Gefühl.

✉ Das fände ich super! Bis bald ☺

Das erscheint mir wie ein natürlicher Zeitpunkt, um unser Gespräch zu beenden, auch wenn ich mir irgendwie wünsche, dass es noch die ganze Nacht weitergehen würde.

12

Mit einem Pingen weckt mich mein Handy. Ich drehe mich um, ziehe meine Schlafmaske hoch und schiele auf den Bildschirm. Es ist 6:04 Uhr morgens. Wer schreibt mir denn um diese Zeit? Vielleicht Ariana. Aber diese Nummer habe ich nicht eingespeichert. Als ich die Nachricht lese, werde ich vor Panik richtig wach:

> Hey, können wir reden?
> Hab deinen Artikel gesehen

Man muss kein Genie sein, um darauf zu kommen, dass Aidan diese Nachricht geschickt hat, und ich kann mir diese acht Worte in einem Dutzend unterschiedlicher Töne vorstellen. Natürlich entscheidet sich mein Hirn für bedrohlich. Harriet wird wissen, wie man die Nachricht entschlüsselt.

»Bist du wach, Hattie?«

»Ja.«

»Schau dir mal diese Nachricht an. Ich glaube, sie ist von Aidan.«

Das lässt sie aus dem Bett und durch die Tür direkt in mein Zimmer springen. Sie nimmt mir das Handy aus der Hand und nickt, als sie die Nachricht sieht.

»Okay, also will er reden«, sagt sie, als würde sie gerade ihre eigene Interpretation seines Tons abschätzen.

»Hm, meinst du, er ist böse? Ich habe Angst, dass er böse ist.«

»Nein, ich bin mir sicher, dass bei ihm alles okay ist«, sagt sie.

»Glaubst du, er schreibt mir weiter, wenn ich nicht antworte?«

»Du könntest ihm einfach schreiben und sagen, dass du dazu nicht bereit bist«, erwidert sie, und mein Gesichtsausdruck zeigt ihr wohl schon, wie ich diese Idee finde. »Oder, falls du nicht antwortest, sollte er es auch verstehen.«

»Also schreibe ich ihm einfach nicht? Soll ich seine Nummer blockieren?«

»Nein, das musst du nicht, glaube ich. Aber wenn du dich damit besser fühlst, vielleicht.«

»Wie hätte er sonst reagieren können?«, frage ich. Meine Angst will alle Möglichkeiten vor mir ausgebreitet sehen.

»Ich glaube, das passt schon, Zoe. Ich glaube, er wird dich in Ruhe lassen. Er wirkt harmlos. So ein Typ, mit dem ich mal ein paar Dates hatte, kam gar nicht damit klar, als ich ihm gesagt habe, dass ich ihn nicht mehr sehen will. Er hat mich zugespammt und noch ein paar ausgewählte Beleidigungen ergänzt, als ich ihm nicht geantwortet habe. Und irgendwann war er darüber hinweg und hat es gelassen. Aber das hier ist weit davon entfernt.«

»Also wäre das eine normale Möglichkeit?«

»Nein, das ist *nicht* normal. Das ist nur so eine Sache, die Frauen manchmal passiert, wenn sie daten.«

»Aber er wirkt harmlos, ja?« Ich brauche jetzt mehr Rückhalt denn je.

»Yep, harmlos.«

»Okay gut. Danke«, sage ich.

Das ist kein idealer Start in den Tag. Aber jetzt bin ich wach, also kann ich mich genauso gut für die Arbeit fertig machen. Meine letzte Woche bei Bubble steht an, und ich werde mich benehmen, als hätte ich das Selbstbewusstsein eines fest angestellten Redaktionsmitglieds, als würde ich jeden Tag aufstehen und dort zur Arbeit gehen. Ich werde mir selbst etwas zum Anziehen raussuchen. Es fühlt sich an wie ein Tag für ein unauffälliges schwarzes Kleid und Turnschuhe. Ich tue so, als würde ich Harriets wenig beeindruckten Gesichtsausdruck nicht bemerken, während ich im Flur an ihr vorbeigehe.

Mein Arbeitsweg ist auf die schönste Art und Weise ereignislos, und langsam spüre ich, wie sich die Dinge in meinem Kopf dank der geregelten Ordnung beruhigen. Gehen, Smoothie, Zugfahrt, Podcast, gehen, Büro.

Als ich um 8:50 Uhr auf der Arbeit ankomme, bin ich wirklich die Allerletzte, aber das ist mir egal. Meine Arbeit ist gut und sie zahlen mir sowieso kein Gehalt. Maia kommt an meinen Schreibtisch, sobald ich mich hingesetzt habe.

»Hey, Zoe, hast du eine Minute?«

Die dünne Fassade der Ruhe, die ich während des gesamten Arbeitswegs, inklusive Gehen, Zugfahrt und noch mehr Gehen, aufgebaut habe, rutscht sofort beiseite.

»Um was geht's?«, frage ich. Ich brauche Direktheit.

»Es gibt einen Anruf für dich: Er ist in der Warteschleife«, erwidert sie. Sie wirkt ruhig.

»Wer ist es? Hat er gesagt, dass er Aidan heißt?«

»Genau, das ist er. Es geht um den Artikel«, antwortet sie.

»Muss ich mit ihm reden?«, frage ich, als hätte mein Opa angerufen und sie wäre meine Mutter. Peinlich.

»Nein, definitiv nicht, ich kann sein Anliegen aufschreiben. Alles gut bei dir?«

»Er hat mir heute Morgen schon eine SMS geschrieben und ich mache mir etwas Sorgen wegen seiner Reaktion auf den Artikel.«

»Ah, das verstehe ich. Persönliche Artikel lösen manchmal große

Reaktionen aus. Aber man kann ihn nicht identifizieren, also bist du auf der sicheren Seite, was üble Nachrede angeht.«

»Okay super. Ich will nur, dass er mich in Ruhe lässt«, antworte ich.

»Ich habe mal über einen zwielichtigen Staatspolitiker geschrieben, der eine Gemeindeorganisation in seinem Wahlkreis betrogen hat. Daraufhin hat er mir ein Paket mit echter Scheiße geschickt.«

»Widerlich.«

»Ja, das war richtig schlimm.«

»Also willst du sagen, dass so etwas dazugehört, falls man in dieser Branche arbeiten will?«

»Nein! Auf gar keinen Fall. Das ist nur so eine Sache, die Frauen manchmal passiert, wenn sie in den Medien arbeiten.«

Ihr Kommentar kommt mir bekannt vor und beruhigt mich absolut nicht. Völlig mechanisch schreibe ich die Horoskope, stelle den Veranstaltungskalender zusammen und ertrage das morgendliche Meeting und das Mittagessen, als wäre ich auf Autopilot. Dabei lässt mein Kopf parallel seine eigene Erzählung laufen. Diese Artikel sind demütigend. Ich sollte mich schämen. Ich *schäme* mich. Womit habe ich denn nach einem Date mit Aidan Miller gerechnet? Er lag schon in der Schule richtig. Er war als Einziger ehrlich genug, um mir zu sagen, wie falsch ich bin. Das hat er schon am ersten Tag gerochen. Ariana ist nur mit mir befreundet, weil wir uns schon so lange kennen. Gabe auch. Harriet ist meine Blutsverwandte – sie hat keine andere Wahl. Und Mum und Dad werden immer nur daran glauben, dass ich so großartig bin, weil ich buchstäblich aus ihren Körpern entstanden und nicht, weil ich auch nur ansatzweise großartig bin. Mein Uniabschluss wird nichts wert sein, wenn es anderen Medienunternehmen zu peinlich ist, meine Artikel zu veröffentlichen. Wie schaffe ich es überhaupt, jeden Morgen aufzustehen, so peinlich, wie ich bin?

»Zoe, kannst du für ein Sekündchen zu mir kommen?«

Josephs Stimme schwebt durch das Büro. Er wird mich feuern, das weiß ich genau. Obwohl ich nur noch viereinhalb Tage hier habe und nicht bezahlt werde, wird er mich feuern, weil ich so falsch bin.

»Hey, was geht?«, sage ich und versuche, gut gelaunt zu klingen. Ich sage nie »Was geht?«, aber heute habe ich nicht genug Energie, um mein beschämtes Selbst zu sein, also werde ich stattdessen zu einer Mischung aus allen witzigen Sprüchen verschmelzen, die jemals irgendjemand zu mir gesagt hat. Das muss reichen, bis ich mich für immer ins Bett legen kann.

»Maia hat mir erzählt, dass eins deiner Dates hier angerufen hat. Geht es dir gut?«

»Ja, schon okay«, antworte ich. Lässig.

»Darüber wollte ich aber gar nicht mit dir reden, sondern über den neuen Artikel, den du eingereicht hast.«

»Oh okay.«

»Wärst du damit einverstanden, wenn ich ihn am Donnerstag oder Freitag veröffentliche? Wir haben aktuell nicht allzu viel Content und ich liebe deinen Artikel wirklich.«

»Natürlich.«

»Und noch was, Zoe.«

»Ja?«

»Hör mir gut zu: Tu, was du für richtig hältst, aber vielleicht redest du mit den letzten beiden nur per Mail, okay? Pass gut auf dich auf. Keine Referenz ist es wert, sich unsicher zu fühlen.«

»Danke dir, das ist eine gute Idee. Das mache ich.«

Ihm scheint nicht aufgefallen zu sein, dass ich eine Pappmachépuppe bin, die versucht, als Mensch durchzugehen, also muss ich mich gut geschlagen haben. Und weil ich leer bin und meine Haut nur aus Papier und Kleber besteht, kann es wohl auch nicht schaden, noch einen Blick auf die Kommentare zu werfen. Aber natürlich liege ich falsch. Kurz gesagt, denkt etwa die Hälfte, dass es gut war, mich mit dem Typen zu treffen, der mich gemobbt hat, und anderen Frauen zu zeigen, dass wir uns nicht so behandeln lassen müssen. Der Rest denkt, ich hätte Aidans Verhalten in der Schule »falsch interpretiert«, ihn mit meinem Artikel »beschämt« oder ihm sein Recht auf »Meinungsfreiheit« genommen, weil er nicht auf den Artikel antworten durfte.

Alle dürfen ihre eigene Meinung haben, aber manchmal stimmen diese Meinungen einfach nicht. Mein Handy pingt und erinnert mich daran, dass es immer noch schlimmer werden kann.

Ich atme tief durch und wiege die Vor- und Nachteile davon ab, mein Handy umzudrehen und auf die Textnachricht zu klicken, die gerade noch ungeöffnet dort liegt und mich nicht verletzen kann. Sie könnte auch von einer Person sein, die ich liebe, einer netten Person. Es könnte genau der Schwung sein, den ich brauche. Oder es könnte Aidan sein oder vielleicht sogar Jake, der den Artikel über Aidan gelesen und beschlossen hat, dass er bloß nichts mehr mit mir zu tun haben möchte. Meine Neugier siegt.

> **Der neue Artikel sieht gut aus! Wie sehr bist du schon am Ausflippen?** ☺

Gabe, der Gute, hat keine Ahnung. Mein Gefühlszustand ist schon weit über Alarmstufe Rot hinaus, er ist auf einem anderen Planeten. Auf diese Nachricht zu antworten, ist allerdings nicht ganz einfach – ihm zu erklären, wie es läuft, ohne dass er volle Kanne in den Großer-Bruder-und-Beschützer-Modus wechselt.

> Bin schon sehr am Ausflippen, es hilft nicht, dass Aidan über den Artikel reden will. Aber weißt du, was hilft? Schokolade! Und Bubble ist total super und unterstützt mich, also ist alles gut. Danke dir fürs Nachfragen ☺

Ehe ich mein Handy beiseitelegen kann, kriege ich noch eine Nachricht. Von Ariana:

> Wie geht es dir mit dem Aidan-Artikel? Er ist richtig gut! Sorry, dass ich letztens so müde war, lass uns bald wieder reden. Lieb dich vermiss dich wünschte ich wär bei dir x

Wenn ich ihr jetzt nicht antworte, vergesse ich es, weil mein Hirn gerade anderes zu tun hat, als sich zu erinnern. Also schreibe ich zurück:

> Ich bin zufrieden, aber er will drüber reden und ich hab ein bisschen Angst vor dem, was er sagen wird. Will das unbedingt vermeiden. Wünschte, wir könnten ein Bestie-Debriefing machen. Lieb dich vermiss dich wünschte ich wär bei dir x

Es ist, wie es ist. Das habe ich mir selbst eingebrockt, wie Dad sagen würde. Jetzt muss ich es auslöffeln. Weil mein Hirn nur noch in Klischees funktioniert, wäre jetzt wohl eine gute Zeit, nach Hause zu gehen. Joseph hinterfragt das nicht und bucht mir sogar ein Uber mit der Firmenkreditkarte. Der Fahrer ist ein netter Mann namens Lee, der nicht versucht zu plaudern.

Peaches wartet auf mich, als ich mein Zimmer betrete. Sie ist das einzige Wesen auf der Erde, mit dem ich jetzt Zeit verbringen möchte. Vielleicht spürt sie das, denn sie fährt ihr übliches Gehabe runter und die Kuscheleinheiten hoch, wie früher, als sie noch eine kleine, rothaarige Flauschkugel war, die wir gerade vom Züchter nach Hause gebracht hatten. Dad wollte mich dazu bringen, eine Katze aus dem Tierheim zu adoptieren, aber Mum hat ihm dann erklärt, dass wir so nur schwer die Kriterien für ein Assistenztier erfüllen könnten. Und dann habe ich mich gleich bei unserem ersten Termin in das kleinste Kätzchen verliebt. Ihre Geschwister schienen sie zu meiden und ihre Besitzerin nannte sie unterentwickelt. Deshalb liebte ich sie nur umso mehr. Es fühlte sich an, als wären wir gleich. Peaches hat mehr Selbstbewusstsein, als ich mir je erträumen könnte, allerdings ist sie auch eine Katze.

13

Letzte Nacht habe ich von Harry Wilson geträumt und es war definitiv nicht heiß. Ich habe schon seit fast sechs Monaten nicht mehr an ihn oder sein Gesicht gedacht und das gefiel mir eigentlich ganz gut. Ich hatte ihn weggeschoben, in diesen »Wenn ich nicht daran denke, ist das nie passiert«-Raum, bis Jake ihn ausgegraben hat wie einen Leichnam. In dem Traum hat Harry herausgefunden, dass ich ihn mochte. Alle wussten es. Und während ich versuchte, mich von ihm fernzuhalten, damit mir vor Scham nicht die Haut schmolz, lief er mir hinterher, zeigte auf mich, rief »Abmarsch, Lahmarsch!« und hielt mir den Finger direkt vors Gesicht. Mein Hirn war zwar nicht besonders kreativ, was den Reim angeht, aber es tat so weh, als wäre es im echten Leben passiert.

Mein Körper will sich nicht bewegen, aber ich zwinge ihn auch nicht zu irgendetwas anderem als Kuscheln mit Peaches, die sich gerne in die Kurve meines Körpers kuschelt, wenn ich auf der Seite liege. Ich schaffe es, meine Hand aus dem Deckenberg zu befreien, nehme mein Handy und maile Joseph.

✉ Ich arbeite heute im Homeoffice. Ich hab viel zu tun, aber schick ruhig etwas rüber, falls du etwas hast. Bin morgen wieder da. Danke! Zoe

Joseph bildet sich viel darauf ein, wie inklusiv sein Arbeitsplatz ist, also sollte das kein Problem sein. Und ich habe tatsächlich Aufgaben, um die ich mich heute kümmern kann. Date Nummer vier kontaktieren. Aber erst mal frühstücken. Harriet geht einen Schritt zur Seite, um mich in die Küche und zur Kaffeemaschine zu lassen. Sie sieht nicht auf und sagt nichts: Entweder hatte sie eine Spätschicht und ist noch wach oder eine Nachtschicht und geht gleich ins Bett. Wenn sie so drauf ist, bewegt sie sich abseits ihres normalen Daseins und stolpert durch eine Art Schattenwelt. Ich nehme mir meinen Kaffee und einen Smoothie mit ins Bett. Ausschließlich im Bett zu arbeiten, wäre meine Traum-Arbeitsumgebung, solange es nicht allzu viele Videocalls gibt. Peaches sieht das genauso.

Der schreckliche Harry-Traum hängt noch in meinem Zimmer, aber scheinbar hilft es, alle Fenster zu öffnen. Die Morgenluft ist richtig kühl, was sechs Monate im Jahr nicht der Fall ist, durch den Klimawandel vielleicht bald noch länger. Ich versuche, auch daran nicht zu denken, weil ich mir dann zu viele Fragen stellen muss.

Ich klappe meinen Laptop auf und suche nach Maias Tabelle. Es fühlt sich gut an, dass ich schon mehr als die Hälfte der Kontakte abgearbeitet habe. Wenn dieses Projekt vorbei ist, werde ich erleichtert sein. Der Name in der vierten Zeile ist vielleicht der überraschendste. Sara Mori.

Wir haben zusammen an der Tankstelle gearbeitet. Sie war im Jahrgang über mir, auch wenn wir nicht zur selben Schule gegangen sind. Ich frage mich, wann ich aufhören werde, Leute nach ihrem Schuljahrgang einzuordnen. Sie hatte sich einen süßen Pony geschnitten und trug nur Schwarz, vielleicht kommt meine Liebe für ausschließlich schwarze Kleidung daher. Ich neige dazu, die speziellen Daseinsarten anderer Personen zu übernehmen, ohne es zu merken. Sie mochte schwarzen Eyeliner und kleine Hunde und Schoko-Freddo-Frogs, die mit Erdbeerfüllung. Sie war witzig und viel netter, als sie aussah. Oder vielleicht war sie auch nur nett zu mir. Zur Kundschaft war sie nicht besonders nett, vor allem nicht, wenn man ihr sagte, dass sie doch mal lächeln sollte. Es war einfach, Zeit mit ihr zu verbringen, ganz anders als mit den meisten Menschen.

Ich lese ihren Kommentar: »Fand dich schon immer süß, Zoe Kelly.«

Das ist keine riesige Liebeserklärung, sondern einfach nur ein nettes Kompliment. Dasselbe könnte ich auch über Sara sagen, falls sich die Gelegenheit böte. Aber rückblickend hat sie es ganz klargemacht, dass sie bisexuell ist und vor allem Mädchen datet. Also vielleicht doch nicht dasselbe. Ich lasse den Gedanken auf mich wirken. Wann wurde mir klar, dass ich auf Typen stehe? Ich erinnere mich an keinen eindeutigen Moment mit einem Geistesblitz. Als Ariana und Harriet anfingen, mich zu fragen, welche Jungs ich mochte oder welche Jungs ich küssen wollte, habe ich wohl einfach mitgemacht. Ich habe sogar vor allem darauf geachtet, welchen Typen die beiden als gute Wahl sehen würden. Damals hätte ich fast alles getan, um gemocht zu werden und dazuzugehören, und, ehrlich gesagt, ist das immer noch so. Es gibt so viele Teile meiner Persönlichkeit, von denen ich nicht weiß, ob sie tatsächlich zu mir gehören oder ob es einfach Dinge sind, die andere gerne an mir sehen würden. Ich habe so viel Angst davor, etwas »falsch« zu machen. Alles nur, um dazuzupassen und nicht gemobbt zu werden. Und ich mochte Harry Wilson wirklich, so sehr wie möglich jedenfalls, wenn man es komplett geheim hält und diese Gefühle in keinster Weise erwidert werden. Aber vielleicht war er einfach eine Person, die ich mochte. Je weiter ich mich von der Schulzeit entferne, umso weniger hänge ich daran, wie ich sein »sollte«. Ich verbringe zwar viel Zeit damit, mir hübsche Mädchen auf Instagram anzuschauen, aber ich dachte immer, ich wolle so sein wie sie, nicht mit ihnen zusammen sein. Als ich an meine Sims denke und die Frauen, die ich miteinander verkupple, lache ich. Ob das wohl ein Zeichen ist, hm? Und wenn ich an Kristen Stewart in dieser Weihnachts-RomCom denke, frage ich mich wirklich, was »hetero« eigentlich bedeutet.

Das Internet wird mir helfen. Ich versuche mich an ein paar Suchbegriffen auf Google. »Bin ich lesbisch?«, »Woher weiß ich, ob ich bisexuell bin?«, »Autismus und erkennen, ob man hetero ist«, »Autismus queer«. Ich fühle mich ein bisschen lächerlich, sollte man so etwas nicht mittlerweile wissen? Beim letzten Suchbegriff stoße ich auf ein paar interessante Ergebnisse. »Forschungsergebnisse legen nahe, dass sich eine höhere Prozentzahl der Personen auf dem Autismus-Spektrum als LGBTGIA+ identifiziert.« Wow. Darüber muss ich mehr lesen. Darüber muss ich ALLES lesen. Warum habe ich das nicht schon alles viel früher gelesen? Wahrscheinlich bleibt nicht viel Zeit zum Nachdenken, wenn man jeden Tag versucht, einfach zu überleben. Was bedeutet das für mich? Auf jeden Fall habe ich viel zu bedenken. Und bei dem aktuellen Zustand meines Hirns ist das überwältigend.

Trotzdem werde ich Sara schreiben und mich vielleicht an Josephs Ratschlag halten und sie nicht treffen. Ich schaue mal, wie es läuft. Mein Kopf braucht eine Pause von diesen ganzen anstrengenden sozialen Interaktionen.

> **Hey, Sara, Zoe Kelly hier. Ich schreibe einige Fortsetzungen zu meinem Artikel auf Bubble und habe deinen Kommentar gesehen. Wärst du bereit, darüber zu reden? Ich werde nicht allzu viel Zeit beanspruchen. Hoffe, dir geht's gut! Zoe** ☺

Während ich warte, checke ich meine Mails. Maia hat mir etwas geschickt.

✉ Hey Zoe,
falls du heute eine Minute Zeit hast, könntest du meinen neuesten Artikel gegenlesen? Ich bin auf einen Vorfall gestoßen, bei dem die Polizei einer Person ihren Rollstuhl weggenommen und sie ohne ihn über Nacht im Polizeirevier gelassen hat. Schrecklich. Ich will sichergehen, dass meine Wortwahl stimmt, würde den Artikel aber gern heute veröffentlichen, also lies ihn bitte asap. Danke!
Maia

Ich lese den Artikel. Was diesem Mann passiert ist, ist furchtbar. Maia hat gute Absichten, und ihr Standpunkt ist klar, aber am liebsten würde ich einfach schreien, als ich »an den Rollstuhl gefesselt« mehr als einmal sehe. Niemand ist an seinen Rollstuhl gefesselt. Rollstühle sind Mobilitätshilfen. »An den Rollstuhl gefesselte Menschen« verbessere ich in »Rollstuhlnutzer:innen« und korrigiere außerdem ein paar andere mitleidig klingende Formulierungen. Dieser Mann wurde von der Polizei misshandelt. Darum muss es bei der Geschichte gehen, nicht darum, dass der »arme« Mann in seiner Kindheit einen Unfall hatte und seitdem einen Rollstuhl benutzt. Ich schicke den Text zurück, mit meinen Anmerkungen und einer strengen Erklärung, warum »an den Rollstuhl gefesselt« eine Beleidigung ist. Außerdem schicke ich ihr noch ein paar Links zu lesenswerten Artikeln. Das ist doch nicht schwer. Hoffentlich versteht sie es. Mein Handy pingt, und mein Herz springt zur Vorstellung, was Sara geschrieben haben könnte. Aber es ist nicht Sara, sondern Gabe.

> **Hey Z, hoffentlich hast du gute Laune und gut gefüllte Schokivorräte? Magst du morgen früh einen Kaffee trinken, bevor dein Zug fährt? Auch wenn du es dir kaum vorstellen kannst: Ich habe Zeit ☺**

Ich freue mich, weil es Gabe ist, und bin dann überrascht von dieser Reaktion. Meine Wangen werden rot, als ich seine Nachricht noch einmal lese. Das muss an unserer Freundschaft und ihrer Leichtigkeit liegen. Mit Gabe scheint es nie eine versteckte Agenda oder einen Subtext zu geben, den ich erkennen muss. Alles ist geradeaus und einfach. Wie im Kindergarten, als man einfach zu jemandem gehen und fragen konnte: »Willst du mit mir befreundet sein?« Ich will in seiner Nähe sein. Dieses Gefühl ist eindringlich und überraschend. Gerade ist er mein bester Freund.

> **Hey! Ich nehme mir heute tatsächlich frei und weiß nicht, ob ich morgen wieder zur Arbeit gehe. Hab jede Menge zu tun, woran ich zu Hause arbeite. Hab aber morgen Abend Zeit, falls du Lust hast?**

Sofort liked er meine Nachricht und fängt an zu tippen. Ich beobachte die drei Pünktchen und merke, wie mein Herz rast. Mich zu öffnen und die Impulse in einer Freundschaft zu geben, ist mir schon immer schwergefallen. Mein Ablehnungsdetektor ist überempfindlich. Als könnte ich sie riechen. Ich bin der Kanarienvogel in einem Ablehnungsbergwerk. Wenn ich das Gefühl habe, dass mich jemand auch mit der allergeringsten Wahrscheinlichkeit wegschieben könnte, zerfalle ich komplett.

> Ja, morgen Abend wäre super! Lass uns eine Runde durch die Gegend fahren. Ich hol dich um 7 ab?

Mit einem Schub glücklicher Energie wackelt mein Körper, weil ich weiß, dass ich Gabe immer nach einem Treffen fragen kann, um mit ihm abzuhängen, und mich dabei immer sicher fühle. Für mich bewegen sich Freundschaften schrittweise voran, also ist es schön, festen Boden unter den Füßen zu haben. Ich like seine Nachricht und schicke ihm einen Daumen hoch. Ari und ich sind immer durch die Gegend gefahren. Sobald sie konnte, hat sie ihren Führerschein gemacht, und gemeinsam sind wir so oft durch die Stadt und Vorstädte gefahren, scheinbar zwecklos, aber trotzdem essenziell. Vor diesen Fahrten war ich noch nie am nördlichen Ende der Stadt gewesen. Falls wir versprochen hatten, durch einen Drive-through zu fahren, ist Gabe mitgekommen, worauf ich immer gehofft habe. Ich frage mich, was Ari davon halten würde, dass wir ohne sie rumfahren, und dann frage ich mich, ob es überhaupt einen Grund gibt, ihr davon zu erzählen. Sie muss nicht im Mittelpunkt unserer Freundschaft stehen, solange sie nicht hier ist. Manchmal kann auch *ich* im Mittelpunkt stehen.

Mein Handy pingt und mir steigt es etwas zu Kopf. Heute bin ich aber beliebt! Dieses Mal ist es Jake.

> Hey Zoe, trotz meinem schrecklichen Fehltritt beim Abendessen hatte ich letzte Woche eine tolle Zeit mit dir. Hättest du Lust, dich nochmal zu treffen, oder wolltest du das nur einmalig für deinen Artikel machen? Wenn das der Fall ist, verstehe ich es total! Aber falls du möchtest, könnten wir ja eine Buschwanderung machen oder so. Sag Bescheid, was du davon hältst! Oder nicht, falls du nicht willst

Seine Nervosität springt mir entgegen. Sie ist anders als meine, aber geht in eine ähnliche Richtung. Allerdings ist es tatsächlich so, dass ich gerne eine Buschwanderung mit ihm machen möchte. Das würde mir sehr gut gefallen. Zeit mit ihm zu verbringen war unangenehm, aber es war für beide Seiten unangenehm, deshalb hatte ich danach keinen sozialen Kater wie sonst, wenn ich jemanden zum ersten Mal treffe. Ich konnte mit ihm über seine und meine Fehltritte lachen. Sie haben sich gegenseitig ausgeglichen. Und ich glaube, es würde einfacher werden, wenn ich dem Ganzen etwas Zeit gebe. Er würde sich entspannen und ich würde mich entspannen, und ich könnte mich daran gewöhnen, Zeit mit jemandem wie ihm zu verbringen. Mit jemandem, der klug und umsichtig und künstlerisch ist. Es fühlt sich an, als würde so jemand wie er gut zu jemandem wie mir passen. Ich will an die Möglichkeit glauben, dass Dinge einfacher werden können und ich darauf hinarbeiten kann. Der Rest kann später kommen.

> **Hey! Ich würde sehr gerne eine Buschwanderung machen, wie wäre es am Samstag? Ich glaube, das ist vielleicht der ruhigere Tag am Wochenende, weil mehr Leute so was am Sonntag machen. Dieses Mal bringe ich mein eigenes Essen mit** ☺

Er antwortet sofort:

> **Haha, omg, das werde ich nie wieder los. Ich könnte dich um 7 Uhr morgens abholen, falls dir das nicht zu früh ist. Schick mir bitte deine Adresse, oder sag Bescheid, wo ich dich einsammeln soll!**

Das ist genug soziale Interaktion für einen Morgen, also wird es Zeit, ein bisschen zu spielen. Ich mag nicht viele Spiele, aber irgendetwas an *Die Sims* spricht mich zutiefst an. Vielleicht liegt es am Design der Häuser, weil es mir eine ganz besondere Freude bereitet, ein ästhetisch ansprechendes Zuhause für meine Familien zu gestalten. Aber es gibt mir noch viel mehr, ihre Leben und Erfolge und sozialen Interaktionen durchzuspielen und genau zu wissen, wie ich es richtig machen kann. Früher hatte ich mal eine Nachbarschaft voller Leute, die ich kenne, und ja, ich war mit Harry Wilson verheiratet, und Ariana wohnte direkt neben Justin Bieber (ihre Wahl). Aber jetzt spiele ich aus anderen Gründen. Ich bin nicht ich, und niemand ist irgendjemand, den ich kenne. Mit meinen Kopfhörern und der Sensorikmatte unter den Füßen könnte ich so den ganzen Tag im Glück versinken und die Zeit völlig vergessen. Das habe ich schon oft getan.

Heute aber nicht, weil ich trotzdem meine Mails checken und etwas Arbeit für Bubble erledigen muss, aber dazwischen liegen ein paar schöne freie Stunden. In dieser Zeit kann ich die einströmenden Reize und sozialen Interaktionen runterfahren und entspannen. »Einfach mal komplett abschalten.« Maias Artikel haben mich schwerer strapaziert, als ich mir eingestehen wollte. Das ganze Praktikum hat das.

Als würde ich aus einem Dämmerzustand erwachen, stelle ich fest, dass die Mittagszeit schon vorbei ist und mein Körper vor Hunger schwächelt. Allerdings wurde mein Sim Lea befördert, und ich habe ihr Haus renoviert, also war ich gut beschäftigt. Ich sehe eine Nachricht von Sara. Eilig wische ich über mein Handy und lasse es dabei mit dem Bildschirm voran auf den Boden fallen. Meine Tollpatschigkeit übertrumpft sich immer wieder selbst, ausnahmslos. Zum Glück bin ich nie ohne Displayschutzfolie und Smartphone-Hülle in Militärstärke unterwegs, also ist alles in Ordnung.

> **Hey Zoe, wie schön, von dir zu hören! Hehe, ich hoffe, du hattest nichts gegen meinen frechen Kommentar. Ich bin gerade mit Millie am Hundepark beim Fluss, also habe ich Zeit zum Quatschen.** ☺

Ich erinnere mich an Millie, Saras kleine, zottelige Hündin, die aussieht wie Hairy Maclary aus den Kinderbüchern. Sara hat sie an ihren freien Tagen mit zur Tankstelle gebracht, wenn sie den Schichtplan checken wollte. Der Hundepark ist in meiner Nähe, aber Sara hat mich nicht wirklich eingeladen, also bleibe ich kurz und direkt. Sicher gibt es interessantere Leute, mit denen sie lieber schreiben würde.

> **Cool! Der Hundepark ist ganz in meiner Nähe. Ich hoffe, Millie hat Spaß. Also, mochtest du mich auf eine romantische Art und Weise, als wir zusammengearbeitet haben, oder nur freundschaftlich? Ich versuche herauszufinden, wie ich erkenne, ob jemand Gefühle für mich hat oder einfach nur nett ist. Was es für Anzeichen gibt, zum Beispiel? Ich habe keine Ahnung** ☺

Sie antwortet fast sofort:

> Wow, du kommst direkt zum Punkt, das finde ich super. Du kannst gern zum Park kommen, wenn du magst, wir sind hier noch eine Weile. Ich fand dich definitiv süß, aber nach ein paar gescheiterten Ermittlungsversuchen dachte ich mir, dass du auf Männer stehst. Für mich warst du eher ... ein schöner Teil des Arbeitsalltags, weißt du? Ich habe definitiv lieber mit dir als allen anderen gearbeitet. Und ich fand es immer interessant, was du zu sagen hattest. Was die Anzeichen angeht, wars das wahrscheinlich schon. Vielleicht zu subtil? Haha

Beim Gedanken, sie zu sehen, schlägt mein Herz schneller. Ich habe definitiv ein paar Fragen zu diesen »gescheiterten Ermittlungsversuchen«. Ich sollte nicht zum Park gehen, oder doch? Ich trage meine Laufshorts und ein ausgeleiertes T-Shirt. Sie wird zweifelsohne stylish und entspannt aussehen. Aber für mich fühlt es sich an, als gäbe es keinen Druck – ganz im Gegenteil zu meinen Dates mit Aidan oder Jake. Mein Hirn beschließt, den Autopiloten anzuwerfen, und ich laufe schon durch die Haustür, ehe ich meine Entscheidung hinterfragen kann.

> Ich komm vorbei! Bis gleich

Erst als ich den Zaun des Hundeparks erreiche, bemerke ich den Zahnpasta-Fleck auf meinem Shirt. Auch wenn ich jetzt daran reibe, wird es keinen Unterschied machen, aber trotzdem höre ich erst am Eingang damit auf, sodass Saras erster Eindruck von mir nach zwei Jahren keiner der völligen Verwahrlosung ist. Millie sehe ich zuerst. Sie wälzt sich auf einem Flecken ungemähtem Rasen und versinkt dank der selbst verabreichten Krauleinheiten im Glück.

»Zoe!«

Sara winkt mir von der anderen Seite des Parks zu, und wir laufen aufeinander zu, bis wir uns bei Millie treffen. Ich hatte recht, sie sieht super aus. Schwarze Jeans und ein schwarzes T-Shirt, schicke Sneaker und jede Menge Silberschmuck. Ich würde in dem Outfit aussehen wie eine Kellnerin. Sie sieht aus, als käme sie aus Melbourne oder New York.

»Hey«, sagt sie und bleibt stehen.

Ich spüre jedes Level an sozialer Unbeholfenheit, an dem ich jemals gescheitert bin. Um sie zu bekämpfen, knie ich mich hin und konzentriere mich auf Millie. Sie lehnt sich zu mir, als ich sie hinter den Ohren kraule.

»Hey. Ich hoffe, es ist okay, dass ich hergekommen bin und deine Ruhe im Hundepark störe.«

»Na klar! Ich habe dich doch eingeladen.«

»Oh stimmt.«

Sie lacht und kniet sich ebenfalls hin.

»Wie geht's dir?«

»Gut, vor allem, seitdem die Schule vorbei ist.«

»Ja, das kann ich mir vorstellen.«

Ich erinnere mich daran, sie auch zu fragen, wie es ihr geht. Das passiert nicht immer, aber Millie beruhigt meine innere Nervosität.

»Mir geht's super, bin immer noch an der Uni, arbeite, verbringe den Großteil meiner Zeit hier, weil Millie mehr Energie hat als ein Hund, der doppelt so groß wie sie ist und halb so alt.«

»Sorry, ist es komisch, dass ich hergekommen bin?«

Ich halte mir die Hände vors Gesicht, weil ich nicht fassen kann, dass ich das gefragt habe.

»Überhaupt nicht, wolltest du mir Fragen für deinen Artikel stellen?«

Ich schüttle meine Handgelenke aus und versuche, mein Hirn wieder zusammenzusetzen. Sara ist wirklich nett und ich benehme mich wirklich merkwürdig.

»Okay, falls es in Ordnung ist, das zu fragen: Woher wusstest du, dass du nicht straight bist? Hast du das herausgefunden, als du noch total jung warst? Ich habe das Gefühl, ich hätte das schon lange herausfinden sollen, wenn es der Fall wäre.«

»Mir war ziemlich früh klar, dass ich bi bin. Meine Familie ist total offen, und mein großer Bruder hat sich geoutet, als ich noch klein war, deshalb war das keine große Sache, weißt du?«

»Ja, das macht Sinn. Meine Familie unterstützt mich auch, aber ich habe wohl noch nie so richtig darüber nachgedacht. Meine Freundinnen haben darüber gesprochen, in welche Typen sie verknallt waren, also habe ich das auch gemacht. Im Nachhinein fühle ich mich ziemlich dämlich, weil ich nicht weiter darüber nachgedacht habe, aber es war so viel anderes los. Und jetzt damit anzufangen, fühlt sich an, als würde ich es faken oder um Aufmerksamkeit heischen.«

»Nein, überhaupt nicht. Du bist noch so jung, du hast jede Menge Zeit, um das herauszufinden. Es gibt nicht den einen richtigen Weg. Millie, aus.«

Millie, mit dem Quietschspielzeug eines anderen Hundes im Maul, erstarrt zur Salzsäule. Ein Labradoodle trottet herüber und nimmt sein Spielzeug, dann rollt sich Millie wieder unbeirrt im Gras.

»Danke, ich finde diese ganze Dating-Sache so krass und weiß wirklich zu schätzen, wie offen und nett du bist.«

Meine Lippe beginnt zu zittern, und ich will mich ohrfeigen, um den Gedanken, jetzt zu weinen, aus meinem System zu verbannen. Ich werde nicht weinen. Es gibt überhaupt keinen Grund zum Weinen. Sara schaut weiter zu Millie. Ich frage mich, ob sie das aus Nettigkeit tut.

»Wir gehen jetzt wahrscheinlich nach Hause, magst du noch ein Stückchen mitlaufen?«, fragt Sara. Sie hakt Millies Leine in das Halsband ein und wir laufen zum Ausgang. Die Wahrscheinlichkeit, irgendwelche zusammenhängenden Gedanken zu formieren, liegt definitiv bei null Prozent, weil ich all meine Energie darauf verwenden muss, nicht zu weinen. Also kann ich nicht einmal darüber nachdenken, was ich sagen könnte. Trotzdem ist es angenehm, zusammen zu gehen. Saras Ausstrahlung ist beruhigend.

»Nach deinem ersten Artikel denke ich, dass ich mich um eine ADHS-Diagnose bemühen werde. Unter dem Artikel gab es einen Link zu einem Text von einer Frau, die ihre Diagnose in den Vierzigern bekommen hat, und ich konnte mich mit so vielem davon identifizieren«, sagt Sara.

»Oh, das ist ja großartig«, antworte ich.

»Ja, das finde ich auch. Hey, das hier ist meine Straße. Danke für das Treffen, Zoe, und viel Glück mit deinen Artikeln. Mir gefällt die Serie bisher richtig gut. Am liebsten mag ich bisher den Bruder der besten Freundin.«

Sie winkt und dann sind Millie und sie weg.

14

Heute arbeite ich wieder von zu Hause aus, aber mein Hirn ist nicht in der richtigen Verfassung, um den Sara-Artikel zu schreiben. Es hat eine suppige Konsistenz und droht, mir durch die Nase zu schwappen, wenn ich meinen Kopf zu schnell bewege. Den Beitrag über Sara kann ich morgen schreiben. Stattdessen sagt mir mein Magen jetzt, während ich es mir im Bett gemütlich mache, dass es Zeit zum Essen ist. Eine Menge Essen. So schnell und hemmungslos wie möglich.

Ich stehe so rasch auf, wie ich mich hingelegt habe, weil ich es sonst nicht mehr schaffe. Anscheinend ist Dad noch nicht lange wach und liest die Zeitung wie ein richtiger alter Mann, mit seiner Brille auf der Nasenspitze.

»Hast du Hunger, Schatz?«, fragt er und sieht auf.

»Ja, ich bin am Verhungern. Hab die Zeit vergessen«, antworte ich.

»Lass mich ein paar Reste aufwärmen. Ich habe gestern Abend viel zu viel gekocht.«

Gestern Abend gab es Spaghetti Bolognese, einen seiner besseren Versuche. Keine komischen Zutaten. Und am nächsten Tag ist sie immer besser, also lasse ich ihn werkeln. Harriet sagt, ich sei verwöhnt, aber sie versteht nicht, in welche Zustände mein Hirn sich begeben kann oder wie gerne Dad das für uns macht. Er reicht mir eine Portion, die mindestens für zwei reicht, also gerade genau die richtige Menge für mich.

»Oh, und die habe ich an der Tür gefunden. Ich dachte mir, die sind für dich.«

Er reicht mir eine Schachtel Pralinen mit einem Post-it auf dem Deckel, auf dem nur »Z« steht. Völlig gegen meinen Willen prickeln meine Wangen.

»Ein geheimer Verehrer?« Dad lässt seine Augenbrauen auf und ab hüpfen, als er das sagt.

»Nee, nur Gabe«, sage ich. »Wir haben über Schokolade gesprochen und er hatte wohl welche übrig.«

Dad dreht sich wieder zur Mikrowelle, die mit einem Piepen verkündet, dass mein überfälliges Mittagessen fertig ist, und flüstert »na klar«, als könnte er sich keine weniger plausible Lösung vorstellen. Gabe hat meine Schokoladenvorräte erwähnt, deshalb weiß ich, dass er es war, aber ich habe das Gefühl, Dad würde mir noch weniger glauben, wenn ich mich an weiteren Erklärungen versuche. Egal. Das ist eine nette Geste. Ich werde die Pralinen heute Nachmittag essen, während ich irgendetwas halb Schreckliches auf Netflix schaue.

Die Nudeln füllen den Hohlraum in meinem Magen, ohne tatsächlich nach etwas zu schmecken. Ich fühle mich, als würde ich mich erkälten und würde das wahrscheinlich auch glauben, wenn ich nicht schon so oft an diesem Punkt gewesen wäre. Wenn ich zu viel tue, passiert irgendetwas mit mir. Wenn ich zu viele Leute sehe oder zu viele Dinge fühle. Ich bin wie der Blechmann aus *Der Zauberer von Oz*: Ich werde immer langsamer, bis ich mich gar nicht mehr bewegen kann. Nur brauche ich kein Öl, sondern Zeit im Bett. Das war auch letztes Jahr so, als das Mobbing besonders schlimm wurde und die Prüfungen, Unibewerbungen und der Abschluss anstanden. Nach alldem habe ich monatelang Winterschlaf gehalten. Das kann nicht noch einmal passieren, nicht so. Ich werde vorsorgen, indem ich mich jetzt etwas ausruhe und die Erschöpfung und Traurigkeit in Schach halte.

Ich schreibe Gabe:

> Vielen Dank für die Schokolade! Falls du erwartest, dass ich sie heute Abend mit dir teile, liegst du so was von falsch. Ich werd sie definitiv aufessen, bevor wir uns sehen. Z

Er antwortet sofort:

> Kein Problem, Z. Falls du nachher irgendwelchen Proviant mitbringen willst: Bücher, Snacks, Waffen, um deine Grenzen zu verteidigen, sag einfach Bescheid. Hab einen neuen Ausbildungsplatz! Bis bald ☺

Ich schicke ihm eine ganze Reihe an Partyknaller- und Tanz-Emojis, um seinen neuen Job zu feiern. Etwas anderes fällt mir nicht ein. Mein Magen schlägt kleine Saltos, und ich weiß nicht, warum.

Am frühen Abend ist Dad immer am wachsten, und jetzt zieht er seine Augenbrauen hoch, als ich ihm sage, dass ich mich mit Gabe treffe. Aber er ist schlau genug, um sich einen Kommentar zu verkneifen.

»Ich stelle deine Portion Abendessen in den Kühlschrank«, sagt er und winkt mir mit dem Spültuch hinterher, als wäre es eine Flagge. Ich habe immer ein schlechtes Gewissen, wenn ich ein Abendessen mit ihm verpasse. Das würde er nicht wollen. Jemandem so wichtig zu sein, ist eine große Verantwortung.

Gabe sitzt hinter dem Lenkrad, und ich fühle mich genau, wie wenn ich versuche, meinen Feed durch die Augen einer anderen Person zu sehen: Würde jemand diesen Augenblick mitbekommen, sähe es aus wie ein Date. Ich weiß nicht, warum mir dieser Gedanke in den Kopf schießt oder warum er mich nervt. Das hier ist kein Date, und es bringt nichts, sich die Gedanken einer hypothetischen Person vorzustellen. Ich bin nur froh, dass Harriet nicht zu Hause ist.

»Hey«, sage ich und setze mich auf den Beifahrersitz seines gebrauchten roten Corollas. Ari und er haben sich das Auto geteilt, aber jetzt hat er automatisch das volle Sorgerecht bekommen. Weil Gabe es nun fährt, ist es sauberer als bei Ari. Sie war immer gerne mit mindestens siebenundfünfzig Paar Schuhen unterwegs. Gabe hat dafür offensichtlich eine große Vorliebe für wiederverwendbare Wasserflaschen.

»Guten Abend, Miss Kelly«, antwortet er. Er ist so ein Quatschkopf.

»Wo fahren wir hin?«, frage ich.

»Der Weg ist das Ziel«, antwortet er.

Mein Blick muss skeptisch oder komisch aussehen, weil er mich ansieht und loslacht.

»Erzähl mir, was du gerade wirklich denkst«, sagt er.

Ich schaue auf meine Hände in meinem Schoß. Ich mag es nie, wenn mich jemand auslacht. Das ist ein Zeichen, dass ich etwas nicht *richtig* gemacht habe. Dass ich nicht *genug* tue.

»Oh nein, entschuldige, ich meine das in einem guten Sinn. Dein ominöser Gesichtsausdruck ist großartig. Ich dachte, wir könnten Musik hören und zum Mount Coot-Tha fahren. Der Ausblick ist super. Wir können auch ein paar Snacks kaufen oder durch den Drive-through fahren, wenn du magst.«

»Ich hätte gerne eine Limonade«, antworte ich.

»Na dann, auf zur Limo.«

Er fährt los in Richtung McDonald's, als wäre es das Einfachste auf der Welt, als müsste er gar nicht darüber nachdenken.

»Also, was für einen neuen Ausbildungsplatz hast du jetzt?«, frage ich.

»Ah ja, bei einem noch recht jungen Baumeister, der ziemlich anständig wirkt. Ich glaube, der zockt niemanden ab und geht dann pleite wie der letzte Typ. Außerdem arbeitet er vor allem an Häusern mit niedrigem CO_2-Fußabdruck, ziemlich cool also.«

»Das ist ja großartig, Gabe. So etwas wolltest du doch schon seit Ewigkeiten! Bist du glücklich?«

Gabe schaut herüber und dann schnell wieder auf die Straße. »Ja, ich bin richtig glücklich«, antwortet er.

Als wir beim Drive-through einbiegen, gibt es eine lange Schlange. Gabe fängt das Spiel an, das wir schon spielen, seitdem Ari ihr personalisiertes Nummernschild bekommen hat. Er zeigt auf das Auto vor uns, einen Lexus mit einem personalisierten Nummernschild, auf dem »CashdUp« steht.

»Okay, der fährt ganz bestimmt irgendeine Betrugsmaschine, vielleicht lässt er reiche Boomer Anteile an Ferienhäusern kaufen und behält das meiste Geld für sich«, sagt Gabe.

Nicht schlecht. Aber das kann ich besser.

»Ich glaube, er trollt berühmte Frauen online, weil ihn seine Freundin in der Highschool verlassen hat. Er denkt, dass sie sich zu sehr für Feminismus interessierte, aber der eigentliche Grund ist, dass er Frauen hasst und das Charisma einer alten Socke hat. Er kann nur mit seinem Geld angeben, mehr hat er nicht drauf.«

Gabe lacht sich kaputt. Mein Herz rast. Es ist so einfach, ihn zum Lachen zu bringen. Das ist fast wie eine Droge, und es ist gut möglich, dass ich gleich anfange, mit der Achselhöhle zu furzen. Beinahe verliere ich die Kontrolle über mich, aber ich bin eben nicht sehr erfahren, was erfolgreiche Freundschaften angeht.

Wir sind als Nächstes dran. Gabe bestellt zwei große Limos, und sobald wir mit unserem frisch gezapften Zuckerschock bewaffnet sind, fahren wir weiter.

»Kann ich einen Song anmachen?«, frage ich.

»Na klar. Das Kabel ist wahrscheinlich irgendwo unter deinem Sitz.«

Er greift in meine Richtung, und seine Hand landet aus Versehen in meinem Schoß, wie ein Blitzschlag. Die Haut auf meinen Oberschenkel prickelt, und er zieht seine Hand zurück, als hätte er sich verbrannt.

»Sorry«, sagt er.

»Schon okay. Ich suche das Kabel«, antworte ich.

Sobald ich es gefunden habe, stecke ich mein Handy ein und suche den Song raus. Wenn ich mit jemandem rede, mache ich nur selten Musik an, weil der Songtext reingrätscht und den Gesprächsfluss durcheinanderbringt, aber dieses Lied hat keinen Text. Es ist instrumental.

»Von wem ist das?«, fragt er.

»Explosions in the Sky. Ich kann was anderes anmachen, wenn du magst.«

»Nein, mir gefällt der Song. Den suche ich mir auf Spotify raus. Wie heißt er?«

Mein Gesicht brennt. Diese Frage hatte ich nicht bedacht und die Antwort wird ganz bestimmt peinlich. »*Your Hand in Mine*«, antworte ich.

Er lächelt, aber sagt nichts und trinkt langsam seine Limo. Wahrscheinlich denkt er sich gar nichts dabei. Nicht alle denken, wie ich, so lange über Dinge nach, bis sie gelähmt sind. Ich schaue aus dem

Fenster und fühle mich, als würde dieser Augenblick mein ganzes Leben beinhalten. Ich könnte noch ein Kind sein und Filme mit Gabe und Ari drehen, voll konzentriert darauf, dass unsere Puppen genau richtig positioniert sind, oder ich könnte schon im mittleren Alter sein und immer noch Zeit mit Gabe verbringen, weil wir dann hoffentlich noch befreundet sind. Vor uns liegt die Story Bridge und wird angestrahlt wie ein Film, also setze ich mich aufrecht hin, um ihr die Aufmerksamkeit zu schenken, die sie verdient hat.

»Ich liebe diese Brücke«, sage ich mehr zu mir als zu Gabe.

»Ich auch«, antwortet er.

Wir bleiben auf der linken Spur, also kann ich runter auf den Fluss schauen und die Spiegelungen der Lichter auf seiner spiegelglatten Oberfläche sehen. Die Musik steigert sich und ich könnte heulen. Aber das wäre jetzt sehr komisch, also atme ich ein und sortiere meine Gedanken. Die Musik folgt meinem Beispiel und entspannt sich etwas.

»Und wie war dein freier Tag heute?«, fragt Gabe.

»Gut, bitter nötig«, antworte ich.

»Gefällt dir die Arbeit noch?«

»Das Schreiben schon, aber nicht die restlichen Sachen um diesen Teil der Arbeit herum. Der Bürokrams, das ganze Socializing, das ist anstrengend.«

»Aber meinst du, du willst diesen Job wirklich machen, also für immer?«

»Ich denke schon«, antworte ich.

»Das muss sich gut anfühlen.«

»Hast du dieses Gefühl nicht auf dem Bau?«

»Nee. Für mich ist das gerade die beste Option, und die Arbeit macht mir nichts aus, aber ich bin nicht begeistert davon oder so.«

»Was begeistert dich denn?«

Gabe denkt über die Frage nach, scheint aber keine Antwort zu finden. Allmählich fahren wir bergauf, um uns herum ist nur Buschland. Es ist dunkel, aber uns kommen Autos mit leuchtenden Scheinwerfern entgegen.

»Warte nur, bis du den Ausblick siehst«, sagt er.

Wir fahren auf einen Parkplatz, von dem man nichts außer Bäume sieht.

»Ab hier müssen wir laufen, falls das in Ordnung ist.«

Die Abendluft ist kühl genug, um sie durch meinen Cardigan zu spüren. Ich schlinge meine Arme um mich und folge Gabe den Wanderweg hinauf. Die Skyline der Stadt zeigt sich erst langsam, dann auf einen Schlag. Es sind nur Gebäude und ein Fluss, aber irgendwie ist es das Schönste, was ich jemals gesehen habe. Ich versuche, das Bubble-Gebäude zu finden, aber es ist schwer, mich zu orientieren.

»Ziemlich schön, oder?«, fragt Gabe und lehnt sich an die hölzerne Absperrung.

»Es ist großartig.« Ich stelle mich neben ihn und spüre die Wärme seines Arms an meinem, als würde ich neben einem Heizstrahler stehen.

»Das wäre ein guter Ort für ein Date«, sage ich.

»Ja, das ist ganz schön romantisch, glaube ich«, antwortet er und lächelt mich bei dem Gedanken an. Mein Gesicht spiegelt seins ohne Aufforderung, dann schaue ich zurück auf den fantastischen Ausblick. Ich frage mich, ob er und Brooke schon hier gewesen sind. Bestimmt.

»Ich sollte mit Jake herkommen«, überlege ich und mache aus einem flüchtigen Gedanken eine tatsächliche, ausgesprochene Aussage.

»Oh … ja, unbedingt«, antwortet Gabe, stellt sich wieder gerade hin und geht einen Schritt nach hinten.

»Sollen wir gehen?«, frage ich. Er muss sich bestimmt allmählich langweilen.

»Wenn du willst.«

»Können wir eine längere Strecke zurückfahren? Es ist so nett mit dir im Auto.«

»Das kann ich arrangieren«, antwortet er.

Wir schnallen uns an und Gabe hält das Handykabel hoch.

»Können wir den Song nochmal hören?«, fragt er.

Ich spiele ihn ab und die gewundene Straße und die sanfte Musik lassen mich in einen traumähnlichen Zustand versinken. Ich stelle meine Lehne etwas nach hinten und ziehe die Füße an.

»Ist es okay, wenn ich einschlafe?«, frage ich.

»Na klar, ich wecke dich auf, wenn wir bei dir ankommen«, antwortet er.

Normalerweise entzieht sich mir der Schlaf, aber hier, ausgerechnet an diesem Ort, überkommt er mich fast sofort.

Gabe schüttelt meine Schulter und ich wache auf. Wir verabschieden uns murmelnd, dann stolpere ich ins Haus und sofort ins Bett. Das fühlt sich alles an wie im Traum.

Als ich meine Augen öffne, ist es hell draußen. Das Licht brennt. Es ist 6:40 Uhr. So fest habe ich seit Jahren nicht mehr geschlafen. Vielleicht kriege ich wirklich eine Grippe. Aber mich durchfließt eine besondere Tatkraft, und ich weiß genau, wofür ich sie nutzen will.

Mit 15 dachte ich, ich sei niemandes Teen Crush, aber anscheinend habe ich nur die Anzeichen übersehen

Zoe Kelly wagt den Sprung in die Welt der Liebe und kontaktiert »All the Babes Who Loved Her Before«

Date Nr. 4: Die ehemalige Kollegin

Ich habe mit Samantha (so heißt sie nicht wirklich) zusammen an einer Tankstelle gearbeitet, als ich in der Highschool war. Sie war ein Jahr älter als ich und so was von cool. Sie hatte immer schlaue Retourkutschen parat und nicht erst Stunden später, nachdem der idiotische Kunde schon lange weggefahren war, so wie ich. Sie trug immer, was sie wollte, und machte, was sie wollte. Und ja, sie war wirklich hübsch. Ihr Kommentar zu meinem Artikel über die moderne Dating-Welt hat mich sehr viel mehr aus dem Konzept gebracht als die anderen, weil ich mich immer als straight gesehen habe. Ich habe mich noch nicht einmal so gesehen, ich habe einfach mit vierzehn angefangen, mit meinen besten Freundinnen über süße Jungs zu reden, und das war's. Ich war viel zu beschäftigt damit, die Highschool zu überleben, um mich eingehender mit dem Thema zu beschäftigen.
Aber seit meinem Treffen mit Samantha habe ich erfahren, dass die Wahrscheinlichkeit für autistische Menschen größer ist, LGBTQIA+ zu sein. Deshalb denke ich mehr über meine Sexualität nach als je zuvor. Und, wie damals, als wir regelmäßig miteinander zu tun hatten, war Samantha so was von cool, als ich sie gefragt habe, ob wir darüber reden können. Sie wusste schon immer, dass sie bisexuell ist, aber hat mir versichert, dass es

> nicht allen so geht. Sie hat mir geraten, mich nicht unter Druck zu setzen und irgendetwas definieren zu wollen, sondern einfach offen zu sein und die Dinge auf mich zukommen zu lassen.
> Ich glaube, das ist ein guter Ratschlag für alle, die sich in die Dating-Welt begeben. Je mehr Druck wir uns machen, umso eher sind wir enttäuscht, wenn die Dinge nicht nach Plan laufen. Ich werde Samantha in nächster Zeit wohl eher nicht daten, aber ich bin dankbar, dass ich wieder Kontakt mit ihr aufnehmen konnte. Jetzt stelle ich mir einige große Fragen, aber mache mir keinen Stress, was schnelle Antworten angeht. Stattdessen entwirre ich, welchen Einfluss mein autistisches Masking darauf hatte, meine Gefühle zu fühlen und meine Vorlieben zu verstehen, also gebe ich mir mehr Raum. Je länger ich über Sexualität nachdenke, umso eher glaube ich, dass unsere gesellschaftlichen Normen in diesem Bereich kompletter Quatsch sind. Wahrscheinlich klingt das nicht nach besonders viel, aber für mich ist es ein großer Schritt, meinen »So sollte ich sein«-Gefühlen weniger Aufmerksamkeit zu schenken.
> Ich habe voraussichtlich noch ein weiteres Date, liebe Leser:innen. Ich hoffe, euch hat es gefallen, mich auf diesem Weg zu begleiten. Zoe x

Der Artikel ist unterwegs zu Joseph und Maia, bevor ich mir überlegen kann, wie schlau es ist, meine Sexualität so offen zu hinterfragen, insbesondere wenn ich sie noch nicht selbst definiert habe. Ich verwende so wenig Zeit an Gedanken darüber, mich selbst bloßzustellen, und brauche dann so viel Zeit, um mich zu erholen. Als müsste ich die Worte aus meinem Körper kriegen, um meinen Kopf zu beruhigen. Und meistens funktioniert das ganz gut. Ich esse ein paar Pralinen von Gabe und klicke mich zur Bubble-Webseite, um zu schauen, wie Maias Artikel ankommt. Ihr Bericht ist da, zwei Abschnitte weiter unten, aber mein Artikel ist ganz oben. Der Jake-Artikel. Er hat schon einundachtzig Kommentare und es ist noch nicht einmal 8 Uhr. Ich überfliege sie.

> Das ist so was von süß! Zoe und John 4eva x
> Awww, yas, Girl! Das klingt nach einem traumhaften ersten Date!
> Kann es noch süßer werden? Wir MÜSSEN erfahren, wie das zweite Date läuft.
> John und Zoe sind mein neues Lieblingspaar!
> Yesss Joey = wahre Liebe!

Es ist schön, so viel Befürwortung zu lesen, aber auch verwirrend, dass sie so viel weiter springen, als ich es nach dem ersten Date bin. Das liegt natürlich nur an mir, weil ich den Artikel überhaupt geschrieben habe, aber trotzdem. Es gibt eine Person, die mir helfen wird, das alles einzuordnen. Ich hoffe, sie macht sich einen gemütlichen Abend zu Hause.

Ariana nimmt meinen Videocall so energetisch und enthusiastisch an wie eine Fernsehmoderatorin.

»Zoeeeeeeee. Ich habe dein Gesicht echt vermisst. Kannst du dir vorstellen, dass ich heute Abend nicht weggehe?«

»Das freut mich. Ich habe dich so sehr vermisst«, antworte ich.

»Also, erzähl mir, wie es mit dem Dating läuft? Hattest du noch eins? Wer ist als Nächstes dran?«

»Ich habe mich mit Sara getroffen, mit der ich an der Tankstelle gearbeitet habe, aber das war nicht wirklich ein Date. Eher ein Wiedersehen. Ein entspanntes Treffen.«

»Interessant. Also sind Frauen im Spiel oder wie?«

»Ich bin mir nicht sicher. Vielleicht. Sie sind nicht *nicht* im Spiel.«

»Verstehe. Das wusste ich noch gar nicht, Zoe.«

»Ich auch nicht. Ich bin mir nicht sicher, ob ich bisher jemals über die Spielregeln nachgedacht habe.«

»Es ist auf jeden Fall gut, darüber nachzudenken. Und wie läuft es mit Jake? Das Date lief gut, oder? Trefft ihr euch nochmal?«

»Ja, am Wochenende machen wir eine Buschwanderung. Der Artikel über unser erstes Date ist gerade heute Morgen veröffentlicht worden.

»Oh mein Gott, den muss ich direkt anschauen. Ah, sieht großartig aus! Ich kann's kaum erwarten, ihn zu lesen.«

»Und wie geht es dir?«, frage ich.

Ariana hält inne.

»Ich glaube, ich bin etwas müde. Ich habe so einen Husten, den ich nicht loswerde. Erschöpft, würde Marie sagen. Weil ich nicht genug grünes Gemüse esse oder so was in der Art.«

»Ich weiß, was du meinst. Vielleicht gönnst du dir einfach ein paar mehr Abende zu Hause wie heute?«

Sie wirft mir einen Blick zu. Der Ariana-Blick, der sagt, dass sie genauso weitermachen wird, wie sie will, vielen Dank auch. Und ich weiß, dass Abende zu Hause höchstwahrscheinlich nicht auf dem Plan stehen.

»Und wie geht's dir? Bei dir ist ja gerade ziemlich viel los. Ist alles okay?«

»Ich glaube, langsam kriege ich Burn-out. Ich arbeite gerade im Homeoffice, und es ist meine letzte Woche bei Bubble, aber mache meine Arbeit, also hoffe ich, dass Joseph das versteht.«

»Deine Artikel sind doch so beliebt, es wäre bescheuert, wenn er dich nicht behalten würde. Eine von den Mädels, mit denen ich bei Schuh arbeite, hat sie letztens auf Twitter geteilt!«

»Wow, das ist ziemlich merkwürdig. Und cool.«

»Wie du!« Sie lacht über ihren eigenen Witz und schaut sich in ihrem Zimmer um. Für einen Augenblick schaue ich mich auch in meinem um.

»Und wie geht's der Family?«, fragt sie. »Hat Harriet schon die Weltherrschaft übernommen? Kocht dein Vater immer noch für eine zehnköpfige Familie?«

»So ziemlich. Ihnen geht's super. Sie fragen ständig nach dir.«

»Vielleicht sollte sich deine Mum mal mit meinen Mums zum Abendessen treffen. Sie blasen Trübsal, als wäre jemand gestorben. Ich glaube, das macht Gabe langsam wahnsinnig.«

Als sie den Namen ihres Bruders erwähnt, fühle ich mich etwas schuldig, als hätte sie mich kalt erwischt. Ich glaube, das liegt an der Pralinenschachtel, die offen neben mir im Bett liegt. Ari davon zu erzählen, bedeutet, dass sie viel zu viel hineininterpretieren würde, aber es fühlt sich auch verdächtig an, es ihr zu verheimlichen.

»Ich wette, das würde Mum gefallen, wenn sie jemals mit den Nachtschichten aufhört.«

»Sie ist so beeindruckend. Hey, ich geh dann mal und ziehe mir irgendeinen Film rein. Schreib mir, und gib Bescheid, wie dein nächstes Date mit Jake läuft, ja?«

»Mache ich!«

»LIEB DICH VERMISS DICH WÜNSCHTE DU WÄRST HIER.« Wir schreien und versuchen, es schneller zu sagen als die andere. Und dann ist sie weg.

Ich muss mich organisieren, aber ich will nichts tun, außer im Bett zu liegen. Ich stelle mir den Wecker, sonst stehe ich nie wieder auf.

Jake fährt um 6:58 Uhr vor. Die Uhrzeit bringt mich zum Grinsen, aber nicht der beinahe unsichtbare Nieselregen draußen. Vielleicht sollten wir das hier absagen, auf einen Tag mit passenderem Wetter verschieben. Dieses Wetter ist perfekt für Filme und Videospiele. Mein Handy pingt:

> Ich stehe draußen, wenn du so weit bist. Keine Eile ☺

Also machen wir das jetzt wohl wirklich. Mein Rucksack steht seit gestern Abend bereit, also habe ich nicht mehr viel zu tun, außer meinen Kaffee mitzunehmen und Jake draußen zu treffen. Er hat sich auf den Beifahrersitz des halbwegs neu aussehenden Subarus gelehnt und winkt, als würde ich ihn ansonsten übersehen. Vorsichtig gehe ich die Treppenstufen hinunter, um dieses Date nicht vorzeitig mit einer typischen Zoe-Verletzung zu beenden, wie einem verdrehten Knöchel oder Knie.

»Hey«, sage ich, öffne die Tür und klettere auf den Beifahrersitz.

»Hey«, antwortet er.

Die Sauberkeit des Autos verrät mir, dass es wahrscheinlich seinen Eltern gehört. Kein Fast-noch-Teenager achtet darauf, dass die Fußmatten gestaubsaugt wurden und das Armaturenbrett glänzt. Zu meinen Füßen liegt eine Box mit Taschentüchern, ansonsten fliegt nichts im Auto herum. Nicht einmal auf dem Rücksitz, auf den ich einen Blick werfe, während ich mich anschnalle.

»Das Auto gehört meiner Mum«, erklärt er, als könnte er meine Gedanken lesen.

»Es ist nett«, antworte ich.

»Auf welche Musik hast du Lust? Wir brauchen ungefähr eine Stunde.«

»Gerade bin ich mit Stille zufrieden, zumindest bis ich meinen Kaffee getrunken habe.«

Erst als ich das sage, bemerke ich, was für ein komischer Wunsch das ist. Ich halte mich davon ab, genauer zu erklären, was es mit Reizeinströmungen auf sich hat und dass ich mich mental darauf vorbereiten muss, um sie gut ertragen zu können. Koffein gibt mir die Energie, um mehr Lärm zu ertragen, als ich es sonst könnte. Diese Information würde wahrscheinlich nicht dazu beitragen, dass ich weniger komisch wirke. Also sitzen wir im Stillen nebeneinander, und ich nehme kleine Schlucke aus meinem Kaffeebecher, während ich Jakes Fahrweise auf dem Weg zur Autobahn beobachte. Er ist sorgfältig, vorsichtig und hält sich streng an die Straßenverkehrsordnung, er blinkt sogar im Kreisverkehr, wozu die meisten Leute anscheinend nicht in der Lage sind. Das mag ich. Er blickt kurz zu mir und legt seine Hände dann fest auf 10 und 2 Uhr am Lenkrad, als wäre ich eine Fahrlehrerin auf der Suche nach Gründen, um ihn durch die Prüfung fallen zu lassen. Es gäbe keine, selbst wenn dem so wäre.

»Magst du Katzen?«, frage ich und denke an Peaches, die sich nur zu gerne im warmen Teil des Betts eingerollt hat, als ich aufgestanden bin.

»Ich bin allergisch«, antwortet er.

Etwas zu negativ, das merkt er anscheinend.

»Aber meine Schwester hatte einen Kater, als wir klein waren. Ich habe ihn geliebt und einfach Allergietabletten genommen, wenn das Geniese zu heftig wurde. Hast du eine Katze?«

»Ja, Peaches. Sie ist mein Assistenztier und eine unglaublich gute Freundin«, antworte ich.

»Ich hatte früher eine Schildkröte namens Fred«, sagt Jake, die Hände weiter am Lenkrad und die Augen auf die Straße gerichtet, aber irgendwie wirkt er angespannt. Als könnte ich spüren, wie sich die Luft um ihn herum zusammenzieht.

»Das ist ein großartiger Name für eine Schildkröte«, antworte ich.

Den Rest der Fahrt verbringen wir größtenteils schweigend, aber das ist eine normale Stille, die Sinn ergibt, weil es noch früh ist und wir uns gedanklich auf einen Tag voller körperlicher Anstrengung vorbereiten. Als wir ankommen, hat sich die Luft um Jake herum gelockert.

»Lamington National Park«, sagt er und zeigt auf das Buschland zu beiden Seiten der Straße.

»Oh cool«, antworte ich.

»Ich dachte, wir könnten den Wanderweg zum Picnic Rock und den Elabana Falls gehen. Hin und zurück sind das sieben Kilometer, also brauchen wir wahrscheinlich zwei Stunden«, erklärt er.

»Glaubst du, das geht mit dem Regen?«, frage ich.

»Buschwanderungen im Regen sind wunderschön«, antwortet er. »Ich meine, also, falls du möchtest. Hast du eine Jacke?«

Ich nicke.

»Falls es dir zu kalt wird oder du zu müde wirst, sag mir einfach Bescheid, wir können jederzeit umdrehen. Es ist überhaupt kein Problem, wenn wir nicht die komplette Runde gehen.«

So wie er das sagt, wirkt es, als würden manche Menschen es als Scheitern ansehen, nicht die komplette Runde zu gehen, auch wenn er mir vermitteln möchte, dass er nicht zu diesen Menschen gehört.

Als hätten wir es genauso geplant, hört der Regen in dem Moment auf, als wir den Parkplatz erreichen. Alles glänzt, aber wir müssen unsere Jacken nicht hektisch anziehen und die Kapuzen aufsetzen. Die Temperatur ist perfekt, kühl im Gesicht, aber sie schneidet mir nicht durch die Kleidung. Es fühlt sich an, als würde sich alles um mich herum von selbst ergeben, als wäre alles genau richtig.

Ich folge Jake zum Anfang des Wanderwegs. Die Bäume und Pflanzen riechen erdig und lecker, als hätte ich mich zwischen ihnen eingegraben. Parfum und selbst die meisten Deos kann ich nicht benutzen, weil ich Kopfschmerzen von dem Geruch bekomme, aber wenn ich diesen Duft abfüllen könnte, würde ich jeden Tag darin baden.

»Magst du Bäume?«, frage ich und versuche, ein gemeinsames Interesse zu finden, über das wir beim Wandern reden können.

»Ich liebe sie. Eines Tages will ich mitten in einem Wald leben – das beruhigt mich immer so«, antwortet er.

»Ich auch! Ich liebe Bäume, meine ich. Aber ich weiß nicht, ob ich allzu weit weg von der Zivilisation leben könnte.«

»Warum nicht?«

»Weil ich meine Familie brauche und ein gewisses Maß an sozialer Interaktion – und Uber Eats«, antworte ich.

Meine Antwort scheint ihn nicht zufriedenzustellen, aber er reitet nicht darauf herum.

»Denkst du nicht, du würdest vereinsamen, wenn du an einem Ort wie hier leben würdest?«, frage ich.

»Ich glaube nicht, dass ich je einsam wäre. Ich liebe Alleinsein mehr als alles andere«, antwortet er.

Ich bin nicht beleidigt, aber trotzdem springt er in seinen Schadensbegrenzungsmodus: »Also, ich meine, ich bin gerne mit dir zusammen, das wollte ich gar nicht ...«

»Schon okay«, antworte ich. »Ich bin auch gerne allein, nur nicht die ganze Zeit. Das ist so, als würde sich ein Schalter umlegen und plötzlich darf ich nicht mehr alleine sein, sondern fühle mich einsam, und das ist das schlimmste Gefühl der Welt.«

»Machst du deshalb diese ganze Dating-Sache?«

Es ist nicht sonderlich angenehm, wenn jemand anderes direkt zum Punkt kommt, vor allem nicht, wenn es ein wunder Punkt ist.

»Vielleicht«, sage ich.

Die braunen Blätter knistern unter unseren Füßen, und ich spüre, wie die Sohlen meiner Schuhe mit jedem Schritt ein wenig rutschen. Für mich ist es eine Gratwanderung, sein Tempo zu halten und dabei nicht auf meinen Hintern zu fallen. Buschwandern im Regen ist nicht die beste Idee. Bis wir den Wasserfall erreichen, sind wir leise, und dann kann ich anscheinend gar nicht mehr aufhören zu reden.

»Oh mein Gott, ist das schön. Schau dir mal an, wie der große Wasserfall in die drei kleineren fließt – wie eine Mutter mit ihren Kindern. Und schau dir nur die Vögel an. Tauchen die ins Wasser, um zu trinken oder zu baden? Vielleicht beides. Mir war gar nicht klar, wie laut Wasserfälle sind. Aber ich liebe dieses Geräusch, wie Regen mit mehr Gefühl. Ist das grüne Zeug Moos? Wow. Denkst du, da schwimmen Fische drin? Oder Aale? Ich hasse Aale. Ich habe noch nie einen gesehen, aber ich mag sie grundsätzlich nicht. Wahrscheinlich ist das Diskriminierung. Sorry, Aale. Ich wette, ihr seid nett.«

Jack beobachtet mich und lächelt, er ist amüsiert, macht sich aber nicht über mich lustig.

»Sorry. Reiß dich zusammen, Zoe«, murmle ich und rede immer noch zu schnell. »Manchmal rede ich richtig viel. Dad hat mich früher immer Motorenmund genannt.«

»Schon in Ordnung. Das gleicht aus, dass ich nicht viel rede«, antwortet Jake.

»Manchmal sage ich auch nicht so viel«, stelle ich klar. »Bis ich vier war, habe ich gar nicht geredet. Vielleicht versuche ich jetzt, die verlorene Zeit aufzuholen, haha.«

»Oh, lag das an einem Trauma oder …«

Irgendetwas an der Art, wie er das sagt, lässt mich kratzbürstig werden. Es fühlt sich wie eine Anschuldigung an, also verteidige ich mich.

»Was? Nein! Das war nur eine Entwicklungsverzögerung, weil ich autistisch bin. Ich wurde sehr liebevoll aufgezogen.«

In genau diesem Moment stößt mein Schuh an eine Wurzel, und die obere Hälfte meines Körpers stürzt so schnell nach vorn, dass meine Beine nicht mehr mithalten können. Ich schaffe es geradeso, mein Gleichgewicht nicht zu verlieren.

Die plötzliche Bewegung scheint bei Jake irgendeine Einfrierreaktion hervorzurufen, denn er bleibt ein paar Schritte hinter mir stehen, und Panik breitet sich auf seinem Gesicht aus.

»Alles okay?«, fragt er.

»Ja, passt schon.«

Es nervt mich, dass er diese Frage überhaupt stellt und so auf meinen Beinahe-Sturz reagiert, auch wenn ich weiß, dass meine Gefühle nicht berechtigt sind. Was hätte er sonst tun sollen, etwa mir zu Hilfe eilen und mich vom Nicht-Fallen abhalten? Und wahrscheinlich wollte er mit seiner Frage über Kindheitstraumata nur rücksichtsvoll sein. Vielleicht hat er selbst welche. Der angemessene Zeitpunkt, um seine Frage zu erwidern, ist eindeutig vorbei. Ich spüre, dass sich eine unangenehme Stimmung zwischen uns ausbreitet. Aber das Geräusch des herabstürzenden Wassers beruhigt allmählich meine aufgekratzten Nerven. Es ist wirklich schön hier.

»Sollen wir was essen?«, fragt Jake.

»Okay«, antworte ich und versuche, meine innere Ruhe zu finden.

Er nimmt eine Picknickdecke aus seinem Rucksack, eine mit wasserfester Beschichtung an der Unterseite, und ein paar Tupperdosen mit roten Deckeln.

»Ich habe Pastareste und ein bisschen Bananenbrot mitgebracht, wenn du magst«, sage ich, während ich meine eigenen Vorräte auspacke.

Als Jake die Deckel von seinen Dosen nimmt, enthüllt er Käse und Cracker, eine Beerenmischung und etwas, was aussieht wie diese Bliss-Ball-Dinger, aber selbst gemacht. Seine Essensauswahl ist viel ansprechender, während ich mich für die praktischen »Wovon werde ich am ehesten satt?«-Optionen entschieden habe. Zusammen ergibt das eine gute Mischung. Ich möchte meine Pasta eigentlich nicht teilen und bin froh, als er mein Angebot ablehnt. Er hat sein eigenes Sandwich dabei. Ich versuche, mich auf den Wasserfall und die Vögel und die Bäume zu konzentrieren, nicht auf Jakes Kaugeräusche. Er beobachtet sein Sandwich ganz besonders intensiv.

Der Regen beschließt, dass dies der perfekte Zeitpunkt für einen weiteren Auftritt ist. Dieses Mal ist der Regenschauer wütend, schnell und schwer und entschlossen, alles wegzuspülen. Wir sind so weit weg vom Auto und einem Unterschlupf, wie wir auf dieser gesamten Wanderung nur sein könnten. Hektisch packt Jake das Essen und die Picknickdecke zusammen und ich sprinte zu den Felsen am Wasserfall. Wenn ich meinen Körper ganz eng an sie quetsche, bin ich zumindest etwas bisschen geschützt.

»Es ist so nass!«, sagt Jake, als er sich neben mir an die Felsen stellt.

»Yep.«

»Vielleicht war heute nicht der beste Tag für eine Buschwanderung«, gibt er zu.

»Vielleicht nicht«, antworte ich.

Langsam wandert mein Blick nach oben und bleibt an seiner Nase hängen. Eine sehr gerade Nase. Mir war gar nicht klar, wie nahe sich unsere Gesichter sind.

»Darf ich dich küssen?«, fragt er.

Ich nicke.

Sein Atem wird schneller und in einer raschen Bewegung presst er seine Lippen auf meine. Es ist … ein Schock. Ein warmer, irgendwie netter Schock. Auf meinen Armen kribbelt eine Gänsehaut, wahrscheinlich von der kalten Luft, und als der Schock nachlässt, bleibt nur das nette Gefühl zurück. Das hier ist nett. Es war ein kurzer Kuss, aber er fühlt sich trotzdem groß an.

Jake lächelt und lacht gleichzeitig und ich schaue zur Seite. Der Regen beruhigt sich, verwandelt sich in eine diesige Stille, und mir wird klar, dass das hier mein erster Kuss war. An so einen Moment erinnert man sich, redet darüber, verherrlicht ihn und blickt sehnsüchtig durch die rosarote Brille darauf zurück. Also notiere ich mir in Gedanken, mich an den Kuss zu erinnern, und ohne jegliche Vergleichswerte erscheint er mir wie eine solide erste Erfahrung.

»Sollen wir zum Auto rennen, solange es nicht regnet?«, fragt Jake.

»Ich renne nicht, sonst falle ich hin«, antworte ich.

»Da kann ich helfen.«

Jake streckt seine Hand aus, und ich starre sie kurz an, bis ich verstehe, dass er um meine bittet. Ich zögere – das ist noch ein erstes Mal. Ich lege meine Hand in seine, als könnte mir das einen elektrischen Schock verpassen. Als wäre meine Hand eine Scheibe Toastbrot, labberig und instabil. Als würde ich ihm ein Sockenbündel überreichen. Ich weiß nicht genau, wie, aber sobald ich es tue, weiß ich, dass ich es falsch mache. Er drückt meine Hand, vielleicht um zu prüfen, wie stark sie ist, oder um eine andere Reaktion hervorzurufen. Ich drücke zurück und er zuckt zusammen. Zu fest.

Ich bin mir sicher, dass wir ganz süß aussehen, während wir Händchen haltend durch den Regen rennen. Aber der Bereich zwischen unseren Händen wird immer schwitziger, und es fühlt sich komisch an, mit einem ausgestreckten Arm zu laufen. Das bringt mein Gleichgewicht durcheinander. Bis zum Auto sind es noch drei Kilometer und ich kann das auf gar keinen Fall die ganze Strecke durchhalten. Und wenn ich das nicht komplett durchhalte, wann sollte ich aufhören? Wenn es ihn sowieso unglücklich machen wird, dass ich seine Hand nicht bis zum Auto gehalten habe, dann kann ich auch meinen eigenen Komfort priorisieren und sofort damit aufhören. Ich winde meine Finger aus seinem Griff und achte darauf zu lächeln, als ich meine Hand zurückziehe.

Anscheinend hat Jake das nicht bemerkt oder reagiert zumindest nicht darauf, aber er läuft etwas vor, also zeigt er mir seine Verärgerung möglicherweise so.

Ich bin mir sicher, dass ich Händchenhalten allgemein nicht mag und nicht Händchenhalten *mit Jake*. Also, so zu achtzig Prozent sicher. Wir reden nicht, bis wir beim Auto ankommen.

»Fandest du es schrecklich?«

»Das Händchenhalten? Ein bisschen. Aber nein, schrecklich fand ich es nicht. Ich dachte nur, es könnte etwas schneller vorbei sein. Vielleicht war ich auch nicht gut darin. Aber der Kuss war nett, meintest du den Kuss?«, sage ich und merke, wie viel ich auf einmal rede.

»Ich meinte die Wanderung«, antwortet er.

»Oh.«

Er lächelt und mir schießt unbeabsichtigt ein Lacher aus dem Hals. Es liegt an der Absurdität von allem heute, das ist alles viel zu witzig und peinlich und noch nie da gewesen. Für ein paar Sekunden beobachtet mich Jake beim Lachen, dann macht er mit. Die angespannte und gestresste Stimmung, die er schon den ganzen Tag mit sich trägt, klingt ab. Als wir einsteigen, kommt ein anderes Paar an, und ich nehme die junge Frau sehr genau wahr, plötzlich nehme ich alle Frauen ganz genau wahr. In ihren Sportklamotten und dem ausgetragenen Cardigan sieht sie süß aus. Ich muss an Sara denken.

»Schreibst du über das, was heute passiert ist?«, fragt Jake.

»Oh Gott, nein«, antworte ich.

Das findet er besonders witzig. »Gut«, lacht er. Als er auf der Fahrerseite einsteigen will, hält er inne.

»Was ist los?«, frage ich.

»Es ist total okay, wenn du Nein sagst, ich fände es zwar furchtbar, aber das liegt dann definitiv nicht an dir, aber würdest du mit mir zur Hochzeit meiner Schwester kommen? Es ist nicht mehr lange hin, und ich habe mehr oder weniger gesagt, dass ich jemanden mitbringen würde, aber mein bester Freund ist nicht da, und es wäre cool, wenn …«

»Ja klar.«

»Ja?«

»Yep.«

»Cool.«

Zu besonders viel Konversation ist mein Hirn auf der Rückfahrt nicht mehr fähig. Es ist viel zu sehr damit beschäftigt, völlig durchzudrehen, weil ich gerade zu so einer Sache zugesagt habe. Hochzeiten sind wunderschön, aber sie kosten mich jede Menge emotionale Energie, selbst wenn ich die meisten Gäste kenne. Eine Hochzeit als Date von jemandem, den ich nicht kenne, ist nochmal etwas völlig anderes. Jake scheint mein inneres Chaos nicht zu bemerken und wirkt ziemlich glücklich, als wir uns verabschieden.

Der Sonntag macht seinem Namen alle Ehre. Durch die Tür zu Harriets Zimmer strömt das Licht in mein Zimmer, weil sie vergessen hat, ihre Jalousie runterzuziehen. Typisch.

»Harriet! Deine Jalousie«, rufe ich.

»Mach du doch«, antwortet sie.

Wenn sie ihren Arm weit genug ausstrecken würde, könnte sie das selbst vom Bett aus hinkriegen, aber so funktioniert Harriet nun mal nicht. Ich schmeiße meine Bettdecke beiseite, weshalb Peaches panisch aufspringt, und stapfe durch die Tür in Harriets Höhle. Sie besteht darauf, dass ihr Durcheinander »organisiertes Chaos« sei, aber das »organisiert« würde ich streichen. Ich strecke mein Bein aus, um über einen Klamottenberg zu steigen, ducke mich, um mir nicht den Kopf an ihrem schiefen Regal zu stoßen, und ziehe die Jalousie so aggressiv runter, dass ich schon beunruhigt bin, ob ich sie nicht aus der Halterung reiße. Aber sie bleibt hängen.

»Jetzt weg mit dir«, murmelt Harriet.

Ich schiebe die Tür hinter mir zu. Peaches springt hoch, um sich wieder mit mir ins Bett zu kuscheln. Höchstwahrscheinlich werde ich nicht noch einmal einschlafen können, weil ich schon aufgestanden bin und diesen ganzen Kram mit dem Licht mitgemacht habe. Ich checke meine Mails und sehe eine von Joseph.

✉ Hi Zoe,

deine Dating-Reihe kriegt wirklich tolle Aufrufzahlen. Sie wird überall geteilt. Wir werden den vierten Artikel am Montag veröffentlichen. Ein Produzent von Morning TV hat sich bei uns gemeldet und dich in die Sendung eingeladen. Ich weiß nicht, ob du sie schon mal gesehen hast, aber schau dir das lieber an, bevor du irgendetwas zusagst. Wenn du diese Möglichkeit nutzen willst, unterstützen wir dich zu hundert Prozent. Sag mir einfach, was du davon hältst. Die Kontaktdaten von dem Typen findest du unten.
Ich weiß, dass deine Zeit bei Bubble offiziell vorbei ist, aber wir haben die Zusammenarbeit mit dir wirklich sehr geschätzt und würden uns darüber freuen, wenn wir zukünftig weitere Pitches von dir zu sehen bekämen sowie jegliche weitere Artikel, die du für die Reihe schreiben möchtest.

Herzlich
Joseph

Ich lese die Mail zweimal und dann nochmal. Es fühlt sich an, als würde ich Bestätigung einatmen, ich schlinge sie in großen Zügen hinunter. *Morning TV* muss mir niemand erklären – auch wenn sie mir tausend Dollar zahlen, würde ich da nicht auftreten. Diese Sendung ist personifiziertes Clickbait und zielt nur auf die schlimmsten Menschen ab. Nein. Ich will meine eigenen Geschichten erzählen und so funktioniert das nicht. Aber dass die Artikel zu weiteren Anfragen führen könnten, ist aufregend. Darüber hatte ich noch nicht nachgedacht. Und wenn sie zu mehr führen, was genau will ich dann von diesem »Mehr«?

Ich habe auch eine SMS von Ari, die um 3 Uhr nachts angekommen ist.

> Wie war das Date?? Ich will Details. Sorry, falls du davon aufwachst, aber falls du aufwachst, erzähl mir, WIE DAS DATE WAR!!

Ich stelle mir vor, dass sie mir diese Nachricht entgegenschreit, auch wenn ich weiß, dass sie sie komplett ausdruckslos geschrieben hat. Wie wenn sie sagt »Das ist so witzig, ich sterbe vor Lachen« und dabei weder lacht noch stirbt. Trotzdem antworte ich lieber, falls sie doch auf die Idee kommt, mich wirklich anzuschreien. So drunter und drüber wie ihr Leben in London anscheinend läuft, weiß man ja nie.

Ich tippe meine Antwort:

> Es war nett! Wir haben eine lange Wanderung gemacht, es hat geregnet, wir haben etwas gegessen, uns geküsst, er hat meine Hand gehalten, aber das war ziemlich schwitzig, und ich hab ein ziemlich gutes Gefühl dabei ☺

Drei Pünktchen erscheinen und zeigen, dass sie mir sofort und manisch zurückschreibt.

> IHR HABT EUCH GEKÜSST??? UND ES WAR »NETT«? Eine Tasse Tee ist nett. War es hot???

Diesen Teil meiner Freundschaft mit Ariana finde ich am schwierigsten. Mir ist völlig bewusst, wie sie redet, handelt, verarbeitet und denkt, was, na ja, die meisten Dinge angeht. Und sie ist, zumindest meistens, auf meiner Wellenlänge. Aber wenn es um Liebe geht oder

Männer, Beziehungen, One-Night-Stands, wie auch immer man das alles nennen will, versteht sie nicht ganz, dass ich ganz woanders stehe als sie. Es ist, als würden meine Gefühle überhaupt nicht bei ihr ankommen. Meine Reaktionen sind nicht »groß« genug. Ich muss mich mit »OMG, YASSSS« und »DER IST SOOOOO HEISS« durch jedes dieser Gespräche retten, aber das ist genauso bedeutungslos wie ihr »ich sterbe wirklich«. Ich weiß, dass ihr das gefällt, aber für mich bestätigt das scheinbar nur, dass mein Verhalten falsch ist. Ariana ist meine beste Freundin, und sie weiß definitiv nicht, wie sehr mich das beschäftigt, was mich wiederum noch mehr beschäftigt. Und die Entfernung macht die Kommunikation wohl nur noch schwerer.

Ich antworte:

> **Es war nett. Vielleicht fühle ich einfach auf meine eigene Art**

Sie liket die Nachricht, antwortet aber nicht. Was bedeutet das? Ist sie genervt, weil ich für mich eingestanden bin, anstatt ihr aufzuzählen, warum genau Jake den heißesten Körper aller Zeiten hat? Hat sie kein Interesse an einem Gespräch mit mir, wenn es nicht so läuft, wie sie es gerne hätte? Ari ist meine beste Freundin (meine Eltern nicht eingeschlossen), aber manchmal fällt es mir schwer, sie zu verstehen. Es ist anstrengend. Ich bin angestrengt. Und es ist noch nicht mal 7 Uhr.

Ich antworte Joseph, dass ich kein Interesse an Morning TV habe, aber sehr großes Interesse daran, zukünftig weitere Artikel bei ihm einzureichen. Mein Kopf wird überschwemmt von Ideen für Artikel, auf die ich vielleicht Lust hätte: »Welche Romanfiguren sind eindeutig auf dem Autismus-Spektrum?« (mit einem Augenzwinkern, definitiv), »Wie man als autistisches Mädchen die Highschool überlebt« (das wäre eine Liste) und »Über Behinderungen schreiben, ohne wie ein Arschloch zu klingen« (das ist zum Teil von meiner Arbeit mit Maia beeinflusst, die hundertprozentig kein Arschloch ist). Ich möchte über Oscar schreiben. Ich will der Welt mitteilen, dass es nicht in Ordnung war, was mit ihm passiert ist. Ich will »meine Stimme« nutzen, um über jeden Oscar zu schreiben, selbst wenn es das gefühlsmäßig Anstrengendste wäre, was ich je tun würde. Ich schiebe all diese Gedanken in ein Word-Dokument, damit ich darauf zurückkommen kann, wenn es so weit ist. Das führt mich zu einem anderen Dokument: Maias Tabelle.

Nur noch ein Name und ein Kommentar sind übrig. Leo Wright. Dieser Name kam mir bekannt vor und eine schnelle Social-Media-Suche erinnert mich daran, dass unsere »Freundschaft« auf einem Uniseminar mit dem Titel »Schreiben für die Leinwand« beruht. In diesem Seminar waren wir beide für ein paar Wochen, bis ich verstanden habe, dass ich mich nicht in diese Richtung entwickeln möchte, und mich stattdessen für »Schreiben für digitale Medien« angemeldet habe. Wir hatten ein Tutorium zusammen, und ich glaube, dass wir uns als Teil einer Kennenlernübung am ersten Tag (AKA dem schlimmsten Teil jedes Seminars) auf Social Media gefolgt sind. Sein Kommentar lautet:

> Du warst nicht lange genug da, damit ich mich mit dir verabreden konnte. Wie wäre es diese Woche Freitag? ☺

Der Freitag ist schon lange vorbei, aber ich habe den Eindruck, dass er zusagen würde, wenn ich ihn jetzt anschreibe und nach einem Date frage. Allerdings gibt es dabei einen Haken: Ich möchte das auf gar keinen Fall. Nichts gegen Leo, wenn ich mich richtig erinnere, ist er ein freundlicher, aufgeschlossener Typ, aber nach vier dieser Artikel reicht es mir. Ich habe jede Menge gelernt, hatte gute und schlechte

Erfahrungen, und ich habe einen netten Menschen kennengelernt, der mich zur Hochzeit seiner Schwester mitnehmen will. Warum sollte ich dann auf ein Date mit Leo gehen?

Aber da höre ich Aris Stimme in meinem Kopf: »Eine Tasse Tee ist nett.« Ich hasse, dass sie mich dazu bringt, meine Gefühle für Jake zu hinterfragen. Und ich hasse die winzig kleine Stimme in meinem Kopf, die mir sagt, dass sie recht haben könnte.

»Morgen, Sis.« Harriet schiebt die Tür mit ihrem Fuß auf. Sie hat zwei Tassen Tee in den Händen. Offensichtlich will sie die Sache mit der Jalousie wiedergutmachen. Das Angebot nehme ich an, denn die Tasse Tee will ich unbedingt.

»Morgen«, sage ich. »Ich überlege, den Typen für den letzten Artikel einfach nicht zu kontaktieren. Vier Artikel reichen wahrscheinlich, oder?«

»Lass mal sehen«, antwortet Harriet, macht es sich in meinem Sessel gemütlich und streckt die Hand aus, damit ich ihr mein Handy gebe.

Ich suche Leos Insta raus und reiche ihr das Handy. Sie kneift das Gesicht zusammen, während sie sich durchklickt und jedes Foto ganz genau anschaut. Schwer zu sagen, ob er ihren Test besteht oder durchfällt.

»Er ist heiß«, sagt sie und scrollt weiter.

»Ja, aber ich bin müde.«

»Müde vom Daten? Du machst das doch erst seit drei Wochen, Zoe.«

»Jake hat mich zur Hochzeit seiner Schwester eingeladen, also werde ich wohl schauen, wie es da läuft.«

»Eine Hochzeit? Und da willst du hin?«

»Jaaa …«

»Wow okay, du scheinst ihn echt zu mögen. Na ja, vielleicht könntest du diesem Typen einfach mailen und so mit ihm reden? Ganz zwanglos. Und ihn fragen, ob er sich stattdessen mit mir treffen will.«

Sie lacht, aber ich bin mir nicht sicher, ob das wirklich ein Witz war.

»Ja, das könnte klappen«, antworte ich.

Falls Leo bei der ganzen Sache genauso entspannt und offen ist wie Sara, könnte ich meinen letzten Artikel noch heute fertig kriegen. Der Gedanke lässt mein Energielevel ansteigen, also öffne ich meine Instagram-DMs.

> Hey Leo, ich hab deinen Kommentar unter meinem Artikel gesehen. Möchtest du mit mir darüber sprechen, für eine Fortsetzung? Das können wir einfach hier oder per Mail machen, du hast bestimmt genug zu tun. Danke! Zoe

Gerade als ich die Nachricht abschicke, klopft es an der Tür und ich zucke zusammen. Seit wann sind wir denn eine Familie, in der man so laut klopft? Mum kommt rein, mit einem türkis-pinken KeepCup und einer braunen Papiertüte in der Hand.

»Morgen, Mädels, ich bin gleich weg, aber ich habe Gabe in unserer Einfahrt getroffen. Er wollte das hier für dich abgeben, Zoe. Er sagt, dir würde es nicht so gut gehen.«

Sie reicht mir den Becher und die Tüte und starrt mich an, bis ich etwas sage.

»Ich bin einfach müde. Das Praktikum hat mich ein bisschen geschlaucht. Aber mir geht's gut. Ich ruhe mich ja aus, schau?«

»Na, zum Glück hast du so einen aufmerksamen Freund«, sagt sie in einem komischen Ton.

Harriet schmunzelt.

»Wir sehen uns heute Abend wieder. Ich komme zwar spät nach Hause, aber ich stecke kurz den Kopf durch die Tür, um euch Gute Nacht zu wünschen, falls ihr noch wach seid.«

»Ich gehe nach dem Seminar direkt arbeiten«, antwortet Harriet.

»Pass auf, dass du dich nicht völlig verausgabst, Liebes. Du arbeitest so hart.« Mum strahlt, als sie das sagt. Sie weiß nichts mehr zu schätzen als harte Arbeit.

Ich versuche, das nicht als persönlichen Angriff zu sehen. Dad und ich erfüllen ihre Standards schon lange nicht mehr. Das würde sie zwar nie sagen, aber ich kann es fühlen. Und ich glaube, Dad auch.

Ich öffne die Papiertüte und hole einen riesigen Schokokeks heraus. Harriet schaut zu, wie ich das ganze Ding in wenigen Sekunden aufesse. Ich spüle den Keks mit ein paar Schlucken Kaffee aus meinem hübschen, neuen Becher runter.

Dann leuchtet mein Handy auf. Eine Antwort von Leo.

> **Hey Zoe, ich hab deine Sachen bei Bubble gesehen, Glückwunsch! Da hast du mit deinem Seminarwechsel wohl die richtige Entscheidung getroffen. Wir könnten heute Abend was trinken gehen, falls du Zeit hast? Natürlich nicht zu spät, morgen ist ja Schule, haha. Elio's in New Farm? Um 8?**

Ich stöhne.

»Was?«, fragt Harriet.

»Leo will heute Abend was trinken gehen, bei Elio's in New Farm«, antworte ich.

»Oh, da ist es total cool«, sagt sie, und ihre Augen leuchten auf.

»Ja, aber –«

»Du könntest den ganzen Nachmittag schlafen und dann die Fähre über den Fluss nehmen, da brauchst du höchstens zwanzig Minuten. Und was soll bei einem Drink schon passieren? Du wärst zu deiner normalen Schlafenszeit wieder hier.«

Wie sie »normale Schlafenszeit« sagt, klingt irgendwie hart, als wäre mein Bedürfnis nach Routine ein Witz oder so. Ich werd's ihr zeigen.

»Ja stimmt. Dann geh ich wahrscheinlich nur für einen Drink«, antworte ich mit so viel Nonchalance, wie ich nur aufbringen kann. Viel ist es nicht.

Ich tippe meine Antwort.

> Cool, klingt gut. Ich werde nur für eine Runde bleiben können und darüber schreiben, also wenn dich das abschreckt: Sprich jetzt!

Seine Antwort:

> Niemals!

Das erfüllt mich nicht mit sonderlich viel Zuversicht. Aber Harriet und Ari kennen mich am besten und scheinen beide zu denken, dass diese Dates eine gute Idee sind. Und was soll bei einem Drink schon passieren?

Elio's ist, zum Glück, überhaupt nicht wie das Wharf. Die Beleuchtung ist gedimmt und die Musik leise. Es gibt bequeme Sofas und Sessel, sodass es sich wie ein riesiges Wohnzimmer mit einem Kamin in der Mitte anfühlt. Mein Vintage-Kleid passt hier gut rein und meine Stiefeletten sind bequem genug dank der drei Paar Socken als Polster. Leo winkt mir von einer Chesterfield-Couch neben dem Feuer zu. Mit seiner Brille und einem Pulli über dem Hemd passt er perfekt in diese Umgebung, wie ein heißer Bibliothekar.

»Hey, du hast es geschafft«, sagt er mit einem Lächeln.

Mir bleiben die Worte im Hals stecken. Plötzlich bin ich zu müde, um mich zu unterhalten. Das ist kein guter Start. Und normalerweise fällt es mir nicht einfacher, die passenden Worte zu finden, je später es wird. Vielleicht wird es dieses Mal anders. Vielleicht wird mir ein Drink helfen.

»Magst du dich setzen und ich hole uns was zu trinken?«

»Yep, das klingt gut«, antworte ich.

»Was möchtest du? Der Mojito hier ist bombe, falls das dein Ding ist.«

»Ja super«, antworte ich.

Er geht zur Bar und ich setze mich auf seinen Platz neben dem Feuer. Es ist warm, aber nicht stickig. Die meisten anderen hier scheinen älter zu sein, Angestellte in ihren Dreißigern mit teuren Handtaschen und schönen Schuhen. Wahrscheinlich würde Maia auch hierherkommen. Es fühlt sich schick an, aber der Vintage-Stil sorgt dafür, dass es hier so entspannt oder elegant ist, wie man möchte. So kann ich mir vorstellen, dass ich auch ein bisschen schick bin, und damit fühle ich mich etwas besser.

»Hier, bitte schön«, sagt Leo und reicht mir ein hohes Glas voller Minze, Limette und Eis.

»Vielen Dank. Kann ich dir dafür Geld geben? Ich habe ja nur Zeit für eine Runde«, antworte ich.

Er winkt meinen Vorschlag ab, als wäre es das Lächerlichste, was er je gehört hätte.

»Also, erzähl mir von dir, Zoe Kelly. Erzähl mir etwas, das du nicht in den Artikeln geschrieben hast.«

Damit wirft er mich ins kalte Wasser. Er hat meine Beiträge gelesen, was wohl etwas Positives ist, aber mir fällt nichts Neues ein, was ich sagen könnte.

»Ich habe eine Katze. Magst du Katzen?«

Er lacht.

»Ich bin definitiv ein Hundemensch, aber mir gefällt es, dass du Katzen magst. Das ist süß. Katzen wirken immer, als würde ich sie nerven.«

»Es braucht Zeit, eine Beziehung mit einer Katze aufzubauen. Darin unterscheiden sie sich von Hunden, schätze ich«, antworte ich.

Es herrscht Stille, und Leo sieht mich erwartungsvoll an, als sollte ich die Stille füllen. Er hat ein nettes Lächeln, entspannt und selbstbewusst. Ich habe mir schon Drehbücher für sehr viel unangenehmere Situationen als diese geschrieben, also braucht es nur einen kleinen Stupser, um weiterzumachen.

»Und du? Erzähl mir etwas, das ich noch nicht über Leo Wright weiß.«

Er lehnt sich zurück, legt einen Arm auf die Lehne hinter mir und nimmt einen langen Schluck seines Getränks.

»Also, mein Vater hat getrunken und uns missbraucht, und nachdem wir ihn losgeworden sind, bin ich in einem Haus voller starker Frauen aufgewachsen. Dadurch habe ich gelernt, Frauen und ihre Errungenschaften wirklich zu respektieren und zu ehren, weißt du?«

Seine Antwort bringt mich aus der Fassung. Sie ist so persönlich und trotzdem erzählt er sie wie eine witzige kleine Anekdote aus seinem Sommerurlaub.

»Meine Güte, das tut mir so leid. Das ist furchtbar«, antworte ich.

»Ja, das war es. Meine Mum ist definitiv eine Heldin.«

Ich trinke einen Schluck Mojito. Er ist stärker, als ich erwartet hatte, und mir wird schon etwas schwindelig.

»Und wie läuft die Uni, gefällt dir das Studium?«, frage ich, weil man das scheinbar gerne gefragt wird.

»Wahrscheinlich ist es noch zu früh, um das abzuschätzen. Manche Teile liebe ich, aber es gibt Tutoren und Tutorinnen, die meiner Meinung nach völlig ungeeignet für den Job sind. Aber ich liebe lernen, du auch?«

»Ja, ich auch«, antworte ich.

»Hör mal, du hast zwar gesagt, dass du nur Zeit für eine Runde hast, aber jetzt haben wir die Mojitos so schnell ausgetrunken, und na ja, wir lernen uns ja gerade erst kennen. Fändest du noch eine Runde schrecklich?«

Er fragt mich zwar und mir ist bewusst, dass er fragt, aber ich fühle mich nicht, als könnte ich tatsächlich Nein sagen. Er hat diese Getränke bezahlt und schon so viel mit mir geteilt.

»Na klar, eine Runde noch. Ich hol sie. Noch ein Mojito?«, frage ich.

»Ich trinke, was du trinkst«, antwortet er mit einem Grinsen.

Ich trinke den letzten Schluck und stehe auf, um zur Bar zu gehen, aber ich bin schon etwas wackelig auf den Beinen und froh um die flachen Stiefel. Durch die dämmrige Beleuchtung werde ich müde und fühle mich wie im Traum. Einer dieser frühmorgendlichen, Halb-wach-aber-noch-nicht-ganz-Träume. Die Barkeeperin, eine kleine Frau mit dunklen Haaren und Augen, bedient mich sofort, und ich kann nicht wegsehen, während sie die Drinks mixt. Die Limetten zerquetscht, Rum und Sodawasser mischt, alles zusammen wunderschön in den hohen Gläsern serviert. Ich zahle, bedanke mich und bin froh, Leo den Gefallen erwidern zu können.

Ich reiche ihm sein Getränk und mache es mir in meiner Ecke der Ledercouch gemütlich. Er rutscht zu mir und lehnt sich nach vorne. Er riecht gut.

»Also, bin ich dir im Seminar jemals, na ja, aufgefallen? Du bist mir nämlich definitiv aufgefallen«, sagt er.

»Ich wusste, dass du da warst. Wir waren ja nur zu zwölft, und ich kannte alle, zumindest die Vornamen«, antworte ich.

Er lacht und lehnt sich wieder nach vorne.

»Du weißt genau, was ich meine.«

Ich nehme einen großen Schluck und richte meinen Blick weiter nach unten auf meinen Schoß. Er schaut mich mit einer Intensität an, wegen der mir allmählich unwohl wird. Das liegt aber an mir. Ich lächle und versuche, meine Anspannung zu lösen. Dann nehme ich einen noch größeren Schluck.

»Das dachte ich mir«, sagt er, als wäre das eine Antwort gewesen.

Er legt seine Hand auf mein Knie und drückt es fest. Davon richtet sich jedes Nervenende meines Körpers auf. Weil ich weiß, wie unhöflich es viele Leute finden, wenn ihre körperliche Zuneigung abgewiesen wird, nutze ich die einzige Fluchtmöglichkeit, die mir einfällt.

»Ich muss auf die Toilette«, erwidere ich und springe auf. Seine Hand gleitet zur Seite und er rückt wieder an die Lehne des Sofas.

»Ich warte hier«, sagt er lächelnd.

Die Toiletten sind dunkel und opulent, die Wände und Kacheln komplett schwarz, mit goldenen Wasserhähnen und einem Ganzkörperspiegel mit Goldrahmen am Eingang. Ich schließe mich in eine Kabine ein und mache meine Atemübung: 4, 7, 8. Ich versuche, den Kopf zwischen die Knie zu halten, aber wegen dem Alkohol fühlt es sich an, als würde ich gleich ohnmächtig werden. Vielleicht wird Leo gehen, wenn ich nur lange genug hier warte. Aber er ist ein höflicher Mensch, also ist das eher unwahrscheinlich. Und ich kann nicht gehen, ohne direkt an ihm vorbeizulaufen. Ich hole mein Handy raus, um Harriet zu schreiben. Sie wird wissen, was zu tun ist.

> **Hey Schwesterherz, es wird mir hier alles ein bisschen zu viel. Ich fühle mich unwohl und weiß nicht, wie ich gehen soll. Was soll ich tun?**

Sie antwortet:

> **Ach, Zoe, wenn du keine Lust hast, mach dich einfach vom Acker. Ist doch egal, was er denkt. Such dir ein Taxi und komm nach Hause**

Es fällt mir schwer, ihr zu erklären, warum ich das nicht machen kann. Aber ich werde es versuchen müssen:

> Ich kann es dir nicht richtig erklären, aber genau das kann ich gerade nicht machen. Ich verstecke mich auf den Toiletten, und wenn ich gehen will, muss ich direkt an ihm vorbei, und das wäre so schwierig ...

Ihre nächste Nachricht kommt innerhalb weniger Sekunden an:

> Okay, ich such mir jemanden, der meine Schicht übernehmen kann. Bin asap da

Ich atme erleichtert auf und werde verlegen, als ich in der Kabine neben mir Schritte höre. Harriet wird mindestens eine halbe Stunde brauchen, also versuche ich, meine Zeit hier so weit wie möglich rauszuzögern, ohne dass es wirkt, als hätte ich Magen-Darm-Probleme. Ich checke die Nachrichten und meine Social-Media-Accounts, dann gehe ich zum Spiegel, um mich wieder herzurichten. Meine Haare sind ein bisschen platt, also beuge ich meinen Kopf vornüber und kämme mit den Fingern durch meine Haare, bis sie nicht mehr an meiner Kopfhaut kleben. Mich wieder aufzurichten, verpasst mir noch eine Schwindelattacke, aber zumindest sehen meine Haare wieder gut aus. Ich lege eine neue Schicht Labello auf, schüttle meine Handgelenke aus und springe ein paarmal auf der Stelle.

Als ich durch die Bar zurücklaufe, wird mir klar, dass zwei Mojitos nicht das Gleiche sind wie zwei übliche Drinks. Meine Laune ist etwas besser, aber mir ist flau im Magen und schwindelig. So betrunken war ich noch nie.

»Ich habe mir schon Sorgen gemacht«, sagt Leo mit einem Lächeln, als ich mich ihm gegenüber auf einen Sessel setze anstatt auf das Sofa. »Alles in Ordnung?«, fragt er.

»Yep, mir geht's gut. Dir?«

»Ja, könnte nicht besser sein. Habe ich dir schon erzählt, dass ich bald ein Praktikum bei Channel 9 mache? Das ist alles noch geheim – eigentlich nehmen sie keine Erstsemester –, aber meine Mum hat eine Freundin, die da jemanden kennt, du weißt schon.«

»Mmhmm.« Ich kann mich nur schwer auf seine Worte konzentrieren, während ich darüber nachdenke, wie komisch es sich anfühlt, dass sich alles in meinem Kopf dreht. Ich muss nur dafür sorgen, dass Leo noch etwa zwanzig Minuten über sich selbst redet, und dann wird Harriet mit irgendeinem ausgedachten Familiennotfall auftauchen, und ich werde hier wegkönnen.

»Ich habe mich immer als ernsten Investigativreporter gesehen, weißt du, international unterwegs und diese ganzen Sachen, aber alle erzählen mir ständig, dass ich ein gutes Fernsehgesicht habe, was soll ich da sagen?«

Ich bin mir sicher, dass er nur stolz auf seinen Erfolg ist, so wie ich stolz auf meinen Praktikumsplatz bei Bubble bin, aber irgendwie wird mir von seiner Art etwas übel. Oder vielleicht ist das der Rum.

»Und was machst du so, wenn du nicht an der Uni bist?«, frage ich.

»Oh Mann, wo soll ich da anfangen?«, antwortet er.

Er lehnt sich wieder ganz entspannt an die Sofalehne, die Beine gespreizt, und sieht sich in der Bar um, als würde er seine Antwort zwischen den Körpern der Stammgäste finden.

»Also, ich bin nicht der Typ, der ins Fitnessstudio geht, ich mag eher Klettern, Tennis, Wandern, Sportarten mit einem Ziel, weißt du?«

»Ja total«, sage ich.

»Hey, weißt du, wie du einen besseren Eindruck davon bekommen könntest, was für ein Typ ich bin? Komm mit zu mir. Ich wohne nur fünf Minuten von hier entfernt, überhaupt nicht weit zu laufen.«

»Oh, aber ich muss bald nach Hause …« Mein Herz rast panisch, aber bestimmt reagiere ich nur über. Leo will einfach nur nett sein.

»Wir können dir von dort ein Uber rufen, das geht wahrscheinlich schneller.«

»Das ist ein nettes Angebot, danke, aber ich bin ziemlich müde.«

»Sehr verständlich, ich will auch früh ins Bett, also halten wir's kurz, und ich sorge dafür, dass du vor zehn zu Hause bist. Ich kann dir sogar einen Kaffee machen, wenn du magst.«

Mir gehen die Möglichkeiten aus, Nein zu sagen, und er findet immer neue Gründe, warum ich Ja sagen sollte. Vielleicht sollte ich nur kurz mitkommen und mein Uber dort bestellen. Das ergibt Sinn. So oder so versteht er meine Nicht-Antwort als ja.

»Super. Dann mal los«, sagt er und steht auf. »Hier trinkt man sowieso am besten nur ein, zwei Runden. Als gute Ausgangsbasis.«

Er ist cool und ruhig und freundlich. Als wir an den anderen Leuten vorbeilaufen, schauen sie ihn an, wie attraktive Menschen eben angeschaut werden.

In zehn Minuten werde ich in meinem Uber sein. Warum schreit also jede Zelle meines Körpers, dass ich nicht mit ihm gehen sollte? Langsam glaube ich, dass ich, sollte ich jemals entführt werden, nicht um mich kicken und schreien und schlagen würde. Ich würde, wie jetzt auch, meinen Blick nach innen richten und mitgehen, als hätte ich das Ganze so gewollt. Ich fühle mich eingesperrt in meinen Gedanken. Ab jetzt hat Leo volle Kontrolle darüber, was passiert. Ich bin nur froh, dass er ein anständiger Typ ist.

18

Wir treten hinaus in die frische Luft und ich stoße mit jemandem direkt vor mir zusammen. Mit einer Hand auf meinem unteren Rücken zieht Leo mich zur Seite. Erst ist er sanft, aber schnell bohren sich seine Fingerspitzen in meinen Rücken.

»Zoe!«, sagt dieser jemand direkt vor mir.

Ich sehe auf und schaue direkt in Gabes Gesicht. Meine Gedanken klappern alle möglichen Szenarien ab. Habe ich ihm erzählt, dass ich hierherkomme? Nein. Könnte das ein Zufall sein? Möglich. Ich sehe mich nach Brooke um, weil Elio's durchaus wie eine Bar nach ihrem Geschmack wirkt.

»Hey, Gabe, was machst du denn hier?«, frage ich, während mich Leo weiter Richtung Straße zieht. Gabe folgt uns und hält mit Leos anziehendem Tempo mit.

»Harriet hat mich geschickt. Sie, äh, hat gesagt, dass es einen Familiennotfall gibt. Du musst nach Hause kommen.«

Jetzt klickt es. Harriet konnte nicht weg von der Arbeit, was total in Ordnung ist. Nicht in Ordnung ist dafür, dass sie die eine Person geschickt hat, von der ich nicht will, dass sie bei diesem Date involviert ist und mich abholt. Genau solche Sachen liebt Gabe, jemandem zu Hilfe eilen.

Leo bemerkt mein Zögern.

»Was für einen Familiennotfall?«, fragt er und schaut mit zusammengekniffenen Augen in Gabes Richtung. Seine Fingerspitzen bohren sich tiefer in meinen Rücken und tun mir tatsächlich weh. Wahrscheinlich bemerkt er das gar nicht.

»Das ist privat, darüber muss ich mit Zoe alleine reden«, antwortet Gabe und verschränkt die Arme.

»Dann sollte ich lieber los«, sage ich zu Leo, als wäre das nicht genau die Chance, auf die ich gehofft hatte.

»Das wirkt fake, Zoe, aber wie auch immer. Tu, was du willst«, antwortet er.

»Komm, lass uns gehen«, sagt Gabe.

»Ernsthaft, du gehst?«, fragt Leo und dreht sich zu mir, um meine Entscheidung zu beobachten.

Sein Griff hat sich nicht gelockert.

Ich trete einen Schritt nach vorne, um mich von ihm zu befreien, und winke zur Verabschiedung. Sein Blick ist stählern, und ich habe Angst vor der Energie, die sein Körper ausstrahlt.

Gabe deutet auf sein Auto, das auf der anderen Straßenseite geparkt ist.

»Fuck, mach doch, was du willst, Zoe, aber wehe, du schreibst über mich«, knurrt Leo hinter mir.

Ich laufe schneller und die Spitze meines rechten Stiefels bleibt an einem Riss im Asphalt hängen. Ich stolpere nach vorne, aber Gabe erwischt mich am Unterarm und stützt mich. Sein Griff ist fest, aber ganz anders als Leos Finger, die mich wie eine Marionette steuern wollten. Nachdem ich mein Gleichgewicht wiedergefunden habe, lässt er mich erst wieder los, um mir die Beifahrertür zu öffnen.

Erst als wir beide im Auto sind und Leo außer Sichtweite, habe ich das Gefühl, wieder atmen zu können. Ich versuche, nicht daran zu denken, wie real diese Situation war und wovor ich mich vielleicht gerade noch flüchten konnte. Der Motor geht an, aber wir bewegen uns nirgendwohin.

»Du kannst dich nicht so in Gefahr bringen, Zoe«, platzt es Gabe heraus, seine Stimme frustrierter, als ich sie je gehört habe.

»Was? Du gibst mir die Schuld dafür? Wieso bin ich denn verantwortlich?«

»Du bist nicht schuld, aber du musst vorsichtiger sein. Dir hätte etwas echt Schlimmes passieren können.«

»Du sagst zwar, dass es nicht meine Schuld ist, aber gleichzeitig soll es meine Aufgabe sein, darauf aufzupassen, wie jemand sein ›könnte‹. Das macht keinen Sinn. Ich kann nicht mein ganzes Leben lang nichts tun, weil ich einen schlechten Menschen treffen könnte.«

Unsere Stimmen werden lauter und Gabes Hände am Steuer verkrampfen sich. Er fährt auf die Straße und nimmt vor lauter Ablenkung jemandem die Vorfahrt. Zur Entschuldigung winkt er schnell und fährt weiter.

»Du bist zu gutgläubig«, sagt Gabe mit einem Kopfschütteln.

»Du schiebst mir immer weiter die Schuld in die Schuhe«, antworte ich, und die emotionale Reaktion, die ich am wenigsten mag, bricht aus mir heraus. Tränen. Ich würde alles geben, damit er mich jetzt nicht weinen sieht. Konfrontation führt zu Tränen, und Tränen bringen mich zum Kochen, weil sie von meiner sehr echten Wut ablenken.

»Zoe, es tut mir leid. Ich hasse die Vorstellung, dass dir etwas passieren könnte. Ich weiß, wie sensibel du bist und wie schwer es für dich sein kann und …«

»Niemand hat dich gebeten, mich zu beschützen. Du behandelst mich wie ein Kind, wie jemanden, die nicht auf sich aufpassen und keine eigenen Entscheidungen treffen kann. Du behandelst mich wie einen seltenen Affen im Zoo.«

»Was?«

Das ist zwar nicht mein bester Vergleich, aber ich glaube, er findet den Gedanken an einen Affen gerade etwas amüsant. Aber das ist kein Witz.

»Das ist schon immer so gewesen. Seit du herausgefunden hast, dass ich ein ›anderes Gehirn‹ habe, und dich darangemacht hast, allen Menschen auf der ganzen Welt mitzuteilen, wie *komisch* und *nicht normal* ich bin. Mich wundert es, dass du nie Eintritt dafür verlangt hast, damit die Leute mich anstarren können.« Ohne es zu bemerken, schreie ich, male Gänsefüßchen in die Luft und mache mich über ihn lustig, alles auf einmal.

Er hat Probleme, mich anzusehen und gleichzeitig den Blick auf die Straße zu richten.

»Zoe, das ist nicht …«

»Weißt du überhaupt, wovon ich rede? Erinnerst du dich?«

»Zoe, natürlich erinnere ich mich.«

»Zehnte Klasse. Sozialkunde. Ja? Unsere Präsentationen über ›inspirierende tote oder noch lebende Menschen‹. Und du beschließt, eine SCHEISS-POWERPOINT-PRÄSENTATION darüber zu machen, wie toll ich bin, weil ich autistisch bin und überhaupt existiere. Weil es ja so inspirierend ist, dass ich mich mit meinem kaputten Hirn der Welt stellen kann. Weißt du, wie demütigend das war?«

Wut und Scham füllen das Auto. Mir war gar nicht klar, wie sehr ich diese beiden Gefühle unterdrückt hatte. Damals habe ich mir gesagt, es sei schon in Ordnung und ich müsse einfach darüber hinwegkommen. Er hatte schließlich gute Absichten, also waren meine Gefühle ja egal.

Gabe konzentriert sich auf die Straße. Weint er? Ich wende meinen Blick ab. Noch nie in meinem Leben war ich so wütend auf jemanden und es fühlt sich schrecklich an. Meine Knie wippen, ich kann nicht stillsitzen. Ich könnte mich übergeben. Meine Ohren klingeln und ich sehe nur noch verschwommen.

»Das war das Schlimmste, was ich je gemacht habe, und es tut mir so leid, Zoe. Ich dachte, ich wäre hilfreich, aber stattdessen war ich ignorant. Ich wollte nur, ich weiß auch nicht, dich vor beschissenen Menschen schützen. Und ihnen beibringen, wie großartig du bist, damit sie dich so kennenlernen wie Ari und ich, und …«

»Du beschützt mich nicht, Gabe. Ich beschütze mich selbst. Dein Mitleid will ich nicht. Und ich habe dich heute Abend nicht gebeten hierherzukommen. Dich hätte ich nicht gefragt.«

»Okay, entschuldige. Aber das ist kein Mitleid. Überhaupt nicht. Es tut mir wirklich leid.«

Mein Orientierungssinn ist völlig verzerrt, denn als wir vor meinem Zuhause anhalten, erkenne ich erst nach ein paar Sekunden, wo ich bin. Ich will, dass dieser Abend nicht passiert ist, aber ich will auch, dass Gabe das alles gehört hat. Es war schon lange überfällig.

»Danke, dass du mich abgeholt hast. Das weiß ich zu schätzen. Aber mir wäre es lieber, wenn wir eine Weile nicht miteinander reden«, sage ich beim Aussteigen.

Gabe nickt und ich bin mir sicher, dass er meine Bitte respektieren wird.

Nach der schlaflosesten Nacht aller Zeiten bin ich froh, dass mir ein planloser Tag im Bett mit meinem Laptop bevorsteht. Ich höre Harriets Schlüssel im Schloss. Sie wird direkt ins Bett gehen und bis weit nach Mittag schlafen, was gut ist, weil ich gerade nicht mit ihr reden will. Ich habe Arbeit zu erledigen, Babys zu verpflegen und Häuser zu renovieren.

»Zoe, geht's dir gut?« Harriet steht an der Schiebetür, hat die Hände in die Hüften gestemmt und sieht aus wie der Tod.

»Mir geht's gut«, antworte ich und schaue wieder auf meinen Bildschirm.

»Sprich mit mir«, bittet sie, kommt herein und setzt sich in meinen Sessel.

»Nein danke.«

»Bist du sauer auf mich?«

»Du hättest Gabe nicht anrufen sollen.«

»Aber du bist doch mit ihm befreundet, und ich konnte nicht weg, also dachte ich, er wäre dir lieber als Mum oder Dad. Es tut mir leid, falls ich dich vor den Kopf gestoßen habe.«

»Du hättest das mit mir klären sollen.«

»Und das Date? War es schlecht?«

»Nicht wirklich, ich weiß nicht. Zum Schluss war es wohl schlecht. Er wollte mich zu sich schleppen, und ich habe immer wieder Nein gesagt, und er hat immer neue Gründe gefunden, warum ich mitkommen sollte.« Endlich wende ich meinen Blick vom Bildschirm ab und schaue zu Harriet, der die Kinnlade runtergefallen ist.

»Und du hattest nicht das Gefühl, dass du wegkonntest?«, fragt sie.

»Nein. Und warum hast du mich überhaupt dazu gedrängt, dass ich zu dem Date gehen soll? Ich habe dir doch gesagt, dass ich nicht will.«

»Zoe, das tut mir so leid. Ich wollte dich nur ermutigen, damit du dich mal etwas traust, deine Komfortzone verlässt und dieses ganze Dating …«

»Die *ganze Welt* ist außerhalb meiner Komfortzone, dafür brauche ich keine Hilfe.«

»Aber ich dachte, du wolltest daten, und ich wollte dich dazu ermutigen. Ich wollte nur helfen. Du musst nicht alles machen, was ich dir sage. Ich weiß doch auch nicht, was ich tue. Ich bin eine totale Katastrophe. Bitte sag auch mal Nein zu mir, bitte sag mir, wenn du dich mit einem Vorschlag von mir unwohl fühlst. Ich will wissen, wie ich dich unterstützen kann. Ich liebe dich doch.«

Die Tränen auf ihren Wangen sehen hübsch aus. Harriet sieht schön aus, wenn sie weint. Ich glaube ihr.

»Es ist okay. Schon in Ordnung«, erwidere ich. »Sorry. Ich weiß, dass du mir nur helfen wolltest. Das war alles einfach ein bisschen zu viel für mich. Ich glaube, ich brauche Ruhe. Und etwas Zeit, ohne jemanden zu sehen.«

»Okay, was auch immer du brauchst. Aber mich willst du doch immer noch sehen, oder?«

»Das lässt sich nur schwer vermeiden«, antworte ich mit einem Lächeln.

Harriet steht schwerfällig auf, als würde sie tausend Kilo wiegen, und winkt mir zur Verabschiedung. »Lass uns weiterreden, wenn ich geschlafen habe«, sagt sie. »Dann können wir planen, wie wir diesen Leo-Typen loswerden.«

Ich wende mich wieder meinem Computer zu. In den letzten vierundzwanzig Stunden habe ich zwei Menschen zum Weinen gebracht und ehrlicher mit ihnen über ihr Verhalten mir gegenüber gesprochen, als ich es mir je hätte vorstellen können. Vielleicht lag das am Alkohol oder der Angst oder dem Schlafmangel, oder ich bin gerade einfach an meinem Tiefpunkt, und es gibt kaum Gründe, das nicht zu tun. Es wird lange dauern, meine Wut auf Gabe zu verarbeiten, weil sie in den tiefsten Wurzeln unserer Freundschaft festsitzt. Ich wollte immer, dass er mit mir genauso umgeht wie mit seinen anderen Freunden und Freundinnen, und er hat mich immer anders behandelt. Ich weiß nicht, ob es die beste Idee war, gleich eine Bombe in seine Richtung zu schmeißen, um etwas zu verändern, aber so wie es gerade läuft, funktioniert diese Freundschaft nicht mehr für mich. Ich will gleichzeitig mehr und weniger von ihm und das ergibt alles keinen Sinn.

Harriet hat nicht so viel Mist gebaut und schließlich sind wir

Schwestern. Je mehr ich darüber nachdenke, umso klarer wird mir, dass sie keine andere Wahl hatte, außer ihre Schicht abzubrechen und vielleicht ihren Job zu verlieren. Das hätte ich nicht gewollt. Bisher war ein Burn-out zwar schon im Bereich des Möglichen, aber jetzt scheint er unvermeidbar. Ich werde meinen Körper und Geist in den nächsten Tagen schonen müssen. Mein Kopf braucht regelmäßig soziale Isolation, aber gerade fühlt es sich anders an. Dieses Mal ist auch Einsamkeit Teil davon. Beim Gedanken an dieses Wort zieht es in meiner Brust. Ich will das Wort runterschlucken und vergessen, dass es überhaupt existiert. Alleinsein brauche ich, aber die Einsamkeit hängt weiter unten herum, irgendwo in meiner Magengegend. Ich spüre sie, wenn ich an all die falschen Dinge denke, die ich gesagt und getan habe, an Ariana auf der anderen Seite der Welt, an Dads Traurigkeit in den letzten Monaten, an Mums viele harte Arbeit, vielleicht weil wir mehr Geld brauchen, aber vielleicht auch, weil es zu Hause gerade schwer zu ertragen ist, und wenn ich an Harriet denke, die in ihre Fußstapfen tritt und ihr Bestes gibt, um mir Ratschläge zu geben und sich zusätzlich zu allem um mich zu kümmern.

Ich bin einsam, weil ich mich nach einem alten Leben sehne, das ich nie hatte, und nach einer Zukunft, die ich bestimmt nie kriegen werde. Ich lehne mich wieder an meine Kissen, ziehe meine schwere Decke hoch und klopfe aufs Bett, damit Peaches hochspringt. Sie rollt sich auf meiner Brust zusammen und schnurrt. Dank den Vibrationen verlangsamen sich mein Puls und mein Atem. Das ist nett.

19

Ich schaue Aris TikToks, als würde ich Geld dafür kriegen, aber ich bringe es nicht über mich, sie anzurufen. Ich versuche mich an einer Nachricht, aber ich könnte genauso gut versuchen, eine ausgestorbene Sprache zu entziffern. Was bedeuten Worte überhaupt? Es ist schwer, sich an den sozialen Puffer zu erinnern, den man selbst an einem guten Tag braucht, geschweige denn, wenn man in einem so tiefen Burn-out-Loch steckt, dass man vielleicht schon den innersten Erdkern erreicht hat. Wenn ich jetzt versuche, ihr zu schreiben, würde wohl so etwas dabei herauskommen: »Hiiii, haha, hoffe, dir geht's gut! Sorry, nur keine Sorge, alles gut! Haha, yep! Daaaanke dir so sehr! Lieb dich! Haha. Sorry!! Danke. Tschüüss! Xxxxx.«

Nachdem Harriet aufgewacht ist, hat sie mir eine Packung glutenfreie Schokokekse und eine Tasse Minztee gebracht, was für meine heutige Nahrungszufuhr ausreichen muss, weil ich mein Zimmer auf keinen Fall verlassen werde. Für ein Buch bin ich zu abgelenkt und zu unruhig für einen Film. Mein Lieblingskrimipodcast läuft, aber ich höre nicht wirklich zu, sondern nehme ihn eher osmotisch auf und lasse mich von der sanften, ruhigen Stimme des Hosts berieseln. Die Frau hat definitiv ihren Mann umgebracht, so viel habe ich mitbekommen. Sie schließen immer einen Monat vorher eine Lebensversicherung mit höherer Auszahlung ab, als würde das niemandem auffallen.

Peaches ist das einzige Lebewesen, dem ich gerade Aufmerksamkeit geben kann, womit ich Glück habe, weil sie auch Aufmerksamkeit einfordern würde, wenn ich im Koma läge.

Meine Gedanken kreisen. Ich bin allein. Ich bin allein. Ich habe keine Freund:innen, ich habe keinen Job, ich habe keinen Sinn, und meine Familie toleriert mich nur, weil sie müssen. Ich bin allein, und es ist meine Schuld, weil ich nicht gut genug bin. Bisher habe ich mich noch nicht so genau darauf konzentriert, aber das fühlt sich an wie ein ganz essenzieller Fakt über mich, den ich in meinem tiefsten Inneren schon immer wusste. Er war schon immer da, tief in meinem Magen, unter all dem positiven Werbegequatsche und den warmen Tassen Tee und Spezialinteressen und dem Brennen für bestimmte Projekte und meinen Lieblingsgerichten. Dass ich es schon immer wusste, macht den Umgang mit dieser Tatsache gleichzeitig einfacher und verheerender. Wenigstens weiß ich, dass ich mich nicht mehr selbst reinlegen kann. Ich hatte schon viel zu lange den Eindruck, reingelegt zu werden, also werde ich die Chance ergreifen, das endlich hinter mir zu lassen. Aber diese Tatsache zu wissen, bedeutet, dass sie nie unwahr sein kann, und das ist sehr viel endgültiger, als irgendetwas sein sollte, finde ich. Ja, ich hänge in einer Gedankenspirale fest, das macht mein Hirn eben. Ich bin mir dessen bewusst, aber trotzdem sind diese Gedanken nicht weniger wahr.

Das Licht bahnt sich einen Weg durch die Blätter am Baum vor meinem Fenster und fällt mir ins Gesicht. Wenigstens kann ich es beobachten, mich darauf konzentrieren. Die Schatten tanzen auf meinem Holzboden. Wenn ich für eine Weile an den Baum denke, kann ich an nichts anderes denken. Oh nein, da kommt's. In unserem Garten ist der Baum allein, so wie ich in meinem Leben allein bin.

Peaches maunzt ihr Missfallen. Sie weiß, dass ich versinke, und wird das nicht tolerieren. Sie ist viel zu vernünftig für Panikattacken und Existenzkrisen.

Meine Rippen pressen sich zusammen und versuchen, mir wie zur Selbstquälerei die Luft aus den Lungen zu drücken. Ich ringe nach Luft, aber es ist, als würde sie nie über meinen Hals hinauskommen. Die flachen Atemzüge halten mich am Leben und tragen zu meiner aufsteigenden Panik bei. Was passiert jetzt? Kann man tatsächlich vor Grauen sterben?

Schluchzer schütteln meinen Körper und dringen durch jede Faser meines Kopfs. Schlimmer als Weinen ist nur, beim Weinen gesehen oder gehört zu werden. Aber es gibt nichts zu tun außer Weinen und Weinen und Weinen. Es ist anstrengend. Ich muss mich wieder in meine Kissen legen und das alles seinen Lauf nehmen lassen. Meine Tränen finden einen Weg in die Falte an meinem Hals, was sich schrecklich anfühlt, weil sie, egal, wie oft ich sie wegwische, einfach nicht trocknen. Aber jetzt ist ein Teil des Drucks abgelassen und plötzlich werde ich von Müdigkeit überwältigt. Und wenn ich schon hier bin, kann ich mich auch von der Müdigkeit tragen lassen.

Als ich aufwache, ist es beinahe Zeit zum Abendessen. Das kann ich an den Gerüchen erkennen, die unter meiner Zimmertür durchsickern. Dad hat sich beim Knoblauch wieder mal alle Mühe gegeben. Mein Kopf ist erschöpft, aber mein Körper ist entspannt. Schlafmangel habe ich immer, also gibt mir jedes bisschen Nachschub so viel Energie wie ein doppelter Espresso am Anfang des Tages. Das hält zwar nicht lange an, aber ich nehme die Energie gerne, solange sie da ist.

Es kann keinen schlechteren Zeitpunkt als jetzt geben, um über mein Date mit Leo zu schreiben. Sein knurrendes »Wehe, du schreibst über mich« hängt mir im Kopf. Die Drohung war unausgesprochen, aber eindeutig vorhanden. »Wehe, du schreibst über mich, *oder du wirst es bereuen.*«

Aber Joseph und Maia warten auf diesen letzten Artikel. Er soll der ganzen Reihe das Sahnehäubchen aufsetzen. Ich soll darüber schreiben, dass dieses letzte Date ganz nett war, aber Leo nicht der richtige Typ für mich ist. Denn das ist … Und dann kommt mein zweites Date mit Jake als große Überraschung, und alle werden davon schwärmen, wie romantisch es mit uns zweien ist. So sollte es laufen. Kein »Ich wurde dazu gezwungen, mit jemandem nach Hause zu gehen, und dann musste mich der Bruder meiner besten Freundin retten«. So sollte die Handlung nicht weitergehen. Das vermasselt alles nur. Also werde ich die Geschichte schreiben, die ich von dem Date erwartet hatte, und nicht die echte. Dagegen kann Leo nichts haben, vor allem weil man ihn nicht identifizieren können wird. Und falls er doch denkt, man kann ihn darin erkennen, dann wird es trotzdem viel angenehmer als die Wahrheit sein.

»Essen ist fertig. Ich hoffe, ihr habt alle Hunger«, ruft Dad aus der Küche.

Der Artikel wird warten müssen. Zum ersten Mal an diesem Tag verlasse ich mein Bett, streichle Peaches' Schwanz und begebe mich auf den Weg zum Esstisch. Mum und Harriet sind schon da. Sie schauen mich mit ihren »Wir wissen, dass es dir nicht gut geht«-Blicken an, sagen aber nichts.

»Hast du genug für eine ganze Armee gemacht?«, frage ich.

Dad lächelt und reicht mir eine Schüssel Knoblauch mit einer Portion gebratenem Hühnchen als Beilage.

Ich schrecke auf, aber kann mich nicht mehr erinnern, ob das an einem Albtraum lag. Um Mitternacht ist mein Sara-Artikel veröffentlicht worden. Er hat jetzt schon mehr Kommentare als der über Jake, aber weniger als der über Gabe. Ich fühle keinerlei Verbindung mehr zu dem Artikel. Ich kenne die Person nicht, die ihn geschrieben hat.

Das ist echt mies, weil Sara mehr von mir verdient hätte. Außerdem habe ich in dem Artikel eine große Frage über mich selbst gestellt. Das ist aufregend, nervenaufreibend, neu. Ich sollte über die Antwort nachdenken. Ich sollte mich mehr denn je wie ich selbst fühlen. Mir erscheint es komisch, beinahe richtig lustig, dass mein mentaler Zustand so gekippt ist. Monate habe ich damit verbracht, ein in meinen Augen solides Gerüst zu konstruieren, meinen Selbstwert und mein Selbstempfinden aufzubauen, vielleicht sogar die ersten Anfänge von Selbstliebe zu schaffen. Das hat viel Zeit gekostet und mich zutiefst erschöpft. Aber es fühlte sich an, als würde ich die Grundlagen für eine gesunde Einstellung schaffen, die ich ab jetzt verfolgen könnte. Nach so viel Geruckel sollte es endlich glatt laufen. Aber was ich für solide gehalten habe, war nur ein Kartenhaus. Ich dachte, mentale Gesundheit wäre ein Ziel, wo man für immer bleiben darf, wenn man einmal angekommen ist. Wie naiv ich war. Lachhaft. Wenn ich nur jemanden hätte, mit dem ich darüber lachen könnte. Wie schrecklich schade, dass ich so was von allein bin.

Ich schreibe eine Mail an Joseph und bitte ihn darum, die Abgabefrist für den letzten Artikel zu verschieben. Er antwortet sofort und erklärt mir in seinem üblichen, heiteren Ton, dass das »kein Problem« sei. Dabei weiß er noch nicht, dass sich die Abgabefrist bis zu meinem letzten Atemzug verschieben wird, weil ich diesen Artikel über Leo nie schreiben werde. Egal, ob das gut oder schlecht ist, aber das mache ich auf gar keinen Fall. Allerdings habe ich zu viel Angst, um das offen zuzugeben, also werde ich den langsamen, aber sicheren Abstieg in Kauf nehmen, indem ich nie antworte und alle meine Kontakte zu Bubble verliere, weil es einfacher ist, als ehrlich zu sein.

Ich habe noch drei Tage, um meine Gedanken wieder in den Griff zu kriegen, bevor ich zu dieser Hochzeit gehen muss. Wenn ich die ganze Zeit in meinem Zimmer bleibe, nicht rede und versuche, nicht zu denken, sollte ich es gerade so schaffen, mich bis dahin wieder wie ein normaler Mensch zu verhalten. Wegen so etwas werde ich Jake nicht enttäuschen, auch wenn ich damit nur die spätere Enttäuschung hinausschiebe. Er wird nicht lange mit einer Person zu tun haben wollen, die so den Faden verloren hat wie ich.

Drei Tage haben gereicht, um meine Schamspirale anzuhalten, aber ich fühle mich immer noch nicht ganz wie ich selbst. Harriet versichert mir, dass sie drei »einer Hochzeit angemessene« Outfits eingepackt hat. In jeder anderen Woche würde ich ihre Auswahl auf Knöpfe, Reißverschlüsse, kratzige Nähte, stechende Schildchen oder Gummizüge an der Taille überprüfen. So eine bedeutende Entscheidung würde ich nicht auf die letzte Minute hinausschieben. Aber es ist eben nicht jede andere Woche, sondern *diese* Woche, und mir ist es ziemlich egal, ob ich für ein paar Stunden kratzige oder unbequeme Kleidung auf einer Hochzeit tragen muss, auf die ich sowieso nicht gehen möchte. Seit dem Abend im Elio's mit Leo ist alles kratzig und unbequem. Es kratzt, weil ich noch nicht über Leo geschrieben habe und ich weiß, dass Joseph wartet. Ich fühle mich unwohl, weil langsam durchsickert, wie sehr ich mein Verhalten mit Gabe bereue, aber ich nicht kleinreden will, wie bedeutungsvoll die Vorfälle waren, bei denen er mich falsch behandelt hat. Es kratzt, weil ich mich nicht auf das Wiedersehen mit Jake freue, wie ich sollte, obwohl er überhaupt nicht falsch ist. Es ist unbequem, weil ich allmählich verstehe, dass ich vielleicht etwas ändern muss.

Um 12:58 Uhr pingt eine Nachricht von Jake auf meinem Handy. Er meinte, dass er mich gegen 1 Uhr abholen wird. Seine Pünktlichkeit beruhigt mich.

> **Hey, ich stehe vor eurem Haus. Ist es dir lieber, wenn ich reinkomme und mich vorstelle oder wenn du rauskommst? Für mich passt beides** ☺

Ach, Jake, immer so liebenswürdig und rücksichtsvoll. Er würde mich nie vor meiner ganzen Klasse blamieren. Diesen Gedanken knülle ich zusammen und antworte ihm.

> **Ich komme raus! Bis in einer Sex**

Fuck!

> **Sekunde* haha**

Erschießt mich. Natürlich würde nur ich dafür sorgen, dass er an Sex denkt, kurz bevor wir zu einem schicken Hotel fahren. Aber das kann ich nicht rückgängig machen, also werde ich versuchen, ihn so sanft wie möglich zu enttäuschen, wenn er etwas in die Richtung probiert.
»Tschüss, alle zusammen. Bis Sonntagmorgen!«, rufe ich, während ich die Haustür hinter mir schließe. Dad wird enttäuscht sein, weil ich mich nicht richtig verabschiedet habe. Sorry, Dad.
Jake läuft mit ausgestreckter Hand auf mich zu.
»Hey«, sage ich.
»Hey, gib mir das mal«, antwortet er, nimmt meine Tasche und legt sie in den Kofferraum.
»Danke.«
Er ist anders als sonst angezogen, Chinos mit einem Hemd unter

einem teuer wirkenden Pulli. Seine Schuhe glänzen und sein Haar ist gekämmt.

»Hätte ich mich schicker anziehen sollen? Ich dachte, wir fahren direkt ins Hotel?«, frage ich beim Einsteigen.

»Oh, das tun wir, aber meine Mutter verliert wegen dieser Hochzeit langsam völlig die Nerven, also dachte ich, ich sollte anständig aussehen, falls wir zufällig jemandem in der Lobby begegnen, sonst kann ich mir das ewig anhören.«

»Oh, okay«, sage ich und fühle mich underdressed und nicht okay.

»Du siehst gut aus.«

»Haha. Danke.«

»Nein, ich meine, alles ist gut. Mach dir keine Sorgen. Du siehst toll aus.«

Er fährt Richtung Gateway Bridge und richtet seinen Blick auf die Straße. Mein Wickelkleid aus Stretchstoff ist nicht hässlich oder zu formlos, darum geht es mir gar nicht. Es fühlt sich nur nicht wirklich schick an. Und ich habe das Gefühl, diese Hochzeit wird wirklich schick-schick sein.

Das Piepen der Mautschranke lässt mich zusammenzucken, und wir lachen darüber, wie bescheuert das ist. Total lustig, besonders sensibel auf Reize zu reagieren, weshalb ich fast die ganze Zeit überreizt bin. Superwitzig.

»Dann erzähl mir mal von deiner Schwester und ihrem Verlobten«, sage ich. Diese Frage habe ich mir gestern überlegt und hoffe, dass sie uns durch ein gutes Stück dieser Fahrt bringen wird.

»Oh, ähmmm. Also, Emma ist vierundzwanzig und liebt Laufen. Sie hat Mark bei einem Marathon kennengelernt. Sie sind beide supersportlich und extrovertiert und alle scheinen sie echt zu mögen. Mark ist ganz nett. Wir haben uns nur nicht sonderlich viel zu sagen.

Emma war immer eine ziemlich gute große Schwester außer in den paar Jahren, als ich ziemlich am Boden war.«

»Sie war nicht nett, als es dir nicht gut ging?«

»Sie hat gesagt, ich würde nur Aufmerksamkeit von Mum und Dad wollen, muss wohl auch für sie anstrengend gewesen sein.«

Ich beiße mir auf die Zunge.

»Wie dich jemand behandelt, wenn es dir wirklich schlecht geht, sagt am meisten über diese Person aus«, erwidere ich, als ich die Zunge nicht länger zwischen den Zähnen einklemmen kann.

Jake sagt nichts. Möglicherweise habe ich diesen Ausflug schon vermasselt, bevor wir im Hotel angekommen sind, am Tag vor der Hochzeit. Das wäre sicher auch irgendein Rekord. Er schaltet das Radio ein, sucht klassische Musik raus und dann schauen wir beide auf die Straße.

Mal wieder verlangsamt sich die Zeit so sehr, bis sie irgendwann komplett verschwindet. Wir sitzen nebeneinander, als würden wir in Wackelpudding schweben, bis die Fahrt vorbei ist und wir da sind.

Das Hotel ist eins von denen, in das man für eine bestimmte Veranstaltung eincheckt und es nicht mehr verlässt, bis das Event vorbei ist. Abgesehen von dem Hotel, gibt es in der näheren Umgebung nichts. Zwischen der Autobahn und dieser langen, geraden Straße, von der wir abgefahren sind, gab es nur eine Wohnsiedlung, und das war's. In alle Richtungen gibt es nur Buschland. Angeblich ist der Strand nicht weit weg, aber ich habe keine Ahnung, in welche Richtung er liegt. Der Parkplatz ist riesig und der Weg zum Eingang lang.

Als wir das Foyer betreten, weiten sich Jakes Augen, weil er jemanden erkennt.

»Jake?«, ruft eine ältere Frau mit einem breitkrempigen pinken Hut. Seine Mutter?

»Hey, Tante Jackie«, antwortet er.

Sie umarmen sich auf diese unangenehme, einseitige Weise, auf die man sich nur umarmt, wenn man sich nicht richtig kennt oder sich nicht mag und das nur aus gesellschaftlicher Verpflichtung tut. Es muss schwer sein, neurotypisch zu sein.

»Tante Jackie, das ist Zoe, eine Freundin.«

Jake holt mit dem Arm aus, als würde er in einer Kochsendung präsentieren, was er »schon mal vorbereitet« hat.

Ich winke, um die unangenehme Stimmung aufzulösen, aber es hat genau den gegenteiligen Effekt.

»Schön, dich kennenzulernen«, sagt Jackie, während sie meinen Körper und vielleicht auch mein Innenleben scannt.

»Wir sollten lieber einchecken, aber wir sehen dich morgen beim großen Event«, sagt Jake.

Er läuft schnurstracks zur Rezeption, und ich folge ihm, ohne zu überlegen, wie ich mich von dieser Frau verabschieden könnte, die scheinbar nichts von meiner Anwesenheit hält. Aber vielleicht hat das mehr mit meiner aktuellen Verfassung zu tun: Wenn mein Hirn so drauf ist, gehe ich davon aus, dass mich alle immer hassen. Ich richte meinen Blick auf die filigranen Bodenfliesen, zeichne die Linien nach, um Muster zu kreieren, und zähle die Kreise dazwischen. Das hilft, mich zu beruhigen.

»Zoe?«

Ich hebe meinen Blick und sehe Jake, der mich verwirrt ansieht.

»Ja richtig«, sage ich und setze mich wieder in Bewegung.

Ein Hotelangestellter bringt uns zu unserem Zimmer und erklärt, wir könnten bei der Rezeption anrufen, falls wir irgendetwas brauchen.

Erst als ich den einen Schlüssel in Jakes Hand sehe, wird mir klar, dass ich gar nicht über die Zimmeraufteilung nachgedacht habe. Ich, die jedes mögliche Szenario durchdenkt und sich den Kopf zerbricht. Mein Herz schlägt schneller und mir stockt der Atem.

Jake öffnet die Tür und hält sie mir weit auf, damit ich vorangehe. Der Eingang ist schmal und dunkel. Meine Schultern entspannen sich etwas, als ich sehe, dass zwei Doppelbetten im großen Hauptbereich des Zimmers stehen. Wir mögen zwar keine zwei Zimmer haben, aber ich glaube, mit diesem Arrangement komme ich klar.

»Alles gut bei dir?«, fragt Jake.

Mein innerlicher Erleichterungsseufzer war wohl doch nicht nur innerlich.

»Oh ja. Ich hatte nur nicht darüber nachgedacht, wie die Bettensituation aussehen wird, aber das ist gut.«

Jake lächelt, als wäre er nicht sicher, ob er das als Kompliment für sein Organisationstalent oder als Beleidigung für seine Attraktivität auffassen soll. Nicht meine Aufgabe, das zu klären. Wir stellen unsere Taschen ab und packen aus. Jake hat eine ähnliche Strategie wie ich, und als er seine White-Noise-Maschine einstöpselt, muss ich grinsen.

»Stört dich das?«, fragt er.

»Überhaupt nicht. Ich benutze meine nicht mehr, aber es stört mich auch nicht.«

»Ich benutze sie auch nicht jede Nacht, nur wenn ich besonders nervös bin. Und Familientreffen sind irgendwie ...«

»Das verstehe ich.«

»Cool.«

Ich ziehe den Stapel Klamotten, den Harriet für mich eingepackt hat, aus der Tasche. Die werde ich aufhängen müssen, wenn sie keine Falten bekommen sollen. Aber das erste Kleid ist es nicht einmal wert, aufgehängt zu werden. Auf gar keinen Fall werde ich diesen knielangen, eng anliegenden, futuristischen, sexy Alien-Albtraum von Kleid tragen. Meine Brust und Schlüsselbeine fühlen sich schon eingeengt, wenn ich das Kleid nur anschaue. Nein. Das lege ich zurück in die Tasche. Das nächste im Stapel hat definitiv Potenzial. Ein fließendes Kleid im Boho-Stil mit Stickereien am Hals, aber weit und weich genug, damit das kein Problem sein sollte. Ich hänge es auf einen Bügel und bewundere, wie das Blau neben Jakes marineblauem Anzug leuchtet. Das letzte Kleid ist ROT, eindeutig Großbuchstaben, aber geschmeidig weich, knielang und genau schlicht genug für das Last-Minute-Date-des-Bruders-der-Braut. Ich hänge es neben das blaue bestickte Kleid.

»Und was willst du jetzt machen?«, fragt Jake.

Er lässt seine Frage nicht anzüglich klingen, aber die Umstände geben ihr trotzdem einen gewissen Beigeschmack.

Jeder einzelne Nerv in meinem Körper schaltet sich ein und sagt mir, ich hätte zu Hause bleiben sollen. Zuhause ist der Ort, an dem ich mich sicher und behaglich fühle und nicht zu irgendetwas gezwungen werde, was ich nicht machen will. Ich kann immer noch die Finger von letztem Freitag spüren, die sich in meinen unteren Rücken bohren.

»Wir könnten einen Film schauen und uns beim Room Service Abendessen bestellen?«, schlage ich vor. Mein Vorschlag, das Zimmer nicht zu verlassen, widerspricht den möglichen »sexy« Gedanken von Jake nicht direkt, aber mit denen würde ich mich lieber beschäftigen, wenn es so weit ist, und nicht nach einer unangenehmen sozialen Interaktion mit einer Verwandten, die ich noch nie getroffen habe.

»Ja super. Klingt gut. Vielleicht schaue ich vorher noch nach Mum und Emma. Passt das, wenn du einfach hier chillst? Ich bin höchstens eine halbe Stunde weg – die sind sicher mit Hochzeitskram beschäftigt.«

Erleichterung flutet meinen Körper. Eine halbe Stunde für mich.

Vielleicht werde ich diesen Trip doch überstehen. Jake ist so aufmerksam. Und süß. Ja, er ist wirklich süß.

Ich nicke und lächle. Er soll nicht denken, ich wäre begeistert davon, allein gelassen zu werden, auch wenn es stimmt, denn natürlich möchte ich auch Zeit mit ihm verbringen. Aber die riesige Badewanne ruft mich, und das teuer aussehende Schaumbad ist eins von denen mit ätherischen Ölen, also kann ich es benutzen, ohne Migräne zu kriegen.

Jake winkt, und die Tür klickt, als er sie hinter sich schließt.

Die Badewanne ist tief, und mein Körper entspannt sich beim Gedanken an warmes Wasser, das meine Haut umfließt. Wenn Jake wiederkommt, wird er mich in Leggings, einem ausgebeulten Pulli und mit einem Scrunchie im Haar antreffen, das wird also ein interessanter Test. Nicht dass ich ihn teste. Aber Komfort ist wichtig, und wenn er nicht derselben Meinung ist, hat es nicht viel Sinn, das hier weiterlaufen zu lassen.

Der Schaum riecht nach Lavendel und Rosmarin. Ich habe mich schon ausgezogen und sitze in der Wanne, bevor das Wasser auch nur meine Oberschenkel bedeckt. Für mich ist es kein Problem zu warten, während der Pegel um mich herum steigt. Der laufende Wasserhahn funktioniert wie weißes Rauschen: Er übertönt alles andere. Mein Atem wird langsamer und meine Muskeln seufzen vor Erleichterung. Es würde mir nichts ausmachen, wenn Jake für ein, zwei Stunden beim Plaudern mit seiner Familie hängen bleibt. Aber der Gedanke an einen Film und Abendessen in unseren Betten klingt allmählich auch unterhaltsam.

Vielleicht sollten wir etwas Gruseliges anschauen, obwohl ich dann schlechter schlafen würde. Gruselfilme fesseln mich so sehr, dass ich währenddessen an nichts anderes denke. Angst lässt nicht viel Platz für andere Gedanken. Am liebsten mag ich Liebesfilme, aber gerade jetzt wäre ein Liebesfilm wahrscheinlich die schlechteste Wahl. Das lässt mich wieder an die ganze Sache mit Romantik und Beziehungen denken. Ari erlebt ständig RomCom-würdige Momente. Und ich habe unangenehme Begegnungen, die später für lustige Anekdoten ausreichen, wenn ich die Demütigung geschluckt habe. Und mit Aidan und Leo habe ich genug davon geschluckt. Aber wenn ich mich mit einem liebevolleren Blick betrachte, sehe ich, dass Sara ein RomCom-Moment hätte sein können, wenn ich etwas anders wäre oder mir bestimmte Fragen vielleicht etwas früher gestellt hätte. Und Jake, ja, der könnte auch einer sein, auch wenn unsere Treffen bisher eher Comedy als Romance waren. Und Gabe? Es ergibt keinen Sinn, über ihn nachzudenken, weil er nie wieder mit mir reden wird, nachdem ich ihn so angegriffen habe.

Ich sinke noch tiefer ins Wasser, auch wenn mein Dutt nass wird.

Das leise Geräusch des plätschernden Wassers und des Echos im Bad hellt meine Laune auf. Vielleicht bin ich gerade genau da, wo ich sein soll. Vielleicht musste erst mal alles schlimmer werden, damit ich wirklich wertschätzen kann, wie gut es mir schon bald gehen wird. Vielleicht. Ich habe mich immer an der Macht des Vielleichts festgehalten, weil es immer etwas noch Schöneres in Reichweite bringt. Vielleicht. Hochzeiten sind Feste der Liebe. Vielleicht werden nicht nur die Braut und der Bräutigam etwas zu feiern haben. Vielleicht. Die Tür klickt und ich kann Jake auf der anderen Seite der Badezimmerwand hören.

»Ich bin in der Badewanne. In einer Sekunde bin ich draußen«, rufe ich.

Die Badezimmertür ist verschlossen, aber ich gehe kein Risiko ein. Die Handtücher sind in Griffweite, und ich schaffe es, die obersten neunzig Prozent meines Körpers abzutrocknen, während ich noch im

Wasser stehe. In weniger als zwei Minuten habe ich mich angezogen und stehe im Zimmer.

»Hey.« Jake sieht von seinem Handy auf und lächelt.

»Hey«, sage ich zurück.

Sein Blick gibt mir das Gefühl, als hätte ich vergessen, mich anzuziehen. Aber das ist ein gutes Gefühl, glaube ich. Trotzdem verschränke ich lieber die Arme vor meinem Körper.

»Wie lief's mit deiner Mum und Emma?«

»Ach ja, du weißt schon. Meine Mum kriegt einen Anfall, weil meine Tante beschwipst ist, und Mum glaubt, dass sie morgen eine Show abziehen wird. Aber Emma ist total gechillt, das ist die Hauptsache.«

»Gibt es noch irgendetwas zu tun für uns, um für morgen zu helfen?«

»Nope. Sie kommen klar.«

»Sollen wir dann einen Film schauen?«

Jake lächelt. »Etwas Gruseliges?«, fragt er.

Ich nicke und bin kurz davor, es mir auf meinem Bett gemütlich zu machen. Da klopft er auf die Stelle neben sich, so leise, dass ich es fast überhöre.

»Kann ich zu dir kommen?«, frage ich.

Er nickt. Ich lege mir ein paar Kissen zurecht, um meinen Rücken zu stützen, und kuschle mich neben ihn. Es ist warm, aber nicht zu warm. Wir sind nah aneinander, aber nicht zu nah. Er sucht einen Film über ein Geisterhaus aus. Perfekt. Dieser Moment könnte eine RomCom sein, denke ich. Ich versuche, mich nicht mit dem Gefühl aufzuhalten, dass es ein bisschen anders sein sollte.

Schwerer Regen weckt mich noch vor der Sonne. Ich frage mich, ob ich das Wetter an meinem Hochzeitstag als Zeichen für irgendetwas sehen würde, wäre ich die Braut. Ich würde gerne glauben, dass ich vernünftiger bin, andererseits würde ich manche Dinge sicher überdenken, wäre ich Emma und mit Sturmböen und Regenfluten an diesem Morgen aufgewacht. Zuallererst würde ich überdenken, ob es das Klügste war, eine Strandhochzeit mit Zelt im tropischen und wettertechnisch vollkommen unvorhersehbaren Queensland zu planen.

Jakes Handy summt. Dass ich in einem Hotel gut schlafen würde, war sowieso unwahrscheinlich, und mit einem Jungen im Bett neben mir erst recht. Wenn ich mich auf eine schlechte Nacht einstelle, scheine ich damit besser klarzukommen, als wenn ich auf eine gute hoffe.

»Ich muss los und helfen, den Veranstaltungsraum für die Hochzeit herzurichten«, sagt Jake, nachdem er die Nachricht gelesen hat. »Ist es in Ordnung, wenn du alleine bist? Ich komme vor Mittag zurück, um meinen Anzug anzuziehen und so.«

Jake sorgt sich viel mehr darum, mich allein zu lassen, als er sollte. Und ich mache mir Sorgen, dass ich mich mehr nach seiner Gesellschaft sehnen sollte.

»Das passt schon. So habe ich genug Zeit, um mich fertig zu machen. Geh ruhig und hilf deiner Schwester«, bestehe ich.

Es wäre sowieso unangenehm, mich für ein Outfit zu entscheiden, während er hier ist. Er hätte sicher seine Meinung beisteuern wollen, und ich hätte sie miteinbeziehen müssen, während ich gleichzeitig herausfinden muss, welches Kleid die bessere Wahl für mich ist. Es ist einfacher, das alleine zu machen.

»Ich komme so bald wie möglich wieder. Dieses Wetter ist ja kaum zu fassen, oder?«

Ich kann es fassen, aber lasse meinen Blick etwas anderes sagen, weil er das erwartet. Dann ist er weg.

Wir hatten keine Möglichkeit, das Frühstück zu besprechen, und die Vorstellung, selbst Room Service zu bestellen, ist nur etwas weniger schrecklich als der Gedanke, alleine zum Frühstücksbuffet zu gehen. Ich gehe mein Drehbuch gedanklich durch: »Hi, guten Morgen. Dieses Wetter ist ja kaum zu fassen, oder? Ich würde gerne etwas zum Frühstücken bestellen, wenn das in Ordnung ist. Zimmer 224. Ich hätte gerne einen Latte macchiato mit Mandelmilch, einen Obstsalat und glutenfreien Toast mit Erdnussbutter. Super. Vielen Dank.«

Genauso läuft das Gespräch ab, mit etwas Extra-Geplauder über das Wetter von der quirligen Rezeptionistin. Ich finde es wirklich interessant, dass Drehbuch-Schreiben als eine autistische Sache gesehen wird, wenn diese Frau eindeutig dasselbe runterrattert, was sie heute Morgen zu allen anderen Gästen sagen wird. Genau wie die Typen auf den Apps. Das nennt man dann aber nicht Drehbuch-Schreiben, stattdessen würde man die Rezeptionistin als »freundlich« oder sogar »professionell« bezeichnen.

Mein Handy vibriert am Ladekabel. Ich habe nicht vor, es abzunehmen, bis ich aus diesem Zimmer gehe, damit ich so viel Akku wie möglich habe, falls ich ohne Gegenüber auf der Hochzeit feststecke. Jake weist den Gästen ihre Plätze zu, was wie eine Aufgabe klingt, die man jemandem gibt, der sonst nichts zu tun hat.

Ein Videocall von Ari. Ich werde nicht rangehen. Wir haben zwar seit Ewigkeiten nicht mehr miteinander gesprochen, aber wir waren beide beschäftigt und wir sind in komplett unterschiedlichen Zeitzonen an komplett unterschiedlichen Enden der Welt, also ist das nachvollziehbar. Das sollte sie nicht persönlich nehmen. Zeit für eine Dusche und eine Sheet-Maske, damit mein Gesicht nicht so geschwollen aussieht. Mum schwört auf die Kalter-Löffel-Methode, aber meiner Meinung nach gibt es nichts Besseres als koreanische Beauty-Produkte.

Mein Handy vibriert schon wieder. Sobald ich die Dusche ausstelle, höre ich es. Falls es Ari ist, werde ich doch rangehen müssen, weil mehr als ein Anruf bedeutet, dass es dringend ist. Ich eile in einem Handtuch zum Handy und schau auf den Bildschirm. Sie ist dran.

»Hey, Ari, sorry, ich war duschen.«

»Hübsches Handtuch«, lacht sie. Sie klingt nicht, als wäre irgendetwas dringend.

»Ich dachte, irgendetwas wäre los«, antworte ich.

»Du ignorierst meine Anrufe, das ist los.«

»Wir waren beide beschäftigt und wir sind in komplett unterschiedlichen Zeitzonen an komplett unterschiedlichen Enden …«

»Zoe, komm schon. Weißt du noch, dass wir uns schon seit mehr als der Hälfte unserer Leben kennen? Warte. Wo bist du gerade?«

»In einem Hotel an der Sunshine Coast.«

»Allein?«

»Jetzt gerade schon. Aber ich bin mit Jake hier. Zur Hochzeit seiner Schwester. Davon habe ich dir doch erzählt, oder?«

»Das hast du definitiv nicht! Wo findet die Hochzeit statt?«

»Sie sollte am Strand stattfinden, aber das Wetter ist schrecklich, also wird daraus jetzt ein Veranstaltungsraum.«

»Und wie heißt Jakes Schwester?«

»Emma. Warum?«

Ari kneift die Augen zusammen und auf ihrer Stirn erscheinen Falten. Dann glätten sie sich genauso schnell wieder.

»Oh, kein Grund. Alles gut! Ich vermiss dich nur, das ist alles. Ich will alles hören, was du in letzter Zeit gemacht hast.«

»Ach, immer dasselbe. Die Tage hatte ich mein letztes Date mit einem Typen von der Uni. Es war nicht besonders toll. Wie geht's dir?«

»Ich habe tatsächlich ein bisschen Heimweh. Ich glaube, ich unternehme zu viel.«

»Du unternimmst definitiv zu viel.«

Ari lacht, und ihr Gesicht sieht aus wie sie selbst, als wäre sie aus einem etwas verzerrten Traum aufgewacht.

Die Zimmertür öffnet sich. Die Angestellten vom Room Service öffnen doch nicht einfach die Tür, oder? Aber es ist Jake, der sieht, dass ich sowohl in ein Handtuch gewickelt als auch am Telefon bin, seinen Anzug aus dem Schrank nimmt und sich wieder auf den Weg macht. Vorher deutet er noch auf sein Handy, als würde mir das irgendetwas sagen, und schließt die Tür hinter sich.

»Was war das denn?«, fragt Ari.

»Jake hilft, die ganze Orga für die Hochzeit anzupassen, er ist nur reingekommen, hat seinen Anzug genommen und auf sein Handy gedeutet.«

»Dann schreibt er dir den Plan«, erklärt Ari.

»Oh okay.«

»Musst du los und dich fertig machen?«

»Ja, irgendwie schon. Also ja. Aber ich wollte dir Zeit zum Reden lassen. Bei dir ist ja offensichtlich viel los, wenn du mich zweimal angerufen hast.«

»Ha! Also hast du meinen Anruf doch ignoriert.«

»Nein. Also ja. Tut mir leid. Ich bin total durcheinander.«

»Schon okay, ruf mich bald an, dann quatschen wir mal richtig.«

»LIEB DICH VERMISS DICH WÜNSCHTE DU WÄRST HIER«, singen und schreien wir uns gegenseitig zu und legen auf.

Ich habe nicht genug Zeit, um zu analysieren, was bei diesem Anruf los war. Das werde ich später nachholen müssen. Das Schwierigste an zu viel sozialem Kontakt ist, wenn er sich so aufstaut wie jetzt und ich keine Zeit habe, um jeden Teil jedes Gesprächs zu entpacken und abzuwägen, bevor das nächste Gespräch beginnt. Davon werde ich hektisch und erschöpft. Nach alldem hier kann ich ein ruhiges Wochenende brauchen.

Der Hotelföhn ist ganz gut, und ich kriege mein Haar ziemlich geschmeidig und glatt, bevor ich mit dem Glätteisen durchgehe. Mein Make-up sieht okay aus, ist aber kein Vergleich zu dem, was Harriet schaffen könnte, und ich neige zum roten Kleid, als ich eine Nachricht auf meinem Handy bemerke:

> **Hey, ist es in Ordnung, wenn wir uns mittags hier unten treffen? Alles ist total hektisch, also werde ich bis zum Start der Hochzeit helfen müssen. Sorry, dass ich dich ganz allein gelassen habe! Dieses Wetter hat echt alles über den Haufen geworfen. Bis bald ☺**

Zwar ändern sich die Pläne, aber das ist schon okay. Solange der Veranstaltungsraum einfach zu finden ist, wird alles in Ordnung sein.

Innerhalb von zwanzig Minuten bin ich fertig und verbringe die restlichen drei Stunden damit, auf mein Handy zu schauen.

Um 5 vor 12 verlasse ich das Zimmer, damit ich Jake pünktlich treffe, aber der Veranstaltungsraum ist nicht einfach zu finden. Ich bin schon in zwei Flur-Sackgassen geraten und vermute, dass ich mich gerade in der dritten befinde. Mein Puls steigt, als mich eine warme, vertraute Stimme überrascht.

»Zoe?«

Es ist Gabe, die letzte Person, die ich in der Tür am anderen Ende des Flurs erwartet hätte. Als er mich sieht, erstarrt er. Seine Augen sind weit aufgerissen und meine wohl auch. Er sieht so gut aus, dass ich Brooke hinter ihm beinahe übersehe. Gut möglich, dass sie mitbekommt, wie ich sie nicht wirklich bemerke. Das ist ganz schön viel auf einmal. Ich vergesse einzuatmen und muss dann besonders laut und unangenehm nach Luft holen. Das trägt nicht dazu bei, möglichst gelassen zu wirken.

»Hey. Was machst du denn hier?«, frage ich.

Brooke starrt Gabe an, als sollte er sich gar nicht die Mühe machen, mir zu antworten.

»Wir sind wegen Marks Hochzeit hier. Er ist der beste Kumpel von Brookes Bruder«, antwortet Gabe.

Ich nicke.

Seine Stimme ist tiefer als sonst, unsicherer. Ich will, dass Brooke geht, damit wir über diesen einen Abend sprechen können. Stattdessen kontere ich mit meiner Erklärung.

»Jake ist Emmas kleiner Bruder«, sage ich.

»Wow, die Welt ist ein Dorf.«

Schwer zu sagen, ob er das positiv oder negativ meint. Brookes Ausdruck sagt mir, dass sie genug von diesem Gespräch hat, auch wenn sie gar nicht daran teilgenommen hat. Es stört mich, dass sie so schön zusammen aussehen. Gabe trägt einen hellbraunen Anzug mit einem weißen Hemd und seine Haare sind irgendwie zurückgekämmt, beinahe.

Brooke hat ihre Haare besonders voluminös gestylt und trägt ein winziges kleines Schwarzes mit Spitze. Sie seufzt so laut wie nur möglich, dreht sich um und verschwindet durch die Tür. Gabe braucht noch einige Sekunden, ehe er ihr folgt und mir die Tür aufhält.

Der Stoff meines roten Kleids ist seidig und weich, ihn zwischen meinen Fingern zu reiben, hilft, um ruhig zu bleiben.

Gabe dreht sich zu mir, um ein paarmal zu lächeln, wahrscheinlich weil es ihm leidtut, dass ich alleine bin.

Ich wünschte, Jake würde auftauchen, aber gleichzeitig wünsche ich mir, dass ich überhaupt nicht mit ihm hier wäre. Ich will, dass alles anders ist, aber ich weiß nicht, wie, und kann keinen klaren Gedanken außerhalb dieses Problems fassen.

Dann sehe ich es. Hinter einem Bogen aus Luftballons ist ein großer Raum mit Tischen auf beiden Seiten, Platz zum Tanzen in der Mitte und auf der anderen Seite Raum für die Zeremonie. Meinen Geschmack trifft das nicht. Überall sind weiße Pfauenfedern, Ballons, rote Rosen und jede Menge Schleifen. Wäre das Wetter besser, könnte man wohl das Meer durch die Fenster sehen, aber gerade wirkt es eher wie ein Wetterbericht über die Wirbelsturmsaison.

Jake hatte noch ein paar Stühle für die Zeremonie arrangiert und kommt halb rennend, halb gehend zu mir. In seinem Anzug sieht er gut aus, aber vielleicht hätte er ihn eine Größe kleiner kaufen sollen. Er legt einen Arm um meine Schulter und drückt mich.

»Du siehst großartig aus«, sagt er leise.

»Du siehst auch toll aus«, antworte ich.

Gabe und Brooke halten sich in der Nähe auf, etwas zu weit weg, um sie ihm vorzustellen, aber wahrscheinlich nah genug, um unser Gespräch zu hören. Sie reden nicht miteinander, es ist komisch. Dass sie hier sind, hat mich aus der Bahn geworfen. Ich hatte nicht geplant, vor anderen Leuten mit Gabe zu sprechen. Was wir uns zu sagen haben, geht nur uns beide etwas an. Es fällt mir so schwer, innere Ruhe zu finden, und so leicht, sie zu verlieren.

Die Zeremonie geht erst in einer halben Stunde los. Das ist genug Zeit für eine kleine Pause.

»Ich suche mir vielleicht mal eine Toilette«, sage ich zu Jake.

»Kein Problem. Solange du in fünfzehn Minuten zurück bist, wenn wir unsere Plätze einnehmen«, antwortet er.

Die Toiletten sind in einer Ecke hinter dem Eingangsbereich versteckt und sehr schick. Am Waschbecken stehen gute Seifen und Haarspray und Haarklammern und Wattestäbchen. Wofür bräuchte man Wattestäbchen bei einer Hochzeit? Das wäre ein komischer Zeitpunkt, um sich die Ohren zu säubern. Egal, ich bin ja nicht wegen der Wattestäbchen hier. Ich bin hier, um eine gute Freundin zu besuchen.

Die Toilettenkabine ist geräumig und sauber, aber selbst wenn sie das nicht wäre, würde ich die nächsten fünfzehn Minuten hier verbringen. In der Kabine. Ich schließe die Tür ab und der Raum ist ganz mir.

Meine fünfzehn Minuten sind vorbei, ehe ich mich langweilen kann. Dann stelle ich mich meinem Spiegelbild und bin etwas überrascht von dem Anblick. Ich sehe nicht halb so erschöpft und entsetzt aus, wie ich mich fühle. Ich sehe in Ordnung aus. Ich würde »normal« sagen, würde ich das Wort nicht so verabscheuen. Zeit, mich der Menschenmasse zu stellen. Ich nehme zwei tiefe Atemzüge und alles ist okay.

Dann gehe ich zurück in den Veranstaltungsraum und suche Jake.

»Zoe, ich will dir meine Mum vorstellen«, sagt er.

Seine Augen sehen etwas verrückt aus; wahrscheinlich stresst er sich fast genauso viel wie ich. Ich schätze, es ist schwerer, in einem Raum voller Leute, die man kennt, zu smalltalken als einfach zu schweigen, weil man niemanden kennt.

»Du musst Zoe sein, wie schön, dich endlich kennenzulernen«, sagt eine streng aussehende Frau mit einem außergewöhnlichen Fascinator und Jakes Augen. Sie streckt ihre Hand aus, um meine zu schütteln. Ich nehme sie und wende das erforderliche Maß an Druck und Bewegung an.

»Wie schön, Sie kennenzulernen. Herzlichen Glückwunsch zu diesem ganz besonderen Tag«, antworte ich.

»Mir musst du nicht gratulieren, es ist ja nicht meine Hochzeit«, antwortet sie und lacht.

»Oh, ich wollte nur …«

»Am besten suchst du dir schon mal einen Platz, Zoe. Die erste Reihe ist für die Familie der Braut reserviert«, sagt sie.

»Okay, danke«, antworte ich.

Jake bringt mich zu den Stühlen, und ich setze mich in die dritte Reihe neben ein paar ältere Damen, die aussehen, als wollten sie eher keinen Small Talk betreiben.

»Ich werde ein paar Leute zu ihren Plätzen bringen, bin gleich wieder da. Ich kann's kaum erwarten, dass diese ganze Platz-Einweiserei vorbei ist, damit ich entspannen kann und wir Spaß haben können«, sagt Jake, und schon ist er weg.

Gabe und Brooke sitzen auf der anderen Seite des Gangs, eine Reihe vor mir. Brooke redet selbstbewusst und lebhaft mit jemandem vor ihr. Gabe reckt den Hals und sieht sich um. Ich schätze, er sucht die Braut. Dabei weiß doch jeder, dass die Braut immer zuletzt kommt. Aber manche Leute haben ihre frühen Teenagerjahre wohl nicht damit verbracht, RomComs und Hochzeits-Reality-TV zu schauen. Sein Blick bleibt an mir hängen, und er sieht aus, als hätte ihm mein Anblick einen Schrecken eingejagt. Er dreht sich wieder nach vorne. Brooke dreht sich um, starrt mich eine Sekunde lang an und dreht sich wieder weg. Aus irgendeinem Grund wirkt sie angewidert. Die Reaktionen der beiden lassen mich meine Outfitwahl, mein Make-up und meine Frisur hinterfragen. Ich denke so über mich, wie ich es zu vermeiden versuche. Der weiche Stoff zwischen meinen Fingerkuppen hilft etwas, aber nicht genug.

Heute ist nicht der richtige Zeitpunkt, aber ich kann nicht aufhören, über diese Aussprache nachzudenken. Ich muss mich dafür entschuldigen, wie ich mich vor Elio's und auf der Heimfahrt verhalten habe. Nicht für alles, aber vielleicht habe ich seine Absichten falsch verstanden. Vielleicht hat er sich doch wie ein Freund verhalten, anstatt Mitleid mit mir zu haben. Es ist gut möglich, dass ich wegen meiner Highschool-Jahre besonders empfindlich reagiere, wenn man mich bevormundet, wobei er dabei auch eine Rolle gespielt hat, was es besonders undurchsichtig macht. Aber wenn ich an Gabe denke, wirklich an *ihn* denke, dann kann ich ihn von all dem trennen, was passiert ist. Er hat immer als Erster versucht, mir zu helfen, und allmählich glaube ich, dass das nicht nur an seinem Mitleid gelegen haben könnte.

Irgendetwas im Raum verändert sich, die Atmosphäre in der Luft, und mir fällt auf, dass Mark und seine Trauzeugen ihre Plätze eingenommen haben. In der ersten Reihe sitzt Jake neben seiner Mutter. Der Hochzeitswalzer startet, und alle drehen sich um, um nach hinten zu schauen. Zuerst kommen die Brautjungfern, eine nach der anderen, in lachsfarbenen Kleidern, die scheinbar zu keinem ihrer Hauttöne passen. Als Nächstes betreten Emma und ihr Dad den Raum und bleiben stehen, damit alle ihre Pracht bewundern können, ehe sie den Gang langsam und mit kurzen Pausen entlangschreiten.

Emma sieht aus wie eine Braut aus einer Zeitschrift. Sie hat blonde Haare, straffe Arme, ein trägerloses Kleid und sehr viel Schleier. Sie sieht fröhlich aus, wie eine Person, die wirklich gerne die Aufmerksamkeit aller auf sich spürt. Darauf bin ich neidisch. Man muss so viel mehr Zeit übrig haben, wenn man sich mit Aufmerksamkeit wohlfühlt.

Der Trauredner beginnt und meine Gedanken wandern durch die Fenster und hinaus in den strömenden Regen.

22

Ich war noch nicht bei vielen Hochzeiten, aber ich weiß trotzdem, dass ich den Teil zwischen dem Essen und dem Zeitpunkt, ab dem man endlich gehen kann, am wenigsten mag. Diese Zeit wirkt wie eine riesige Rangelei, bei der sich alle betrinken und laut und chaotisch werden. Mein Plan ist heute, nichts davon zu sein. Bisher bin ich erfolgreich. Die Musik ist mehr als laut, die Beleuchtung löst beinahe eine Migräne und eine Panikattacke gleichzeitig aus, und Jake ist zu sehr mit seiner ganzen Verwandtschaft beschäftigt, um Zeit mit mir zu verbringen. Was in Ordnung ist. Ich will, dass er macht, was er machen will. Aber ich will auch, dass er mir sagt, es ist okay, wenn ich entschließe, zu irgendeinem Zeitpunkt auf unser Zimmer zu gehen. Er weiß nicht, dass ich das von ihm hören will, aber ich vermute, dass er dieses Gespräch trotzdem vermeidet. Also entscheide ich mich dazu, die Gäste vom Rand der Tanzfläche zu beobachten, auch wenn ich genug Abstand halten muss, damit mich niemand zum Tanzen auffordert.

Brooke und ihre Freundinnen sehen aus wie eine Nachtclub-Werbung – absolut nicht mein Ding –, und Gabe ist nirgendwo zu sehen. Jake übt verschiedenste Dance-Moves mit seiner Oma, weshalb ich in mich hineinlächle. Ich bin mir ziemlich sicher, dass er ihr gerade den Sprinkler beibringt.

»Ist der Platz noch frei?« Gabe hält zwei Lemon, Lime and Bitters. Einen reicht er mir und setzt sich, ohne meine Antwort abzuwarten.

»Danke«, sage ich. »Trinkst du nicht?«

»Bin nicht wirklich in Stimmung. Du?«

»Geht mir genauso.«

Er nimmt einen Schluck und beobachtet Brooke beim Tanzen. Ich will unbedingt mit ihm reden, einen Bogen zurück zum Anfang unserer Freundschaft schlagen und neu starten, aber mit den Lichtern, dem Lärm und all den Leuten ist das unmöglich. Tränen stechen mir in den Augen, warum, kann ich nicht erklären.

Gabe beobachtet mich und er trägt diesen Anzug und ich muss dringend auf andere Gedanken kommen.

»Würdest du das alles hier machen?«, frage ich.

Ich habe keine Ahnung, wo diese Frage herkommt. Wahrscheinlich will ich nur das Schweigen füllen.

»Das Ganze hier? Nein. Aber ich würde auf jeden Fall heiraten. Aber das müsste ruhig und klein sein. Und du?«

»Ähmmm … Ich bin mir nicht sicher. Ich müsste erst mal jemanden finden, der mich mag, haha.«

Das Eingeständnis ist peinlicher, als ich beabsichtigt hatte, und ich bereue es sofort, nachdem es mir über die Lippen gekommen ist. Wenn ich diese Bemitleidete-Bemitleider-Dynamik zwischen uns ändern will, muss ich aufhören, solche Sachen zu sagen. Vielleicht trage ich mehr dazu bei als Gabe. Aber es ist auch gut möglich, dass das alles nur in meinem Kopf stattfindet.

»Zoe, ich …«

»Ich muss weg, auf die Toilette. Danke für das Getränk«, murmle ich und stolpere beinahe über meine sehr stabilen Sandalen, während ich den Raum so schnell wie möglich durchquere.

Ich spüre Gabes Blick heiß auf meinem nackten Rücken und muss weg von hier.

Die Tränen, bei denen ich doch auf Pause gedrückt hatte, bahnen sich ihren Weg auf meine Wangen, ehe ich die Kabinentür hinter mir schließe. Das Geräusch des schließenden Schlosses lockt auch den Rest hervor. Bei einer Hochzeit auf der Toilette weinen. Das muss ein neuer Tiefpunkt sein. Ich bin dankbar, dass ich keinen Eyeliner aufgetragen habe. Jetzt ergeben die Wattestäbchen Sinn. Während ich auf dem heruntergelassenen Toilettendeckel sitze, versuche ich herauszufinden, warum ich weine. Es ist peinlich, dass ich mit Jake hier bin und Gabe mit Brooke und dass wir unseren Streit noch nicht geklärt haben. Das ist schon mal ein Grund. Diese Beschämung blüht an der Oberfläche, aber ihre Wurzeln reichen tief. Ich schäme mich für meine Bubble-Artikel. Ich schäme mich dafür, wie schlecht ich meinen kurzen Ausflug in die Dating-Welt gehandhabt habe, ich schäme mich wegen Leo und Aidan und Jake. All das schlägt ein wie ein Stein, der auf den Boden eines Teichs sinkt. Jake wirkt auf so viele Arten und Weisen richtig, aber sie fühlen sich alle extern an. Als würden Harriet oder Ari denken, dass er zu mir passt. Und nicht, als hätte *ich* das Gefühl, dass er *zu mir* passt.

Ich habe kaum Gedanken daran verschwendet, wie ich mich überhaupt fühle. Nachgedacht ja. Meine Gedanken kreisen ständig und endlos, selbst wenn es mir anders lieber wäre. Es wäre unmöglich, sie aufzuhalten. Aber wie fühle ich mich eigentlich?

Die Tür zu den Toiletten öffnet sich schwungvoll, und ich höre, wie mindestens zwei, vielleicht drei Leute reinkommen. Die Kabinen scheinen sie nicht zu benutzen. Vielleicht nur den Spiegel.

»Der DJ ist so richtig nice«, sagt eine der Frauen.

»Viel besser als eine Live-Band«, bestätigt eine andere.

»Nur schade, dass keiner der Trauzeugen süß ist.«

»Ja, das tut mir wirklich leid für euch. Ich hätte drauf gewettet, dass Marks Kumpel heiß sind. So eine Schande.«

»Gabe sieht in dem hellbraunen Anzug ziemlich gut aus.«

»Natürlich tut er das. Ich habe sein ganzes Outfit organisiert. Sogar die Schuhe. Hätte ich es ihm überlassen, wäre er in seinen Badeshorts gekommen.«

Sie lachen. Zuerst konnte ich Brookes Stimme nicht erkennen, aber jetzt, da ich weiß, dass sie es ist, wünscht sich jede Zelle meines Körpers, dass dieser Augenblick vorbei sein möge. Aber ich kann nichts tun, außer hier zu sitzen und zu warten.

»Er tanzt also nicht gern?«

»Nein, er ist heute Abend ziemlich komisch drauf.«

»Habt ihr euch gestritten?«

»Ach, das ist eine lange Geschichte. Die beste Freundin seiner Schwester ist hier und die ist irgendwie ein bisschen besessen von ihm. Wahrscheinlich ist ihm das unangenehm. Sie hat Autismus, also, na ja.«

Unter mir stürzt der Boden ein. Meine Wangen brennen vor Scham wegen all der schrecklichen Dinge, die mir in meinem Leben passiert sind. Das hier sind alle diese Dinge zusammen. Brooke und ihre Freundinnen heucheln Mitgefühl mit mir, obwohl ihnen eigentlich Gabe leidtut, weil er mit mir interagieren muss. Und das bestätigt sein Mitleid, also noch etwas, weshalb ich mich selbst bei lebendigem Leib fressen könnte. Meine Tränen sind zwar getrocknet, aber mein Herz kriegt gleich einen Kurzschluss. Wenn ich mit achtzehn an einem Herzinfarkt auf der Toilette bei dieser beschissenen, furchtbaren Hochzeit sterben muss, werde ich so was von angepisst sein. BESESSEN von ihm, das hat sie gesagt. Und selbst wenn das stimmen würde, obwohl ich mir ziemlich sicher bin, dass es nicht stimmt, wie auf aller Welt ist sie denn auf diese Idee gekommen? Oder er? Ich möchte tausend Tode sterben und jede Sekunde jedes einzelnen Todes spüren.

Wäre ich ein mutigerer, stärkerer, heilerer Mensch, würde ich jetzt sofort die Kabinentür aufreißen und sie zur Rede stellen. Ich hätte etwas Schlagfertiges zu sagen und würde ihnen erklären, was für eine ableistische Scheiße sie da reden, und dann würde ich ihnen raten, dass sie erwachsen werden und aufhören sollen, sich zu verhalten wie in der Highschool. Ich wäre nicht wütend oder laut, würde ihnen aber klarmachen, dass sie auf dem besten Wege sind, die Leute zu werden, mit denen sich niemand abgeben möchte. Dann würde ich auf dem Absatz kehrtmachen und sie wortlos und mit offenen Mündern stehen lassen.

Aber stattdessen, wie mit Aidan, wie in der Highschool, sage ich nichts und verstecke mich. Ich stelle mir gerne vor, dass ich diese tolle neue Person bin, aber wenn es darum geht, mich auch so zu verhalten, habe ich so viel Angst wie eh und je.

Es ist schön, diese Szene wieder und wieder in meinem Kopf abzuspielen, wie meinen eigenen kleinen Film mit mir als mutiger Protagonistin. Ich spiele ihn oft genug ab, um den Rest ihres Gesprächs und die Geräusche, die sie beim Verlassen der Toiletten von sich geben, zu übertönen.

Als ich mich wieder auf die Realität einstelle, ist es leise. Und nach allem, was an diesem Nachmittag passiert ist, gibt es nur noch eine Möglichkeit für eine so erbärmliche Person wie mich. Ich schaffe es noch nicht mal, es Jake direkt zu sagen. Eine Nachricht muss reichen. Die Demütigung von all dem, was ich mitgehört habe, bestätigt mich nur in dem, was ich schon immer wusste. Jake ist der Richtige für irgendjemanden, aber das bin nicht ich. Er verdient eine Person, die weniger peinlich ist oder die ihn wenigstens so sehr will, dass sie diese ganze Peinlichkeit überwindet. Es braucht die Sicherheit dieser Toilettenkabine, um mir einzugestehen, dass ich nicht diese Person bin.

Ich habe keinen Schlüssel, also muss ich hoffen, dass mich jemand an der Rezeption in das Zimmer lässt, damit ich meine Sachen holen kann. Zum Glück steht da die quirlige Frau von heute Morgen, die sich dafür entschuldigt, uns nicht gleich zwei Schlüssel gegeben zu haben.

»Genießen Sie die Hochzeit?«, fragt sie und reicht mir eine Schlüsselkarte.

Noch mehr Bestätigung dafür, dass sie ein Drehbuch benutzt. Diese Frage hat sie heute Abend bestimmt schon zehnmal gestellt. Sicherlich wäre ich jetzt noch auf der Hochzeit, würde ich sie genießen, oder?

»Ja, vielen Dank. Würde es Ihnen etwas ausmachen, mir ein Taxi zu rufen? In zehn Minuten bin ich so weit«, antworte ich.

»Oh natürlich, ich bestelle sofort eins«, sagt sie mit einem komischen Blick im Gesicht, aber ich gehe, ohne mich weiter zu erklären.

Meine Tasche ist in weniger als einer Minute gepackt, Jakes Sachen kann ich nicht einmal ansehen. Er verdient so viel mehr als das. Möglicherweise bin ich die schlechteste Hochzeitsbegleitung, die es je gab. Na ja, vielleicht hätte ich noch schlimmer sein können, wenn ich mit dem Bräutigam geschlafen hätte oder so, aber was eine Beziehung zwischen Jake und mir angeht, hätte ich keinen größeren Mist bauen können. Wenn ich ganz ehrlich bin, war mein erster Fehler, überhaupt die Einladung zu dieser Hochzeit anzunehmen, bevor wir in einem Stadium angelangt waren, in dem man so etwas macht. Und der zweite Fehler war, wegen Gabe durchzudrehen und wegzurennen, während Jake seiner Familie, seinen Freunden und Freundinnen erklären müssen wird, was passiert ist. Was für ein Albtraum. Komisch ist nur, dass es sich wie eine Erleichterung anfühlt.

Als ich wieder an die Rezeption komme, erscheint mir die Chance zu hoch, anderen Hochzeitsgästen zu begegnen, also schleppe ich meine Tasche raus in die Anfahrtsschleife. Der Regen prasselt immer noch vom Himmel. Es hat heute nicht ein einziges Mal aufgehört zu regnen, aber zum Glück gibt es eine kleine Überdachung, unter der ich trocken bleibe. Nur die Kälte könnte ein Problem werden, wenn ich zu lange warte.

Kleine Bäche strömen in den Abfluss, und ich frage mich für einen Moment, ob es die beste Idee ist, sich bei diesem Wetter ein Taxi von der Sunshine Coast nach Brisbane zu nehmen. Das wird auf Mums Kreditkarte gehen müssen, die nur für Notfälle gedacht ist, aber wozu hat man schon eine Notfallkreditkarte, wenn man sie nicht benutzen kann, um sich aus der schrecklichsten gesellschaftlichen Demütigung zu retten, die man je erlebt hat?

Viel länger kann ich Brookes Worte nicht aushalten. Ich brauche Peaches und jede Menge Ruhe, wenn ich mich dieser Welt jemals wieder stellen soll. Ich lasse meine Handgelenke kreisen, klopfe auf meine Oberschenkel und beiße die Zähne zusammen, als würde ich versuchen, sie zu Brei zu mahlen.

Die schwere Holztür hinter mir öffnet sich und mein Körper versteift sich, wartet auf den Aufprall des Small Talks. Die gesellschaftliche Norm wäre, sich umzudrehen, Hallo zu sagen und den Regen zu kommentieren. Aber für dieses grundlegende Interaktionsniveau bin ich gerade nicht bereit. Wahrscheinlicher wäre, dass ich mich umdrehe und anfange, wie ein Kakadu zu schreien, bis mich die Person in Ruhe lässt.

»Hey.«

Gabe stellt sich neben mich und schaut in den Regen. Unsere Schultern sind nebeneinander, berühren sich aber nicht.

Ich versuche zu berechnen, wie viel er darüber wissen könnte, was Brooke gesagt hat.

Er nimmt sich Zeit, bevor er spricht.

»Alles gut?«

»Abgesehen von der quälenden Demütigung, die ich hoffentlich so tief vergraben kann, dass sie erst wieder auftaucht, wenn ich in meinen Vierzigern bin? Ja, dann ist alles gut.«

Ich kann sein Lächeln spüren.

»Hör mal, Gabe, es tut mir wirklich leid, wenn ich dir je unangenehm war oder dir den Eindruck vermittelt habe, dass du mit mir befreundet sein *musst*, weil du es Ari irgendwie schuldig bist. Das ist das Letzte, was ich wollen würde. Ich weiß nicht, was du Brooke erzählt hast und was sie sich selbst zusammengereimt hat, aber ich bin nicht ›besessen‹ von dir. Ich schäme mich so dafür, dass sie so denkt, und das liegt vor allem daran, weil mir wichtig ist, was *du* denkst. Und vielleicht hatte ich Gefühle, die ich nicht hätte haben sollen, aber …«

»Zoe, hör auf. Sorry, ich meine, rede weiter, falls du weiterreden willst, aber ich muss erst mal etwas klarstellen. Ich weiß, dass du nicht besessen von mir bist. Brooke weiß das auch. Ich weiß nicht, was passiert ist, aber es tut mir leid, wenn sie irgendetwas gesagt hat, das dich mitgenommen hat.«

»Sie wusste nicht, dass ich auch auf der Toilette war. Sie hat ihren Freundinnen erzählt, wie komisch es wegen mir zwischen euch beiden wäre. Weil ich ›besessen‹ von dir bin.«

»Shit, das ist ja furchtbar. Brooke und ich haben Schluss gemacht, vor ein paar Wochen. Ich habe gesagt, dass ich trotzdem zur Hochzeit komme, damit sie nicht alleine gehen muss. Ich habe nicht erwartet, dich zu treffen, und das hat mich durcheinandergebracht. Unser letztes Treffen war ziemlich heftig, und ich weiß, dass du mich nicht sehen willst. Also fühlt es sich ziemlich mies an, dass ich hier bin und du mich sehen musst, obwohl du doch mit Jake hier bist.«

»Das macht mir nichts aus. Ich sehe dich gerne.«

»Oh. Ich sehe dich auch gerne«, antwortet er, und ich spüre, wie sich etwas in mir lichtet.

»Ich habe die ganze Zeit überlegt, wie ich mich für mein Verhalten bei Elio's entschuldigen kann. Ich hatte nicht vor, das heute zu tun, weil ich nicht gedacht hatte, dass du hier sein würdest. Ich war einfach so durcheinander und …«

»Du musst dich nicht entschuldigen«, sagt er. »Es tut mir leid, dass ich dir das Gefühl gegeben habe, irgendetwas davon wäre deine Schuld. Das war scheiße. Bei der Vorstellung, dass dir irgendetwas passieren könnte, bin ich einfach ausgeflippt.«

»Ich will mich fühlen, als hätte ich mein Leben unter Kontrolle, auch wenn das offensichtlich nicht der Fall ist. Darauf will ich hinarbeiten, verstehst du? Und das bedeutet nicht, dass ich besessen von dir bin.«

»Zoe, das weiß ich. *Ich* bin besessen von *dir*. Das ist das Problem.«

Alle Gedanken in meinem Kopf verschwinden. Das könnte der erste Augenblick in meinem ganzen Leben sein, in dem ich mich komplett gedankenlos fühle. Stattdessen spüre ich eine Ruhe, die in meinem Körper aufsteigt wie eine Welle aus goldenem Licht. Es ist, als hätte er etwas in Worte gefasst, was ich schon immer wusste, irgendwo im Kopf hatte oder vermutet haben muss. Zumindest unterbewusst. Und dieses selbe Unterbewusstsein hat sehr viel darüber nachgedacht, welche Gefühle das wiederum bei mir auslöst.

Während ich mit all meinen Gefühlen beschäftigt bin, hat mein Körper beschlossen, einfach selbst zu handeln. Meine Zehen schieben meinen Körper nach oben, hoch genug, damit meine Lippen gerade so seine berühren könnten. Er muss sich nach vorne beugen, um meinen Lippen zu begegnen.

Von dieser Empfindung kriege ich eine Gänsehaut. Es ist, als würde ich an einem kalten Abend in einem warmen Bad versinken. Der Geruch von Lavendel, der im Sonnenschein gegossen wird. Peaches, die auf meinem Herzen liegt und schnurrt, nur dass mein Herz schnurrt. Ich fühle mich, als könnte ich jetzt aufhören zu existieren, nur dass ich gerade erst angefangen habe, auf diesem Planeten zu leben. Erst als ich Gabe küsse, verstehe ich, dass »nett« definitiv nicht genug ist. Es gibt noch ein ganz anderes Universum neben »nett«. Dieser Kuss ist so hervorragend, dass er mein Hirn schmelzen lässt, er ist das genaue Gegenteil von Reizüberflutung. Er ist Reizgleichgewicht. Er ist alles, was ich für den Rest meines Lebens tun möchte.

Ich bin mir nicht sicher, wie lange wir uns schon küssen. Es könnten Stunden sein. Erst als das Taxi vorfährt und Gabe meine Hand drückt, merke ich, dass ich seine noch immer halte.

»Kommst du mit mir?«, frage ich und drehe meinen Körper zu ihm.

Mit leiser Stimme flüstert er: »Ich fahre dich. Ich bin mit dem Auto da.«

Ich nicke. Mehr kriege ich nicht hin. Gabe lehnt sich ins Taxifenster und drückt dem Fahrer einen Geldschein für die ausgefallene Fahrt in die Hand, dann rennt er in den Regen, um sein Auto zu holen.

Als er zurückkommt, fühlen sich meine Knie an, als würden sie gleich nachgeben. Ich rutsche auf meinen Platz. Es war schon immer mein Platz.

Bevor er auf die Straße fährt, küsst mich Gabe sanft, und seine Lippen fühlen sich an, als wären sie genau für meine gemacht.

23

Vom Hotel zu Gabe dauert es 82 Minuten und während keiner dieser Minuten herrscht unangenehme Stille. Wir reden über die Hochzeit und die Uni und Arbeit, und wenn wir das nicht tun, ist es auch angenehm, still zu sein. Auf einem Teil der Fahrt halten wir Händchen, und wenn ich mich anders hinsetzen möchte, finden unsere Arme neue Wege, sich zu berühren. Als wir bei Gabe ankommen, ist es dunkel. Wir schleichen uns hinein, nicht weil es seinen Eltern etwas ausmachen würde, dass ich da bin, sondern weil wir dann erklären müssten, warum wir früher von der Hochzeit weg sind, und gerade jetzt ist Erklären das Letzte, was ich tun will.

Gabe trägt meine Tasche ins Haus und mir wird klar, dass er seine im Hotel gelassen haben muss. Oder vielleicht hatte er schon immer geplant, mich heimzufahren. Ich versuche nicht, an die Konsequenzen unserer Entscheidung zu denken. Nicht jetzt. Ich kann besser leise durch den Flur schleichen als Gabe. Er hält mir seine Zimmertür auf, und als ich durch die Tür gehe, fühle ich mich benommen, beinahe wie betrunken. Das hier passiert wirklich. Es ist schwer zu begreifen, dass ich nie an das hier gedacht habe, aber es irgendwie immer wollte. Ich glaube, ich habe mich davon abgehalten, weil es sich so weit entfernt und unmöglich angefühlt hat, dass mir schon die Vorstellung wehgetan hätte. Ich habe mich geschützt. Aber ich habe mich auch aufgehalten. Ich habe uns aufgehalten.

»Brauchst du etwas?«, fragt Gabe und schaltet eine Lampe an.

»Ein Wasser wäre gut«, antworte ich.

Allein in seinem Zimmer zu sein, fühlt sich neu an und nicht, als wäre ich schon tausendmal hier gewesen. Ich schaue seine Sachen jetzt ganz anders an. Seine Bücher sind chaotisch aufeinandergestapelt, aber nicht vernachlässigt. Aus manchen ragen Papierfetzen hervor, als hätte er sich seine Lieblingsstellen markiert. Das Bett ist gemacht und der Schreibtisch organisiert. Er ist auf eine andere Weise ordentlich als ich, aber alles hat seinen Platz.

»Hier, bitte schön«, sagt er halb flüsternd und reicht mir ein volles Glas.

Ich nehme einen Schluck, auch wenn ich mir nicht sicher bin, ob ich wirklich Durst habe oder nur meine Gedanken kurz sortieren muss. Vielleicht beides. Aber als er sich neben mich aufs Bett setzt und sich unsere Oberschenkel berühren, wirbeln alle Gedanken, die ich sortiert haben könnte, auf wie Konfetti. Ich vergesse, wie man schluckt, atme stattdessen etwas Wasser ein und kriege einen Hustenanfall. Den könnte ich nicht aufhalten, selbst wenn man mir Geld geben würde. So viel zum Schleichen und Flüstern. Gabe streicht mir über den Rücken und hält das Glas, bis ich einen zweiten Schluck nehmen kann. Seine warme Hand auf meiner Haut trägt nicht dazu bei, dass ich mich erinnere, wie man trinkt.

Als ich mich endlich wieder gesammelt habe, treffen sich unsere Blicke, und wir lachen. Weil es witzig ist.

»Du sahst so wunderschön aus bei der Hochzeit«, sagt er.

Meine Gedanken halten sich an der Vergangenheitsform auf, und ich akzeptiere, dass er damit nicht andeuten will, ich wäre in diesem Augenblick weniger schön.

»Du auch«, antworte ich.

Er lacht wieder, aber ich nicht, weil ich keinen Witz gemacht habe. Gabe hat eins dieser Gesichter, mit denen man einfach reden will:

freundlich und offen. Dass er schön ist, tut auch nicht weh. Ich meine, er hat sogar ein Grübchen, was soll man da noch sagen?

Während ich darüber nachdenke, muss ich wohl sein Grübchen angestarrt haben, denn es ist gleich neben seinen Lippen, und jetzt denke ich über die nach und starre sie an. Gabe lehnt sich langsam nach vorne, um auf meine Erlaubnis zu warten, aber auch, um seine Absicht zu verdeutlichen. Ich schließe den Abstand zwischen uns und versinke in seinem warmen Atem. Unsere Münder wissen genau, was sie tun müssen, als hätten sie schon seit Ewigkeiten aneinander gedacht. Ich mag zwar nicht gut in vielen Dating-Aspekten sein, aber im Küssen schon.

Gemeinsam sinken wir aufs Bett, aber als uns die Luft ausgeht, setzt sich Gabe wieder auf.

»Hey, ich will dir was zeigen. Aber du darfst nicht lachen. Versprochen, dass du nicht lachst?«

»Das kann ich nicht versprechen. Was ist, wenn es richtig lustig ist und ich mich nicht beherrschen kann?«

»Zoe.«

»Und wenn es ein Bild von einem Minischweinchen in einem Clownskostüm ist? Dann lache ich definitiv.«

»Du denkst wirklich, ich würde dich versprechen lassen, dass du nicht über ein Minischweinchen in einem Clownskostüm lachst? Ich bin doch kein Monster!«

»Das stimmt allerdings.«

»Also versprichst du's?«

»Okay versprochen«, antworte ich.

Gabe hockt sich neben das Bett und hält mir eine Hand hin, als sollte ich zu ihm kommen.

»Es ist hier unten«, sagt er.

Er legt sich auf seinen Rücken und schiebt den Kopf und die Schultern unters Bett.

Ich kriege jetzt schon Platzangst. Etwas klickt und eine Taschenlampe beleuchtet den Raum unter dem hölzernen Bettgestell.

»Ernsthaft?«, frage ich.

»Es dauert nur eine Sekunde«, antwortet er.

Wenn mich irgendjemand anderes darum bitten würde, könnte er sich definitiv anhören, dass er mich mal kann, aber Gabes Ausdruck sagt mir, dass er mich nicht reinlegen will. Sein Blick ist aufrichtig und verletzlich und das Grübchen macht Überstunden. Also rutsche ich unters Bett, um zu sehen, was das Ganze soll.

Als meine Schultern neben seinen liegen, richtet er die Taschenlampe auf irgendetwas an einer der Bettlatten. Die schlechteste Zeichnung eines Herzens, die ich je gesehen habe, sogar nach Jungs-Maßstäben, mit einem eingeritzten »Gabe + Zoe«. Das hätte wirklich auch ein Kleinkind hingekriegt.

»Das habe ich in der Zehnten gemacht«, sagt er mit leiser und unsicherer Stimme.

»In der Zehnten? Aber das war …«

»Ja, ich meinte ernst, was ich vor Elio's gesagt habe, Zoe. Als ich die Präsentation vor unserer Klasse gehalten habe, war ich vielleicht ein arroganter Arsch, aber ich habe eigentlich versucht, auf meine eigene verkorkste Weise dir zu zeigen, dass ich dich mochte.«

»Das hast du echt schlecht gemacht«, antworte ich.

»Ich weiß.«

»Also, so was von schlecht.«

»Ich weiß.«

»Das hier ist besser. Du hättest mir das einfach zeigen sollen.«

»Das hätte uns viel Zeit gespart.«

»Yep.«

»Ich habe nie behauptet, dass ich dieses ganze Zeug gut kann«, sagt er.

»Also ist das ein Anzeichen, das ich verpasst habe? Versteckt unter deinem Bett? Das kann man mir aber wirklich nicht vorwerfen, oder?«

»Es gab auch noch andere. Vielleicht keine großen. Ich weiß auch nichts über Anzeichen, Zoe. Aber ich wollte einfach immer in deiner Nähe sein und wissen, wie du bestimmte Sachen findest.«

»Welche Sachen?«

»Alles. Ich wollte wissen, wie du jede Serie findest und welche Musik du cool findest und in welchem Café man deiner Meinung nach am besten brunchen kann und …«

»Okay, langsam, das ist ganz schön viel.«

»Ja, irgendwie schon.«

»Ich will dir das alles sagen, aber lass uns erst mal hier rausgehen, es ist ziemlich stickig.«

Wir schieben uns unter dem Bett hervor und setzen uns auf den Boden, die Rücken ans Bett gelehnt.

»Also mochtest du mich seit der Zehnten?«, frage ich mit einem Hauch Stichelei in der Stimme.

»Eigentlich schon früher«, antwortet er.

»Und hattest du jemals vor, mir irgendetwas davon zu erzählen?«, frage ich.

»Oh ja, ich hatte so viele Pläne. Ich wollte dich in der Elften fragen, ob du mit mir zum Schulball gehst. Dann wollte ich dich fragen, ob du mit mir zum Prom gehst. Ich wollte es dir bei der Abschlussfeier sagen. Dann wollte ich es an Silvester verkünden, genau um Mitternacht. Ich wollte es dir bei einem Kaffee sagen oder in einer E-Mail oder vor irgendeiner unserer Skype-Verabredungen mit Ari. Und dann wollte ich es dir unter deinem Artikel sagen und daraus ist dann ein großer Witz geworden. Also dachte ich mir, dass du mich wohl einfach nicht auf diese Weise magst.«

»Ich dachte nicht einmal, dass du das wirklich ernst meinst. Wenn ich gewusst hätte …«

»Ich habe versucht, dir Zeichen zu geben und es so offensichtlich wie möglich zu machen, ohne dich unter Druck zu setzen.«

»Wahrscheinlich musste ich noch ein paar Sachen verarbeiten, bevor ich das erkennen konnte.«

»Hier, schau mal.«

Er holt sein Handy raus und öffnet die Notiz-App. Dort gibt es eine Notiz, die »Zoe« heißt. Er klickt sie an und gibt mir sein Handy. Das Datum ist etwa drei Jahre alt.

Zoe, ich überlege schon die ganze Zeit, wie ich dir das sagen kann, ohne unsere Freundschaft zu ruinieren oder es kompliziert zu machen. Und wenn es dir nicht so geht, ist das auch cool, ich komm schon drüber hinweg, und dann können wir immer noch befreundet sein. Ich schreibe das ohne jegliche Erwartungen und will dich nicht unter Druck setzen. Darum geht es mir gar nicht. Ich trage das einfach schon so lange mit mir herum und muss es jetzt loswerden. Ich mag dich. Ich mag dich so sehr, dass ich dich vielleicht sogar liebe, allerdings glaube ich nicht, dass man wirklich verliebt sein kann, wenn das komplett einseitig ist. Und ich muss wissen, wie du für mich empfindest. Seit drei Jahren versuche ich, das herauszufinden. Manchmal denke ich, dir geht es genau wie mir, aber dann überrede ich mich wieder dazu, dass nur mein Ego so redet und wir einfach befreundet sind. Aber ich werde nicht warten, bis wir mit anderen Leuten verheiratet sind, um dir das zu sagen. Ich will es dir jetzt sagen. Du musst nicht antworten, wenn du nicht willst. Ich hoffe, das ist dir nicht unangenehm. Vielleicht kannst du zumindest darüber nachdenken oder vielleicht musst du auch gar nicht nachdenken.

»Ich wäre komplett durchgedreht, wenn ich das in der Zehnten gelesen hätte«, sage ich lächelnd.

Gabe sieht entsetzt aus. »Wirklich?«

»Oh nein, nein, nicht wegen der Vorstellung, dass du mich magst. Sondern weil ich mich selbst noch nicht gut genug kannte, um damit umzugehen.«

»Oh okay.«

»Aber das ist wirklich süß.«

»Danke.«

»Können wir uns jetzt wieder küssen?«

»Unbedingt.«

Ich überlege schon die ganze Zeit, wie ich Jake alles erklären kann. Schwer abzuschätzen, ob mein Plan völlig übertrieben ist. Dass Jake so ein guter Mensch ist, erschwert das nur noch mehr. Google sagt mir, es sei herzlos, via Textnachricht oder Telefon mit jemandem Schluss zu machen, also treffen wir uns am Fluss. Auch wenn wir rein technisch gar nicht Schluss machen – wir waren ja nie zusammen. Das lässt das Ganze noch undurchsichtiger werden. Hätte ich nicht online nach Ratschlägen gesucht, hätte ich ihm definitiv einfach geschrieben.

Ich habe sein Lieblingsessen mitgebracht: Croissants. Und jetzt sitze ich hier wartend, starre auf das Fett, das durch die Oberseite der braunen Papierverpackung sickert, und frage mich, ob ich ihm gleich sein liebstes Essen ruinieren werde. Ich überlege, die Tüte über das Geländer ins Wasser zu schmeißen. Aber das würde ich nie tun und außerdem ist dort direkt ein Mülleimer. Ich habe mein Handy in der Hand und schreibe einen halb fertigen Nachrichtenentwurf an Harriet, um mir eine zweite Meinung über das korrekte Prozedere in dieser Situation einzuholen, als ich seine Stimme höre.

»Hey.«

Ich stecke mein Handy ein und sehe auf. Ich werde mich an meine Instinkte halten müssen, auch wenn sie mich schon sehr oft fehlgeleitet haben.

»Hey«, antworte ich.

Das Schweigen scheint zu sagen: »Ohne Vorwarnung von der Hochzeit abzuhauen, ist eine zu große Sache, über die man nicht zu Beginn eines Gesprächs reden kann.« Aber worüber sollen wir sonst reden?

Ich atme tief durch. »Jake, es tut mir so leid, dass ich von der Hochzeit weggegangen bin, ohne dir Bescheid zu geben. Das war rücksichtslos und unhöflich. Ich hatte nur einen ziemlichen Meltdown nach einer Begegnung mit jemandem dort und musste einfach nach Hause.«

»Okay«, antwortet er. »Zum Glück hat mir die Rezeptionistin erzählt, dass du gegangen bist, ansonsten hätte ich gedacht, du wärst ermordet worden oder so was. Willst du drüber reden, was passiert ist?«

Ich atme noch einmal tief durch. »Die kurze Version ist, dass Brooke sauer auf mich war, weil sie und Gabe sich getrennt haben und sie wusste, dass Gabe mich mag. Und dann habe ich mitgehört, wie sie über mich geredet hat, und zwar auf eine Alles-andere-als-nette-Art. Ich wollte alleine nach Hause fahren, aber dann hat Gabe mich gefunden und mir gesagt, dass er Gefühle für mich hat, und mir ist klar geworden, dass ich auch Gefühle für ihn habe. Und diese Gefühle gibt es schon sehr lange, schon vor unseren Dates, und sie haben gar nichts damit zu tun, wie es zwischen dir und mir lief.«

Jake ist still. Möglicherweise habe ich zu viel gesagt.

»Also datest du jetzt Gabe?«

»Ja. Es tut mir wirklich leid, wie ich dich behandelt habe. Hier, ich habe dir Croissants gekauft.«

»Danke.« Er nimmt die Tüte und steht auf. Um zu gehen, nehme ich an.

»Kommst du damit zurecht?«

»Ja, mir geht's gut. Bis irgendwann, Zoe.«

»Bye«, flüstere ich. Ich fühle mich schrecklich. Und will ihm sagen, dass ich einen schrecklichen Fehler begangen habe.

Aber das habe ich nicht. Ich will das hier, auch wenn es sich trotzdem furchtbar anfühlt. Jake lässt die Schultern hängen, und ich denke an seine Anxiety und an seine Familie, die sich vielleicht nicht gut um ihn kümmert, wenn es ihm schlecht geht. Es fühlt sich an, als wäre ich für Jake verantwortlich, aber ich muss mich daran erinnern, dass dem nicht so ist. Ich bin für mich verantwortlich und kann nichts tun, außer Menschen zukünftig fürsorglich und rücksichtsvoll zu behandeln. Ich schulde keiner Person meine Zeit oder mein Leben, nur weil sie nett zu mir war, auch wenn ich bisher so reagiert habe. Das wäre nicht fair, weder Jake noch mir gegenüber. Ich muss mir diese Emotionen klar bewusst machen, damit ich zu anderen ab jetzt offener sein kann. Ich sollte es nicht auf die leichte Schulter nehmen, zum ersten Mal einer anderen Person das Herz zu brechen, wenn ich denn so überheblich sein und annehmen kann, dass Jakes Herz gebrochen ist. Gerade weil ich schon auf der anderen Seite stand und erlebt habe, wie schrecklich die Konsequenzen des Verhaltens anderer Personen sein können, schockiert mich die Erkenntnis, dass auch meine Worte und meine Handlungen einen ähnlichen Effekt haben können. Dieses Wissen fühlt sich furchtbar an. Aber dieses Gefühl existiert getrennt von meiner Freude, wenn ich an Gabe denke. Am liebsten würde ich den ganzen Nachmittag hier sitzen und das Wasser anstarren, aber ich habe noch ein paar andere Dinge zu tun.

Als ich wieder in meinem Bett angekommen bin, wende ich mich dem Anruf zu, vor dem ich mich bisher gedrückt habe.

»Zoe, hier ist es sechs Uhr morgens. Ist alles gut?«

Aris Blick wirkt klar und aufmerksam, trotz der Uhrzeit in London.

»Ja, alles gut. Ich wollte dich vor der Arbeit erwischen. Entschuldige, wenn ich dich aufgeweckt habe.«

»Das ist in Ordnung, ich bin schon eine Weile wach«, antwortet sie.

»Ich vermiss dich«, sage ich.

»Ich vermiss dich auch. Bist du sicher, dass es dir gut geht?« Ari sieht besorgt aus.

»Mir geht es besser als gut, aber um dich mache ich mir Sorgen.«

»Mir geht's gut.«

»Wirklich?«, frage ich.

»Ja, ich bin nur einsam, glaube ich. Ich habe hier keine Leute, denen ich wirklich wichtig bin, nicht wie zu Hause.«

»Das muss echt schwer sein. Aber wir sind immer noch da.«

»Ich weiß, aber ich fühle mich wie eine ganz schöne Versagerin, wenn ich euch anrufe und erzähle, wie traurig ich bin. London soll doch mein großes Abenteuer sein.«

»Das ist es auch. Und du rockst das.«

Ari bekommt feuchte Augen, die ganz gläsern aussehen. »Danke, Zoe. Ich vermiss dich so sehr. Und ich bin so stolz auf dich.«

»Ich bin auch stolz auf dich. Oh, und, Ari? Eine Sache noch.«

»Ja?«

»Ich glaube, ich date deinen Bruder.«

»WAS?«

Ich bin die Protagonistin in einer Real-Life-Teen-Romance, und es fühlt sich genauso gut an, wie es klingt

Das Ende: Zoe Kelly findet ihr Happy End (fürs Erste), allerdings erst nach einer Begegnung mit einem Bösewicht, einer Nicht-ganz-Trennung und einer Konfrontation mit ihrer Angst vor dem Alleinsein

Lasst mich zuallererst sagen, dass ihr recht hattet. Alle von euch, die kommentiert haben, dass der Bruder meiner besten Freundin der Richtige ist, ihr habt's erkannt. Glückwunsch. You win the internet, zumindest heute. Also lasst mich euch erzählen, wie das alles passiert ist, wozu ich euch auch von dem katastrophalen vorherigen Date, der Hochzeit mit John aka Nicht-dem-Richtigen-für-mich und davon erzählen muss, wie ich mich mit Überengagement, Einsamkeit und Burn-out auseinandergesetzt habe.

Mein letztes offizielles Date war mit einem Bekannten. Nennen wir ihn Luthor, weil er ein Bösewicht ist und der Name zu ihm passt. Wir kannten uns noch nicht lange und er hatte eine schicke Bar in Teneriffe ausgesucht. Er hat fancy Cocktails bestellt und mich dann dazu gedrängt, mit ihm nach Hause zu gehen, obwohl ich klargemacht hatte, dass ich ihn nur auf einen Drink treffen wollte.

Ich habe mich auf der Toilette versteckt und meine Schwester darum gebeten, mich aus Luthors Griff zu retten. Er war nicht energisch oder wütend, aber ich fühlte mich gefangen. Er teilte ganz offen persönliche Details über frühere Traumata mit mir, baute so eine künstliche Intimität zwischen uns auf, die er ausnutzte, um die Grenzen jeglicher Einvernehmlichkeit zu überschreiten.

Ich hatte das Gefühl, in etwas hineingezogen zu werden, das ich nicht wollte.

Meine Schwester konnte nicht kommen, aber stattdessen schickte sie Gabe. Damals war ich richtig böse. Er war der letzte Mensch, von dem ich gerettet werden wollte. Ich war wütend, dass er mich als rettungsbedürftig wahrnahm. Mittlerweile verstehe ich, woher meine Wut kam: Ich wollte, dass er mich anders wahrnimmt, auf Augenhöhe. Wenn ich jetzt an diesen Abend zurückdenke, kann ich mir nicht vorstellen, dass irgendjemand anderes kommt und mich nach Hause bringt. Das würde ich auch gar nicht wollen.

Ehe ich von meinem Abend mit Gabe berichte, den ich schon seit über zehn Jahren kenne, sollte ich kurz auf John zu sprechen kommen. Der liebe John. Mein Hirn hat endlos gerattert, um mich davon zu überzeugen, wie perfekt wir zusammenpassen. Dabei habe ich meine eigentlichen Gefühle und den Druck in meinem Magen ignoriert, die mir erklärt haben, dass es nicht ganz stimmt. Ich werde damit leben müssen, wie ich mit ihm und unseren Dates umgegangen bin, und versuche, trotzdem weiterzukommen.

Aber lassen wir dieses ganze Chaos hinter uns (in diesen letzten hektischen Wochen hole ich ganz schön auf, was meine Erfahrung mit Beziehungen angeht, oder?) und konzentrieren uns auf den Traum von Abend, der jegliche Schwärmerei verdient hat und diese Reihe abschließt. Gabe hat mir seine Gefühle gestanden, ohne auch nur ansatzweise zu erwarten, dass ich sie erwidere. Er wollte sie aussprechen, weil es sich richtig anfühlte. Und, liebe Leser:innen, ihn zu küssen fühlte sich wie die richtige Antwort an. Während ich also das meiste von dem, was wir uns gesagt haben, unter uns behalten möchte (was für ein Schock!), will ich einige kleinere Details mit euch teilen. Er hat mir das allerschiefste gezeichnete Herz unter seinem Bett gezeigt, in das er seinen und meinen

> Namen in schrecklicher Handschrift geschrieben hatte, als er noch jünger war und ich überhaupt keine Ahnung hatte, dass er mich mochte. Er hat mir einen Liebesbrief gezeigt, den er vor drei Jahren geschrieben und nie abgeschickt hatte.
>
> Das löst nicht plötzlich alle Probleme, die ich mit meinem Selbstwertgefühl hatte, aber ich glaube nicht, dass man alles bewältigt haben muss, um offen für Liebe zu sein. In einer Welt, die mir erklärt, dass ich aus unendlich vielen Gründen falsch bin, mache ich gerne kleine Schritte, um mich irgendwann genau richtig zu fühlen – und bis dahin habe ich einen süßen Jungen, dem ich einen Kuss geben und Memes schicken kann. Und danach werden wir sehen, was passiert. Falls ihr euch noch fragt, wie ich meine Sexualität definiere oder was ich als Nächstes schreiben möchte: Willkommen im Club. Antworten habe ich noch nicht, aber ich arbeite dran.

Als hätte er gehört, wie ich auf Speichern klicke und meinen Laptop schließe, klopft Gabe genau dann an der Haustür, als ich fertig bin. Er quatscht mit Dad in der Küche, und ich versuche, meine Haare in Form zu bringen und mein Zimmer aufzuräumen. Auch wenn ihm beides nicht wichtig wäre. Peaches macht meine Hektik nichts aus. Ich öffne meinen Schrank und begutachte den Inhalt durch die Augen einer Person, die zu verstehen versucht, was für ein Mensch ich bin. Ein praktischer, beschließe ich. Und gemütlicher, sowohl was mich als auch die weichen Stoffe angeht, die ich trage. Ich ziehe ein Paar Leggings und ein lavendelfarbenes oversized T-Shirt-Kleid raus. Mit meinen New Balance sieht das süß aus.

Ein sanftes Klopfen sagt mir, dass Gabe hier ist. Ich binde mir einen Pferdeschwanz, der perfekt und nach »hab mir gar keine Mühe gegeben« aussieht, was ich bisher noch nie hinbekommen habe.

»Komm rein«, rufe ich, wie jemand, die versucht, entspannt zu klingen, obwohl sie überhaupt nicht entspannt ist.

»Hey«, sagt Gabe, kommt rein und schließt die Tür hinter sich. Er krault Peaches unterm Kinn.

Als sie ihm den Kopf entgegenstreckt und sich richtiggehend rekelt, während er sie streichelt, falle ich beinahe vom Bett.

»Sie mag dich«, sage ich.

»Na klar. Wir sind doch alte Freunde, Peaches, oder nicht?«

Mein Gedächtnis blättert zu all den Gelegenheiten zurück, bei denen er zu ganz unterschiedlichen Umständen in diesem Haus war. Immer mit Ari. Jetzt bin ich zum ersten Mal froh, dass sie nicht hier ist. Ich vermisse sie, aber meine Zufriedenheit hängt nicht davon ab, ob sie hier ist. Ich brauche sie nicht mehr so wie damals in der Schule. Das klingt hart, auch wenn ich es nicht so meine. Gabe brauche ich auch nicht, aber ihn *will* ich definitiv.

Jetzt, da Gabe und ich zusammen sind, bin ich weniger einsam, aber das liegt nicht nur daran, dass ich mit ihm Zeit verbringe, glaube ich. Es liegt an der neuen Möglichkeit, etwas über diese völlig unentdeckte Seite von mir, meiner Persönlichkeit und meinem Leben zu lernen. Über mich! Keine Figur in einem Film oder einem Buch, keiner von meinen Sims. Sondern ich! Ich bin wert, das alles hier zu erleben. Was mag ich? Was mag ich nicht? Was ist mir wichtig und woran will ich arbeiten? Was finde ich kitschig und was bringt mein Herz zum Schmelzen? Wie empfinde ich meine Sexualität, wenn ich mir jetzt mehr Zeit gebe, darüber nachzudenken? All das will ich über mich selbst herausfinden und erleben, wo mich dieses Wissen hinführt.

Gabe folgt mir zurück durchs Haus; wir gehen Gelati essen.

Beinahe stoße ich mit Harriet zusammen, als sie durch die Haustür kommt. »Hey, Zoe. Hey, Gabe.«

Sie betont seinen Namen, als wäre das ein Insiderwitz zwischen uns. Das scheint wohl ihre Art zu sein, mir mitzuteilen: »Ich hab's doch gesagt.« Also lasse ich sie, weil es egal ist.

»Bis später, Hattie. Wir gehen runter zur Oxford Street«, sage ich.

»Du siehst toll aus«, antwortet Harriet. Ihr Blick gleitet prüfend über mein Outfit, bleibt eine Sekunde lang an meinen Sneakern hängen, aber sie verzieht keine Miene. Vielleicht gefallen sie ihr langsam doch.

»Danke«, sage ich.

»Ruf mich an, falls du mich brauchst«, sagt sie und hält inne. »Aber ich glaube, das wirst du nicht.«

»Ich glaube auch nicht«, antworte ich, nehme Gabes Hand und schließe die Tür hinter uns.

Mit dem Bauch voller Gelati und meinem Zimmer ganz für mich, bin ich endlich in der richtigen Stimmung, den letzten Teil meiner Reihe an Joseph zu schicken. Ich kann gar nicht richtig glauben, dass ich es wirklich geschafft habe, diesen Artikel zu schreiben, aber irgendwie doch.

✉ Lieber Joseph,
hier ist mein letzter Teil der Reihe über die heutige Dating-Welt für Bubble. Ich hänge dir eine Rechnung über 100 $ an, da ich zwar noch keine voll ausgebildete Redakteurin bin, aber ich weiß, dass meine Artikel sehr viel Traffic bringen. Ich hoffe, dass ich auch nach dem Praktikum noch weiter für euch schreiben kann.
Ich würde außerdem gerne vorschlagen, dass ich ein- bis zweimal im Monat als bezahlte Assistenz ins Büro komme, um weitere Artikel zum Thema Behin-

derung zu schreiben und die Artikel der festangestellten Redakteur:innen zu prüfen. Das mag sehr direkt sein, aber meine Ratschläge haben Maia bei ihrer Arbeit zu den Polizeistandards geholfen, das würde sie dir sicher bestätigen.
Danke für all deine Expertise und Orientierungshilfe während meiner Zeit bei Bubble. Für mich war es auf viele verschiedene Arten eine außergewöhnlich positive Lernerfahrung. Dank des Praktikums bin ich zielstrebiger denn je und will weiterschreiben, an »meiner Stimme« feilen und herausfinden, was ich zu sagen habe.

Herzliche Grüße
Zoe Kelly

✉ Liebe Zoe,
vielen Dank für deinen Artikel und herzlichen Glückwunsch, dass du deine Reihe so gut zu Ende bringen konntest. Ich bin mir sicher, dass deine Leserschaft begeistert von diesem Ergebnis sein wird.
Wir können dich dafür bezahlen, einmal im Monat ins Büro zu kommen, falls du weiterhin Interesse daran hast. Unser Budget ist nicht sehr hoch, aber ich glaube, du könntest damit viel erreichen. Ruf mich an, oder schreib mir, und sag Bescheid, welche Tage dir am besten passen. Ich hätte außerdem gerne, dass du Oscar, aus Maias Artikel, interviewst. Er mochte den Vorschlag, dass seine Geschichte von einer autistischen Redakteurin präsentiert wird.
Ich wünsche dir alles Gute für dein Studium und hoffe, dass wir uns bald wiedersehen.

Mit wärmsten Grüßen
Joseph

Diese hervorragende Rückmeldung sorgt dafür, dass ich meinen Körper bewegen will, und ich finde den richtigen Rhythmus in einem Stimming-Tanz, der mir schräge Seitenblicke von Peaches einbringt. Aber sie will wohl eher mitmachen. Also wiege ich sie in meinen Armen wie ein Baby und wir wirbeln und tanzen und springen. Es fühlt sich gut an.

Anmerkung der Autorin

Nicht jede autistische Person sieht Autismus als Behinderung und das ist natürlich absolut in Ordnung. Die Erfahrungen liegen auf einem riesigen Spektrum und keine autistischen Personen sind gleich. Ich habe mich bewusst dafür entschieden, dass Zoe sich als behindert identifiziert. Auch wenn ich mich früher selbst nicht so identifiziert habe, bin ich nun bei der Erkenntnis angelangt, dass Autismus für mich eine Behinderung und Behinderung kein schlimmes Wort ist.

Dank der Arbeit einiger unglaublicher Menschen, die sich im Bereich Behinderung aktivistisch engagieren, habe ich mehr über das soziale Modell von Behinderung erfahren, das die sehr echten Bedürfnisse behinderter Menschen nicht leugnet, sondern unsere Sichtweise von Behinderung neu positionieren will. Dieses Modell besagt, »Menschen werden von Hindernissen in der Gesellschaft behindert, zum Beispiel von Gebäuden ohne Rampen oder barrierefreien Toiletten und von der Einstellung mancher Menschen, die annehmen, dass Menschen mit Behinderungen bestimmte Dinge nicht tun können« (Australian Federation of Disability Organisations).

Es gibt so viel mehr zu tun, um behinderten Menschen den Zugang zu unseren Communitys (und unserer Gesellschaft) zu ermöglichen, und es ist wichtig, dass wir immer weiter daran arbeiten.

Danksagung

Zuerst will ich den Leser:innen, Buchhändler:innen, Bibliothekar:innen, Blogger:innen, Autor:innen, Lehrer:innen, der autistischen Community und den Menschen, die in Safe Spaces für autistische Menschen arbeiten, für all die Liebe und Unterstützung für meinen ersten Roman *Please Don't Hug Me* danken. Danke außerdem an die Aktivistinnen für Behinderung, Carly Findlay, Jess Walton und Clem Bastow – ich schätze mich sehr glücklich, von euch lernen zu dürfen.

Danke an meine unglaubliche Agentin Danielle Binks, die diese Geschichte von Anfang an verstanden hat. Ich bin auf deine Hilfe angewiesen und liebe unsere Freundschaft. Danke an das ganze Team bei Jacinta Di Mase. Ihr seid *the best* (Einsatz *Karate Kid*-Soundtrack).

Danke an meine Lektorin Jane Pearson. Es ist ein Geschenk, wieder mit dir arbeiten zu dürfen. Ich weiß es sehr zu schätzen, wie geduldig, rücksichtsvoll und kreativ du dieses Mal warst. Danke an das ganze Team bei Text Publishing, auch an Jess Horrocks für mein wunderschönes Cover, und an Jane, Kate, Stef, Julia, Anne und Rachel.

Helen Hoang, Jen Wilde und C. G. Drews, vielen Dank euch für die Zitate auf dem Cover.

Dieses Buch existiert dank Varuna, The Writers' House, und dem Aufenthaltsstipendium, das ich 2020 erhalten habe. Danke an all die Frauen, mit denen ich den Raum und die Zeit geteilt habe und die meinen Aufenthalt so angenehm gemacht haben.

Ich bin auch dem Sunshine Coast Council dankbar für das Stipendium aus dem Regional Arts Development Fund, dank dem die Kosten meiner Reise in die Blue Mountains übernommen wurden und ich mein Aufenthaltsstipendium antreten konnte.

Ein riesiges Dankeschön an Jess, Steph und Rhiannon für eure sorgsamen und durchdachten Rückmeldungen zum Manuskript. Der ganze Prozess war eine Freude. Eure Authenticity-Readings von *No Teen Crush* haben den Roman zum Besseren verändert und ich weiß eure Zeit sehr zu schätzen. Jegliche Unzulänglichkeiten dieses Texts liegen an mir.

Danke auch dir, Katie, fürs Lesen und für dein Feedback. Ich schätze dein Urteil und freue mich über jede Entschuldigung, um mit mir über Schreiben und Bücher zu sprechen. Danke dir, Steph, für die Einsichten in den Alltag einer Krankenpflegerin und die Arbeit im Krankenhaus.

Danke an die #LoveOzYA-Community, ihr seid großartig. Es gibt zu viele wunderbare Menschen, um alle namentlich zu nennen, aber die unvergleichliche Anna Whateley muss ich erwähnen. Danke, dass du mir während dieser wilden Zeit eine wahre Freundin warst.

Danke an meine ganze Familie und alle meine Freund:innen für eure nie versagende Quelle an Liebe und Unterstützung. Danke, Mum und Dad (Nana und Bobbo) für jeden Freitag und all die anderen Arten und Weisen, auf die ihr mich unterstützt. Das kann man nicht in Stunden oder Tagen messen.

Arthur und Aggie, danke, dass ihr meine Menschen seid. Zu Hause mit euch beiden, da wäre ich immer am liebsten. Ich liebe euch.

Dieses Buch wurde auf dem Land der Gubbi Gubbi geschrieben, wo ich wohne, und auf dem Land der Dharug und Gundungurra, wo ich mein Aufenthaltsstipendium verbracht habe. Ich erkenne die gegenwärtigen und vergangenen Stammesältesten an und zolle ihnen meinen Respekt.

Content Note

Dieses Buch enthält sensible Themen:

Mobbing
Ableistische Sprache
Polizeigewalt
Anxiety
Misogynität
Panikattacken
Übergriffigkeit
Versuchte Nötigung

Hilfeseiten und Kontaktmöglichkeiten findet ihr unter:

QUEERE YOUNG-ADULT-STORY MIT BISS

ISBN 978-3-7348-5073-8

Probleme über Probleme – und keines davon kann Aideen lösen. Umso praktischer, wenn sie sich stattdessen mit den Problemen aller anderen auseinander setzen kann …

Und dann ist da auch noch Meabh, die Aideens Herz schneller schlagen lässt …

Der Auftakt der *Schwesterherzen-Reihe*

ISBN 978-3-7348-5078-3

Zwei Jahre ist der Unfall nun schon her, doch die Erinnerungen daran verfolgen Emmi noch immer. Um sich endlich von dem Fluch der Vergangenheit zu lösen, besucht sie in den Semesterferien eine befreundete Familie in Neuseeland, ganz ohne ihre Schwestern, die ein wichtiger Teil ihres Leben sind. Dort trifft sie auf Valentin, der es schafft, die Mauer um Emmis Gefühle zum Einsturz zu bringen und hinter die Fassade aus Angst und Kontrolle zu blicken. Zwischen den beiden entspringt ein Funke, der sich zu einem Feuer entwickeln könnte – wenn da nicht immer wieder Valentins merkwürdig kühles und distanziertes Verhalten wäre.

Natürlich magellan®

**Hergestellt in Deutschland
CO_2-Ersparnis durch kurze Lieferwege
Gedruckt auf FSC®-zertifiziertem Papier
Lösungsmittelfreier Klebstoff
Drucklack auf Wasserbasis
Farben auf Pflanzenölbasis**

Weitere Infos gibt es hier:

www.magellanverlag.de/natürlich

1. Auflage 2024
© 2024 Magellan GmbH & Co. KG, Dr.-Robert-Pfleger-Straße 6, 96052 Bamberg
Alle Rechte der deutschsprachigen Ausgabe vorbehalten
Die Nutzung unserer Inhalte für alle Arten von Text- und Data-Mining,
insbesondere für die (Weiter-)Entwicklung und das Training jeglicher
KI-Systeme, im Sinne von § 44b UrhG ist hiermit ausdrücklich
vorbehalten und wird von uns nicht gestattet
Die australische Originalausgabe erschien 2021
unter dem Titel »Social Queue« bei The Text Publishing Company, Melbourne
Text: Kay Kerr
Übersetzung: Katharina Herzberger
Lektorat: Madita Hofmann
Umschlaggestaltung: Romy Schulz
unter der Verwendung von shutterstock Olga Strel / Sudowoodo
Druck: CPI, Leck
ISBN 978-3-7348-5084-4

www.magellanverlag.de